文春文庫

おれの足音

大石内蔵助　決定版

上

池波正太郎

文藝春秋

おれの足音　上／目次

蔵の中　7
剣友　23
京の小平次　48
福山の吾妻　87
異変　111
祖父　134
七年後　160
祇園町　180
江戸屋敷　196
四年後　250
京の夏　282
新妻　307
元禄元年　327
若き殿さま　357
ふとどき者　373
歳月　399
犬公方　427
火消しの殿　448

本書は二〇一一年十一月に刊行された文庫新装版を底本にしています。

DTP制作　エヴリ・シンク

本作品の中には、今日からすると差別的表現ないしは差別的表現ととられかねない箇所があります。しかし、作者の意図は、決して差別を助長するものではないこと、また著者がすでに故人であることに鑑み、あえて原文のままとしました。

文春文庫編集部

おれの足音　上

大石内蔵助　決定版

蔵の中

蟬が、庭の木立に鳴きこめていた。

あかりとりの窓から、この土蔵の中へながれこんでくる法師蟬の声をききながら、大石竹太郎は、

(もう、すぐに秋だな)

と、おもった。

「お幸。そこの、上の棚の書物を、これへおろしてくれ」

いいながら、竹太郎は片肌ぬぎになった。

朝夕は、いくらか涼しくなったとはいえ、土蔵の中は〝むし風呂〟へ入ったようなものだ。

今年の夏が来ると、竹太郎の祖父・大石内蔵助良欽が、

「竹太郎。この夏はひとつ、お前が蔵の中の書物の虫ぼしをせい。なに、いそがずともよい。虫ぼしをしながら、一つ一つをゆっくりと、のぞき見ながらいたせ。中は読まず

ともよいのじゃ。この大石の家に、どのような書物がしまってあるか、そのことを見おぼえておくのみにてもよいのじゃ」

　こういって、竹太郎に書物の整理を命じた。

　竹太郎は、延宝四年（西暦一六七六）の今年で十八歳になるのだが、小柄な生母の熊子に似たものか、いたって背丈が低い。

　いま、竹太郎が自分の仕事の手つだいをさせている女中のお幸も同じ十八歳ながら、並んで立つと、髪をゆいあげているだけに、お幸のほうが背高く見えるほどであった。

　色白で、ふっくらとした可愛(かわゆ)げな竹太郎の顔だちを、だれしも、

「おっとりした、よいお顔だ」

　というが、そのくせ、

「あれで、御家老さまの跡がつげるものかのう」

「居ねむりばかりしていなさる」

「剣術だけは、それでも辛抱づよく修行をしておられるようだが……いやはや、無器用もあそこまで行くと、みごとなものだそうな」

「こぶだらけだと、な」

　どうも、あたりの評判はかんばしくない竹太郎なのである。

　父の良昭(よしあき)は三年前に、三十四歳で亡くなってしまい、それからは、祖父の良欽のもと

に暮らしている竹太郎だが、いずれは祖父の跡をつぎ、播州(ばんしゅう)・赤穂(あこう)五万三千石、浅野家の家老となる身の上なのであった。

「はい。これでございますか」

女中のお幸が、ふみ台から下り、両手に抱えこんだ書物を竹太郎の前へ持ちはこんできた。

お幸の躰(からだ)から、甘酸っぱい、それでいて強烈なにおいがたちのぼっていた。

もう二刻(ふたとき)（四時間）も、晩夏の土蔵の中にいる若い二人は、汗まみれとなっている。

いきなり、竹太郎がお幸の腕をつかんだ。

そのときのことを竹太郎は、後になって、

「われながら、そのときまで、おもいもおよばぬことであった」

と、親しい知人に語っている。

土蔵の書物の虫ぼしには、お幸のみが手つだいをしたのではない。

他の女中たちも、小者たちも、そのときに応じて、竹太郎の手つだいをした。

その日も、八助という下男が昼までは、お幸と共に手つだいをしていたのである。

土蔵内で長く立ちはたらいていたお幸の着物のえりもとがいくらかはだけてい、十八の女の、みなぎるような血の色が肌に浮き、うす汗がにじんでいた。

その肌の色を見、眼前に近寄って来たお幸の体臭をかいだ瞬間に、竹太郎の手がのびてしまった。

理屈もなにもない。

竹太郎の若い生理が、本能がさせたことだ、と、いうよりほかに説明のしようがないことであった。

「あ……」

低く叫んだが、ふしぎにお幸もさわがぬ。

鳩の眼のように小さく、まるくて愛らしい竹太郎の両眼が見る見るうちに血走ってきて、

「う、うう……」

得体の知れぬうめき声を発しつつ、竹太郎が両腕にちからをこめ、お幸を土蔵の床板へ押し倒した。

法師蟬の声が、はたと絶えた。

お幸は、もう叫ばなかった。

しっかりと両眼を閉じ、全身を硬直させつつ、竹太郎の腕をはねのけようともせぬ。

竹太郎が、お幸のえりもとを引きはぐようにした。

かたく脹った、お幸の乳房があらわれ、竹太郎は、そこへ顔をうめた。

お幸が、

「竹太郎さま……竹太郎さま……」

うわごとのように、いった。

お幸の乳房は香ばしい汗のにおいがしている。

「さ、それが……二人とも、はじめてのことであったわけだが……」

と、後年になって、竹太郎が、

「ああしたことは、ごく自然に行くものなのだな。生きものが本来にそなえていることで、別にふしぎはないのだが……それにしても、事が終わったとき、おれは、はじめて、しまった、と思うたものよ」

と、のべている。

その述懐をしたときの竹太郎は、祖父の跡をつぎ、大石内蔵助良雄と名のり、浅野家の家老職をつとめていたわけだが、

「さ、それからが大変なことになった。おれはもう、お幸なしには、生きて行けぬ、とまでにおもいつめてしまったのだ」

と、若き日の自分をふり返っている。

この場合。

お幸のほうが、かねてから、ひそかな想いを竹太郎によせていたものらしい。

お幸は、浅野家の足軽・中野七蔵の次女で、一年ほど前から大石屋敷へ奉公にあがっていたものである。

たとえ、父親の身分はかるくとも、浅野家の家来であったから、女中ながらお幸も台所や戸外ではたらくことはなく、屋敷の奥向きの用事をしているのであった。

「お幸はなにごとにつけ、よう気のつくむすめじゃ」

と、あるじの大石良欽も、かねてから、お幸の奉公ぶりをほめていたそうな。

ことに、いまは竹太郎の母・熊子が、この赤穂の屋敷に暮らしていない。

夫・大石良昭が亡くなったあと、熊子は長男の竹太郎を赤穂にのこし、次男・久馬と三男・権十郎をつれ、実家へもどっているのだ。

これはなにも、家庭に不和があってのことではない。

熊子の実家の父・池田由成が、数年来、病気がちで、しきりに長女の熊子や外孫の顔を見たがる。

そこで大石良欽が、

「わしにえんりょはいらぬ。最後の孝行をしてまいったがよい」

といい、熊子を実家にもどしてやったのである。

熊子の実父・池田由成は、備前・岡山三十一万五千石の大守、池田侯の重臣であり、領地の天城（現倉敷市）に屋敷がある。

竹太郎も幼ないころから、この外祖父には大へん可愛がられ、

「あそびにまいれ」

と天城へ呼びつけられると、三月も半年も手ばなしてくれなかったものだ。

その池田由成が、今年の正月に、とうとう七十一歳の生涯を終えた。

ところが熊子は、実父の看病疲れが出たのかして、それからずっと病床についているらしい。

「秋になりましたならば、すっかり回復いたすことと存じますゆえ……」

そうなったらすぐに、赤穂へもどります、と、先日も熊子から舅の大石良欽へ手紙がとどいている。

(天城におられる母上が、おれのこのようなざまを知りなされたら、なんとおもわれようか……)

そうおもいつつも、竹太郎はお幸を抱かずにはいられない。

人目にふれぬよう、二人は、土蔵の中で二人きりになれる時間を懸命にさがした。

書物の整理どころではない。

寝てもさめても、竹太郎の脳裡(のうり)にはお幸の白い躰がうかんでくる。

二人きりになると、つかの間のたどたどしい愛撫へ夢中でおぼれこみ、われを忘れた。

それでいて〝身分のちがい〟が、自分たちを夫婦にさせ得ぬことを、二人はじゅうぶ

んにわきまえているのであった。

夏が、すぎ去ろうとしている。

竹太郎とお幸の〈あいびき〉も、依然、つづけられている。

したがって、書物の整理も終わらぬ、ということになる。

それなのに、大石屋敷の人びとが二人のことを気づかなかったのは、ひとえに竹太郎の人柄による。

「おっとりしている」

といえば、きこえがよいのだが、紙一重のところで、

「愚鈍(ぐどん)」

のレッテルを貼られかねないのだ。

そのくせ、読書も習字もやる。剣術の稽古にはもっとも熱心なのである。

つまり、進歩がない。

これは幼年のころからそうなので、

「そなたはいまに、御家の国家老をつとめる身なのですよ。さ、もっとしっかり……」

母の熊子が、みずから習字の指導にあたったものだが、紙に向かい、筆をとっているうち、

「まあ、竹太郎……」

なんと、竹太郎の手から、ぽろりと筆が落ちる。

居ねむりがはじまるのであった。

叱りつけられると、両手をつき、素直にあやまる。自分でも悪いと考えているらしいのだが、なかなかに居ねむりは直らぬ。

まさか、そのようなことはあるまいが、御堂町にある奥村権左衛門の道場で、家中の子弟と木刀を向け合い、にらみ合っているうち、

「竹太郎どのが、うつらうつらと舟をこぎはじめたそうな」

などと、たとえ冗談にもせよ、うわさをされるほどの竹太郎であった。

その竹太郎が、女中と土蔵の中で……などとは、大石屋敷のものたちのだれもが考えても見なかったようである。

「若さま……あ……好き。若さま、好き……」

このごろでは、お幸も双腕（もろうで）で竹太郎のくびすじを巻きしめ、夢中となって愛のことばを口走るようになってきたし、竹太郎もまた、

「家の跡目なぞ、つがぬでもよい。お前と夫婦（めおと）になる……きっと、なる」

お幸の耳朶（みみたぶ）へくちびるを押しつけるようにして、熱情的にささやくようになってきていた。

「お幸は、御奉公にあがったときから……おとなしい若さまが……好き、好きで……」

「お幸……」

「うれしい……」

だが、いかになんでも、こうしたことが判明せずにすむものではない。

先ず、二人のことを〈あやしい〉と感じたのは、竹太郎の祖母、すなわち当主・大石良欽夫人である於千であった。

於千は、徳川家康が股肱の臣で、かの関ヶ原合戦の折に、伏見城を死守し、天下にその勇名を知られた鳥居元忠の孫女にあたる。

於千は、このとき五十五歳であった。

数年前から眼を患ってい、ちかごろは居間にとじこもりがちだったが、何かの折に、お幸の様子を見て、そこは女の〈勘ばたらき〉というものか……。

（何やら、妙な……？）

と、感じたものらしい。

それから、ひそかに気をつけて見ると、どうもお幸の相手が、孫の竹太郎らしくおもえる。

そしてついに、この竹太郎の祖母は、孫と女中が土蔵の中で抱きあっている場面を発見した。

しかし於千は、すぐに、その場へふみこむようなまねをせぬ。

(このことを、どのように始末をしたらよいものか……?)

夫であり、竹太郎の祖父でもある大石良欽へもだまったまま、三日間を考えつくした。

そして、竹太郎が知らぬ間に、お幸へ暇をとらせ、

「すぐさま、家へもどりなされ。理由はあらためて、そなたの父ごにつたえよう」

厳然と、いいわたした。

於千は何もいわぬが、お幸のほうでは、

(とうとう、見つけられてしまった……)

と感じたのは、いうをまたぬ。

こうなると、お幸は悄然として、大石屋敷を出るよりほかに道はなかった。

現代の感覚では、まったく理解しにくいことだろうが、いかに相手が好ましいからと、躰をゆるし合ったにせよ、ただそれだけのことで若い男女がすぐさま結婚できるという世の中ではなかった。

長い長い日本の戦乱の時代が終わり、徳川家康が〈征夷大将軍〉として諸大名の上に立ち、天下をおさめるようになってから、まだ七十年ほどを経ているのみだ。

家康の次に、二代将軍として秀忠、三代家光とつづき、いまは四代・徳川家綱の治世で、徳川幕府の〈封建時代〉の土台が、ようやくにかたまりきったところであった。

武家と庶民との間に、身分と階級の制度が、はっきりと一線を画している。

さらに武家の中も、いくつかの身分と階級にわけられ、町人・百姓の間にもそれがある。

身分の低い足軽のむすめが、家老職の家へ嫁入りできるわけのものではないことを、お幸はじゅうぶんにわきまえていた。

お幸が去ったことを、奥村道場から帰って来た竹太郎が知り、これも顔色が変わった。

その変わったままの顔色で、竹太郎は祖母の居間へあらわれたものだ。

「おお……お幸のことであろ。ま、ここへ入るがよい」

於千は、すこしもさわがずに、予期したもののごとく孫を迎え入れた。

このとき、大石竹太郎が祖母に向かっていい出たのは、自分のかわりに、弟の久馬を跡つぎにしてもらいたい、ということであった。

「私は、浪々の身となっても、かまいませぬ」

だから、お幸と夫婦になりたい、というわけだ。

「竹太郎は、それほどに、お幸を好いていたのかえ?」

「はい……」

「いつごろからじゃ」

そういわれると、困る。

想いをかけていたから、お幸を〈わがもの〉にしたのではない。

〈わがもの〉にしてから愛情がわき、想いがつのったからである。これは、男女が愛し合う過程における、もっとも健全な姿といえよう。

「久馬を、大石家のあとつぎに……と、お前さまは申されるが、久馬は病弱の身じゃ」

それは、竹太郎もわきまえている。

いま、母・熊子と共に、天城の池田屋敷にとどまっている一つちがいの弟は、背丈だけが竹太郎よりもずっと高いだけで、生まれてこの方、病まぬ年とてなかった。

「久馬はのう……」

いいさして、ふとだまりこんだ於千がおもいきったように、

「来年は、僧門に入(い)ることになっているのじゃ」

これには、竹太郎もおどろいた。

のちにわかったことだが……。

祖父の大石良欽と、この正月に亡くなった池田の祖父とは、かねてから久馬の病弱を案じ、これを僧籍に入れ、好きな学問の道へすすませるのが、

「もっともよい」

との結論に達していたものらしい。

「となれば竹太郎。この大石家をつぐものは、お前さま一人ではありませぬか」

於千の声が、きびしくなり、

「大石の家が絶えてもよいと、お考えか?」

こうなると、一言もない。

竹太郎には、六歳になる末弟の権十郎がいて、これも母と共に天城で暮らしている。権十郎も久馬ほどではないが、あまり丈夫でない上に、幼少の彼が祖父の跡をつぐことは不可能である。

祖父の内蔵助良欽は、すでに五十九歳の老齢なのだ。いつ、どのようなことがあるやも知れぬ。

これから於千が、竹太郎へどのようなことをいいふくめたか、およそ想像がつこうというものだ。

お幸の父で、足軽長屋に住む中野七蔵のもとへも、あらためて、於千からの〈申しつたえ〉があった。

大石良欽も於千も、竹太郎の手がついたお幸に対しては相応の手当をわたすつもりでいたところが、中野七蔵は突如、お幸をつれて、ひそかに赤穂城下から姿を消してしまったものである。

わがむすめの〈ふしだら〉を、恥じてのことだ。

中野七蔵は、藩の足軽の中でも、まことに実体(じってい)の男である。

いまは四十八歳になるが、妻は、次女のお幸を生むと間もなく病死をしていた。

それから二十年に近い年月を、七蔵は二人のむすめを独身(ひとりみ)で育てつづけてきている。

二人のむすめ……といったが、嫁入り前だった長女の昌(まさ)は、去年の二月に、急死をした。何かの拍子に手のゆびを傷つけ、その傷口から毒が入り、まことに呆気(あっけ)なく世を去った。

破傷風ででもあったものか……。

だから、いまの中野七蔵にとって、お幸は、たったひとりのむすめになってしまっていた。

そのむすめが、行儀見習のために奉公へ出した〈御家老さま〉の屋敷で、こともあろうに、やがては千五百石の国家老となるべき〈若さま〉と肉体関係を生じてしまった。

「まことに、けしからぬことだ」

と、七蔵はお幸を迎えて怒った。

これは〈若さま〉にのみ責任(せめ)があることではない。

お幸が拒めば、竹太郎も、

「手出しはできなかったはずだ」

と、いうのである。

お幸がもどされた夜。大石良欽の代理として、於千みずからが、ひそかに、城下・西新町にある足軽長屋をおとずれ、

「このことを知るものは、われらのみじゃ、かまえて、さわがぬよう。いろいろと、そなたにも申しぶんはあろう。竹太郎の非への責めは、なんとしてもわれらが負うつもりじゃ」

と、念を入れた。

於千はこのとき、手当の金をわたしていない。

お幸を帰して、すぐに金をわたすのは、いかにも中野父娘を見下したようなかたちになる。それが、はばかられたからであろう。

中野七蔵は、ほとんど言葉を出さず、低頭したまま、於千のいうことをきいた。

間もなく、於千は帰った。

これから、ゆるりと、夫の良欽とも相談し、七蔵父娘がなっとくできるような仕様を考えたいとおもっていたからである。

ところが……。

七蔵とお幸は、この夜のうちに、赤穂城下から姿を消してしまった。

(それほどまでに、せずともよいに……)

於千はなげいた。七蔵が大石家に対して激怒している、とおもったからだ。

だが、中野七蔵としては、むすめへの怒りと愛情とが交錯する中で、いま一つ、

(どうしても、このまま御城下にはおられぬ)

理由があったのである。

剣　友

その日。

大石竹太郎は、朝から、奥村権左衛門の道場へ出かけた。

約半年、この赤穂城下を去っていた奥村が、道場へもどって来たので、門人一同は、一人残らず参集することになっていた。

奥村権左衛門は〈無我〉と称し、東軍流の蘊奥(うんのう)をきわめ、山陽道から四国にかけて、

「ならぶものなし」

と、うたわれている剣士であった。

年齢(とし)も三十をこえたばかりなのだが、故郷の讃岐・高松に道場をかまえているほか、赤穂城下と姫路にも道場がある。

赤穂の場合は、浅野家が藩士たちへ剣術を教導してもらいたい、との意向から、藩庁が道場を建て、奥村へは年に一度、相応の手当を出している。

赤穂の浅野家は、かの太閤・豊臣秀吉の名臣の一人、浅野長政のながれである。

長政の子の長男・幸長の跡をついだのが、次男の長晟だ。長晟は、現・安芸の国・広島の城主で四十二万余石の大身大名となっていて、これが、いわゆる〈浅野本家〉ということになる。

赤穂の浅野家は、その別家で、浅野長政の三男、長重が藩祖だ。

長重は、はじめ野州・真岡、のち常陸の国・真壁、ついで笠間の城主であったが、その子・長直の代になってから、播州赤穂へうつり、新城をきずいたのである。

そのときより、約三十年ほどを経て、いまの〈殿さま〉は、浅野長直の孫にあたる内匠頭長矩であった。

長矩は、父・長友が藩主たること、わずか三年で亡くなったものだから、去年の三月に、九歳の年少で藩主になったのである。

それだけに、国家老の大石良欽をはじめ、重臣たちは、この年少の〈殿さま〉をまもり、

「赤穂五万三千石の主として、恥ずかしからぬ……」

人物に育てあげねばならぬ、というので、いまのところ、緊張の連続といってよかった。

なんといっても、浅野長直が〈名君〉として天下にきこえただけに、領国の政治もよくととのい、領民もいまは幸福に暮らしている。

この実績を、すこしも下落させてはならぬ、という使命感が重臣たちを緊張させてい

るのだ。

祖父の良欽が、朝から夜おそくまで城中へつめきり、老体を鞭打つようにして政務にはげんでいるさまは、十八歳の竹太郎にも、はっきりとつたわってくる。

（いや、どうも家老職というのは大変なものだ。おれが祖父さまの跡をついで、あのようにはたらけるものだろうか……？）

そのことを考えると、竹太郎はわれながら、こころもとなくなってくる。

赤穂の浅野家は、長直の時代から、

「有能の士なれば、惜しみなく召しかかえる」

というのが〈家風〉となっている。

だから、五万三千石の大名としては、家来たちの人数が多い。

有名な〈塩田〉をもち、赤穂の〈塩〉といえば天下にきこえた産物であるし、表向きは五万三千石でも八万石に近い実収があるといわれている浅野家だが、多数の家来たちをかかえているので、決してぜいたくはできない。奥村権左衛門なども、

「ぜひとも、当家へ仕官してもらいたい」

と、大石良欽がしきりにすすめたものだが、四国にも中国すじの諸方にも門人がいるだけに、

「いや、このままのほうがよろしゅうござる」

奥村は、丁重にことわり、

「そのかわり、それがしが精魂をこめて……」

藩士や、その子弟たちを教えたい、といった。

奥村権左衛門は、大石竹太郎ほどではないが、小柄な体躯だし、まるで五十男のように老けた顔だちであった。

奥村が赤穂を留守にしているときは、高弟の三沢録郎という中年の剣士が道場をあずかっている。

この三沢もつよい。

藩士の中でも〈腕自慢〉のものが、いくらかかっていっても、勝てたためしがないのだ。

この日は、奥村権左衛門と門人たちが〈あいさつ〉をかわし、冷酒をくみ、すぐに散会となった。

道場は、御堂町の〈万福寺〉裏にあり、藩庁がつくらせただけに、土塀にかこまれた堂々たる構えのものである。

五十余人の門人たちが、道場を去るとき、

「大石」

奥村権左衛門が竹太郎をよびとめた。

「はい」

「ここへまいれ」

近寄って来た竹太郎へ、奥村が低い声で、

「おぬし。どうぞしたのか？」

「は……？」

「何やら、気に病(や)むことでもおこったのか？」

竹太郎は、ぎくりとした。

「いえ、別に……」

「そうか、それならよいが……」

凝(じっ)と、奥村に見つめられると、竹太郎は身のちぢむおもいがする。こちらの胸の底の底まで、何もかも見とおしてしまっているかのような、深い眼の色なのである。

奥村権左衛門はややあって、むっくりとふとい鼻のあたりを、それがくせの小ゆびの腹で撫で、

「よし。明日からはまた、まいれよ」

と、いった。

竹太郎が奥村道場を出たとき、まだ昼前であった。

大石屋敷は、赤穂城の曲輪内(くるわうち)にある。

大手門から入って、すぐ前が、これも家老の一人である藤井又左衛門の屋敷で、その

となりが大石良欽邸であった。

現代も、当時の大石屋敷の長屋門がそのままに遺っているが、当時の邸内の建築物は何ひとつ遺されていない。

現・大石神社の境内。その大半が、大石内蔵助と藤井又左衛門の邸宅地であったのだろう。

この日。大石竹太郎は、大手門からでなく、その反対側の塩屋門から帰邸するつもりで、万福寺東面の道を出河原町へぬけた。

こころが、重い。

(お幸は、どこへ去ったのか……?)

昼も夜も、そのことばかりを竹太郎は考えつづけている。

いうまでもなく竹太郎は、お幸と夫婦の生活を送ってきたわけではない。

これまでの二人の生活は、あくまでも〈主従〉の関係であった。

それが、ああしたことになってしまった。

たがいの若い肉体がもとめ合ったことだけに、そこから生まれた愛情は、むしろ純粋のものといわねばなるまい。

なんの〈かけひき〉もなく、たがいの胸に顔をうめ、凝と抱きあっていて、

(このまま何十年もの歳月がすぎ、このまま、死んでしまってもよいのだ)

とさえ、おもいつめていた竹太郎なのである。

知らず……。

竹太郎の足が西へ向かっている。

中野七蔵が住んでいた足軽長屋の方へ向かっているのだ。

そこへ行って見たところで、どうにもなるものではない。

だが、そこには、つい先ごろまで、お幸が父の七蔵と暮らしていた家がある。それを見るだけでも、竹太郎の憂悶(ゆうもん)はいくらか軽くなるやも知れなかった。

うす暗く曇った日で、風は絶えていた。

竹太郎とお幸とのことを、赤穂城下で知っているものはほとんどない、と、いってよいだろう。

もっとも中野七蔵が、だれかに語りもらしたのなら、はなしは別であった。

間もなく、竹太郎は足軽長屋の一角にたたずんでいた。

このあたり一帯は、ほとんど組足軽の長屋ばかりである。

「もし……」

竹太郎の背後で、声がした。

まだ、竹太郎は気づかぬ。

そっと、竹太郎のうしろへ近寄って来た若い男は、背丈も高く、がっしりとした体軀のもちぬしで、二人ならぶと小柄な竹太郎のあたまが、この男の胸のあたりに見えるほどであった。

「もし……」

男が、竹太郎のすぐうしろで、もう一度声をかけた。

今度は竹太郎も、気づかぬわけにはゆかない。

「佐々木……」

「はい」

男が、わずかにあたまを下げた。

男は、佐々木源八といって、お幸の父・中野七蔵のとなりに住む、これも浅野家の足軽なのである。

源八も、竹太郎同様、奥村道場に来て剣術をまなんでいるが、技倆の点からいうと、竹太郎が十人かかっても源八ひとりに難なくあしらわれてしまうであろう。

彼が奥村権左衛門の道場へ通いつめるようになってから、まだ五年ほどにしかならぬが、

「剣術をまなぶために、生まれてきたような男だ」

と、奥村先生がもらしたように、源八の剣術には天才的なものがあり、しかも彼が倦むことなく鍛錬にはげむものだから、その進歩にはすばらしいものがある。

道場で、竹太郎は源八の木刀を何度も躰にうけ、この春のいつであったか……喉（のど）を突かれて仰向けざまに倒れ、あたまを強打し、失神してしまったことがあった。

そのとき竹太郎は、祖父・大石良欽が、

「佐々木源八というやつ、なかなか見どころがある」

と、いったのをおぼえている。

国家老の孫だからといって、道場では、いささかも容赦をしないし、失神した竹太郎を背負い、みずから大石邸へはこびこんだ源八は、

「武道のならわしにござります」

といったのみで、一言（ひとこと）もあやまろうとはしなかった。

大石家の家来たちが激怒して、源八を取り巻いたとき、大石良欽があらわれ、一同を制した。

このときの佐々木源八は、若者らしい率直な態度のうちにも礼儀正しく、とても足軽の身とはおもえなかったそうだ。

大石良欽はこのとき以来、源八に目をつけ、機会があれば昇進させてやろう、と考えているらしい。

竹太郎もうれしかった。

佐々木源八にならば、いくらなぐりつけられてもくやしくはない。

剣術へ打ちこんでいる純粋な源八のこころが、若い竹太郎にはひしひしとつたわってきたし、また寡黙で、折目正しい佐々木源八の性格が竹太郎には好ましくおもえた。

「竹太郎さま。こちらへおいで下さいませぬか」

と、源八が押し殺したような声でいい、先に立った。

精悍な源八の顔は緊迫の色をたたえ、切長の両眼が、白く、するどい光りをはなっているのを、竹太郎は見た。このような顔つきの源八を、かつて竹太郎は見たことがなかった。

(佐々木源八は、おれのことを怒っている、らしい……?)

そう感じはしたけれども、

(なぜか……?)

まったく、わからなかった。

源八は、先に立ってずんずんと行く。

城下町の西のはずれの森の中へ、源八は入って行った。

陽ざしが翳って、雲が速くうごいている。

森の中のどこかで、一匹の秋の虫がさびしげに鳴いていた。

佐々木源八が足をとめた。

約三間のうしろからついて来た大石竹太郎も、立ちどまった。

源八が、ふり向いた。

源八の顔が鉛色に変じている。

源八の右手が、刀の柄にかかった。

「源八」

と、竹太郎が身じろぎもせず、

「おれを斬るつもりなのか？」

「ぬけ!!」

たまりかねたように、源八が叫んだ。

「理由をいえ」

「おのれにきけ!!」

「なに……？」

「ぬかぬか。ぬかぬのなら、かまわず斬るぞ」

つかつかと間合いをせばめて来た源八が、ものもいわずに抜き打った。

源八の一刀は空間を切り裂いたのみである。

いつもは鈍重ともいえる竹太郎の身のこなしが、まるで鳥の飛び立つような速度で右へかわり、しかも、すかさずに腰の大刀を抜き合わせたのに、むしろ源八は呆気にとられたようであった。

竹太郎自身も、奥村道場屈指の〈つかい手〉である源八の切先から、

（ようも、のがれられたものだ……）

とでもいいたげな表情をうかべたが、それも一瞬のことだ。

大刀を右手にひっさげ、じりじりと肉薄して来る源八を迎え、刀を正眼にかまえはしたが、

（もう、いかぬ……）

ねっとりと、あぶら汗が顔にも躰にもふき出してきて、のどがひりひりするほどにかわいてくる。

佐々木源八も、おもいきって抜き打ちをかけはしたが、それを竹太郎にかわされ、気がぬけたようなところもあったらしい。

「う、うう……」

源八の口から、低い、うめき声がもれた。

勝つにきまっている相手なのである。

しかも、だ。

竹太郎は、

（おれが斬りつけた理由を、まことに知らぬらしい）

ことが、源八にもわかったと見え、闘志もにぶってきたらしい。弱者を相手には〈闘

志〉がわくはずもない。

「なぜ、おれを斬る……わけをいえ。なっとくが行けば、斬られてもやろう」

竹太郎がいい、刀を草の上へ放り捨てた。

源八は、ぎょっとなった。

「生きていたくもない」

と、竹太郎が、

「斬られてもいい」

「う……」

「わけをいえ」

「た、竹太郎殿は、私の……」

「なんだ、いえ」

今度は、竹太郎のたたみかけるようにいう声に、なぜか、源八が圧(お)され気味となってきはじめた。

「どうなのだ、いえぬのか」

すっかり落ちつきを取りもどした竹太郎が、草へ腰をおろし、立ちはだかったままの源八を、邪気のない小さなまるい眼で見上げつつ、

「おぬしが、そのように卑怯な男だとは、おもいもおよばなかった」

「ひ、ひきょうですと」

「そうではないか」

「む……」

「わけもいわぬ果たし合いなど、男のすることではない」

といったのが、平常の大石竹太郎の声ともおもわれぬ、どっしりとした重量感があって、おもわず佐々木源八はくびをたれてしまったものである。

のちに、源八がこういっている。

「血だ。まさに、御家老職をつぐべき人の血が、あの声にこもっていた。血だ、育ちだ。とても、かなわなんだ」

もちろん、竹太郎はそのようなことを意識してはいない。いまの自分が、いつもの自分と別に変わっている、とも考えていない。

「あ、あなたさまは……」

いいさして、源八が、これも大刀を放り捨て、草の上へすわりこみ、

「あなたさまは、私と、お幸とのことを御承知でしたのか？」

「なに……？」

今度は、竹太郎がどぎまぎしてしまった。

「お幸と、おぬし……？」

「さよう。許婚の間がらにござる」

「えっ……」

「お幸の父、中野七蔵が、私の亡父・佐々木直助と談合の上、しかと取りきめまいた。十年も前からのことにござる」

「ふうむ……」

意外である。

お幸は、一度も、そうしたことを竹太郎へもらしたことはない。気ぶりにも見せたことはない。

また、そうしたうわさも耳にしたことはない。

「ま、まことか、源八……」

「まことにござる」

「知らなんだ……」

「なんと、申される？」

佐々木源八が、蒼白の面もちとなって、

「お幸から、おききなされぬと？」

「それよりも……」

「え……」

「源八は、おれとお幸とのことを……」

「中野七蔵殿より、うけたまわりました」

「では、七蔵とお幸は、いまどこにいる。そ、それをおぬし、知っているのだな」

すると、源八の表情が険悪なものに変わった。

「それきいて、なんとなさる？」

「う……」

またも、竹太郎のほうが鼻じろむこととなった。

源八の口から、するどい舌うちがもれた。

すさまじい勢いで、源八が突き立ち、

「ええ、何も知らぬ。おれも知らぬ、われも知らぬ。知らぬ知らぬ知らぬでは、どうしようもない!!」

気が狂ったごとく、わめき散らし、大刀をつかみ取るや、長身の背をまるめ、手負いの獣のように、駈け去った。

「あ……こ、これ……」

竹太郎が、とどめる間もなかった。

茫然(ぼうぜん)と、竹太郎は森の中に立ちつくしていた。

やがて……。

はっとした。

刀を鞘におさめ、彼も森から走り出た。

佐々木源八が住む足軽長屋へ駈けつけて見たが、源八の姿はない。

他の長屋から、非番の足軽たちや、その家族たちが、血相を変えてあらわれた竹太郎を無表情に、遠巻きに見つめている。

「だれか……佐々木源八を見かけなんだか？」

声で、こたえるものはなかった。

数人が、竹太郎へかぶりを振って見せることによって、源八が、まだ、もどって来ぬことをしめした。

(この中の何人が、おれとお幸と、源八のことを知っているのだろうか……？)

そうおもうと、居たたまれぬ。

竹太郎は、逃げるように、この場から立ち去るよりほかはない。

そして、この日。

ついに、源八は家にもどらなかった。

次の日も、その次の日も……。

佐々木源八の赤穂城下脱走のことが確認された。

主家を無断脱走したからには、いうまでもなく、

〈罪人〉

となる。

その翌朝になると、なんと今度は、国家老・大石内蔵助良欽の孫であり、その跡つぎでもある竹太郎の姿が屋敷から消えた。

これも、無断脱走である。


佐々木源八とお幸の〈婚約〉のことは、赤穂藩の足軽長屋の人びとの中にも知らぬものが多かったようである。

だが、知るものは知っていた。

お幸の父・中野七蔵には長女のお昌がいて、これに養子を迎えるつもりでいたらしいが、お昌は去年、急病で死んだ。

七蔵が、ごく親しい知人にもらしたところによれば、

「お幸を源八の嫁にやり、わしが家は絶えてしもうてもかまわぬ」

と、いっていたそうな。

身分の低い足軽の家だからといって、この七蔵のことばは穏当でない。

そこで内々、親しい人びとが、

「中野七蔵へ、だれかよい養子を……」

と相談し合っていたというのだ。

それほどのことだから、お幸も自分の婚約を知らなかった、とはいえぬ。

現に……。

大石屋敷へ奉公にあがる前のお幸は、父母もなく兄弟もない佐々木源八の家へ、飯の菜などをとどけに行ったりしていたようだ。

おそくも二年ほどのうちに、二人は夫婦となるはずであった。

お幸が大石屋敷へ奉公にあがったのも、行儀見習というばかりでなく、国家老の屋敷へ奉公をしたということが、お幸に女としての箔（はく）をつけることにもなるのは、いうまでもない。

とすれば……。

お幸は、なにもかもわきまえた上で、大石竹太郎へ肌身をゆるした、ということになる。

「けしからぬ」

「佐々木源八へ嫁（とつ）ぐ身でありながら、なんという猥（みだ）らなことじゃ」

竹太郎とお幸のことが評判になりはじめるや、足軽長屋の人びとは、眉をひそめた。

それでいて、大石竹太郎の悪口はいわぬ。

竹太郎のおっとりとした（またはぼんやりとした）人柄のゆえか、大石家の威望におそれてか、

「竹太郎さまも、お幸にだまされたのであろ」

と、いうようになってしまったようだ。

もっとも、こうしたうわさが赤穂城下にながれる前に、中野七蔵父娘は城下から立ち去っていたし、佐々木源八も同様である。

さらに、大石竹太郎も脱走してしまった。

七蔵父娘や源八の脱走については、国家老の大石良欽も、強いて追手をさしむけよう
ともしなかったが、わが孫であり、わが跡目をつぐべき竹太郎の脱走を知るや、

「ふうむ……あの竹太郎が、ようもしてのけたものじゃ」

別に、怒る様子もなく、

「すぐに追え」

と、追手を発せしめた。

大石竹太郎は、この祖父へ、短い書きおきを置いて行った。

およそ、次のごとくである。

かくなりはてし竹太郎を、なにとぞ御見捨てたまわりたし。弟・久馬、病弱なれど
も悧発(りはつ)。私のおよばざるところ。なにとぞ、久馬をもって大石家をつがしめ給え。
竹太郎

祖父上様

女を追って脱走した十八歳の若者の書いたものとしては、まことに簡潔をきわめている。

筆のあとにも、みだれがなかった。

大石良欽は、孫の、この書きおきを長い間、見つめつづけていたが、

「かほどまでに、男になっておったか……」

やがて、つぶやき出た良欽のことばを、於千が耳にして、

「は……?」

それは、どういう意味なのか……と、問いかけようとするや、

「なんとしても、竹太郎を引きもどさねばならぬ」

「はい……」

「わしが跡目は、竹太郎をおいて、ほかにはない。それがな、いま、はっきりとわかったわえ」

「と、申されますのは?」

「いや……わしも、な……これまでは何度も、おもいようていたところがある」

「え……?」

「竹太郎の平常を見ていて、どうもな、つかみどころが……その、なかったものでの」

「では、久馬を、と……？」

「久馬を手もとに引きとり、病いがちなあの躰を何としても丈夫にさせ、彼めをわしの跡とりに、と、考えぬものでもなかったのじゃ」

「やはり……」

「おもうてもみよ。これまでの竹太郎の言動に、怪しむべきところは何ひとつなくとも、わが浅野家の国家老として恥ずかしからぬ男になれようか……と、そのことをおもい、夜もねむれぬときもあった」

凡庸（ぼんよう）、というよりも、竹太郎の素質を祖父の眼から見ると、

「変人」

か、

「奇人」

じみて映るのである。

幼年のころから言動が鈍重で、子供らしいあそびにふけることもなく、うららかな春の陽ざしのみなぎりわたる奥庭の一隅で、……または緑陰の涼風をうけて、いかにもここちよげに昼寝をむさぼっている幼少の孫の姿を、大石良欽は何度も見ては、嘆息をもらしてきたものだ。

歯がゆいとはおもうのだが、それでいて、定められた学問や武芸をなまけているわけでもない。

だが、すでにのべたように、その進歩は、まことに遅々たるもので、良欽から見れば、むしろ、

(あわれな……)

と、おもえるのであった。

そうした竹太郎が、だれも知らぬ間に、女中のお幸と土蔵の中で……。

当時の十八歳といえば、いちおう〈大人〉の階段へ足をのせたところなのだが、これは別に異状ではない。

ないが、しかし、それが竹太郎だけに、

「おどろくべきこと」

だったのである。

さらに……。

その不始末をわびるでもなく、祖父母のあつかいにまかせ、黙念として日を送っているかと見えたが、今度は突如として脱走してしまった。

これは、

(お幸を追って行ったもの)

と、見てよいだろう。

それにしても、あまりに決断と実行の速いのが、これも竹太郎だけに、

（意外な……）

ことだったのである。

大石良欽は、竹太郎へ追手をかけると共に、天城の実家に暮らしている竹太郎の母・熊子へも、このことを急報した。

したが、良欽は、

「おそらく竹太郎、天城へは立ち寄るまい」

と、いった。

竹太郎は着のみ着のままで、脱走をしている。

金子を持ち出した様子もなかった。

のちになってわかったことだが……。

このとき竹太郎は、小判で金十両を所持していたのである。

これは一昨年の夏。

天城の外祖父・池田由成の屋敷へ竹太郎が滞在していた折、由成がにっこりとしながら、

「好きな品を買うがよい」

そっと、竹太郎へ小判十枚をわたし、

「これは、母へ内密にしておいてよいぞ」

と、わたしてよこした金子であった。

ふしぎなことに、池田由成は、数ある孫たちの中で、むすめ・熊子が生んだ大石竹太郎を、もっとも気に入っていたという。それは、竹太郎への小づかいのわたし方を見てもよくわかる。

熊子が、竹太郎の資性と将来について不安をうったえると、池田由成は事もなげに笑い、こういった。

「熊よ。男は四十からのことじゃ」

当時、人間の平均寿命は、五十歳ほどだとされていた。

だからつまり、池田由成がいうところによると、男という生きものは、四十から一人(ひとり)前(まえ)の仕事ができるようになり、それから約十年、世の中のためにはたらいて死ぬ。

「それでよいのじゃ」

その池田由成も、いまは亡い。

赤穂の舅(しゅうと)から、わが子の脱走をきいた熊子は、

(もしや、ここへ立ち寄ることがあっては……)

と、おもい、約十日を天城の実家にいたが、ついにたまりかねて、赤穂へおもむいた。

京の小平次

播州・赤穂五万三千石、浅野内匠頭の京都藩邸は、仏光寺東洞院・東入ルところにあった。

諸大名は、領国の居城のほかに、先ず、江戸幕府と将軍への忠誠をしめすため、江戸に藩邸を置き、年ごとに領国と江戸を往復せねばならぬ。

この大名行列のための費用は莫大なものであった。

さらに……。

〈殿さま〉は領国へもどっても、正夫人と跡つぎの子は、江戸藩邸へとどめておかねばならない。

これは、将軍と幕府に、

「逆意をもたぬ証明として……」

というのだが、実は一種の〈人質〉である。

これは、当時にかぎったことではない。

戦国の時代からもそうなので、たとえば、かの豊臣秀吉が天下統一を成しとげてからも、秀吉の居城があった伏見や大坂に、諸大名は屋敷をもち、自分が領国へ帰っている
ときでも、なんらかのかたちで〈人質〉をのこしておいたものだ。
そして……。
天下の政権が、豊臣から徳川へ移ってから約七十年。
徳川幕府の本拠は〈江戸〉であっても、天皇おわす〈京都〉は、依然、〈日本の首都〉
であった。
その王城の地である京の文化と、諸国物産の集散地である大坂とは、江戸と共に、大
名家にとっては、
「ぬきさしならぬ」
重要な都市である。
浅野家も、大坂に蔵屋敷をもうけてある。
また、京都藩邸は、江戸からの文書や荷物の引きつぎやら、戦国のころからのつなが
りをもつ寺院との連絡。呉服染物も京都へ注文するとなれば、その交渉やら、商人・僧
侶などとの交際もあるし、もっともたいせつなことは、朝廷や公家との外交交渉である。
これは、大石竹太郎が三歳のころであったが……。
皇居が火災をおこし、焼け落ちてしまったことがあった。

このとき、江戸幕府は浅野家ほか数家に、皇居の再建を命じた。

当時の〈殿さま〉は先々代の浅野長直であったが、みずから上洛(じょうらく)して京都藩邸にとどまり、懸命に〈作事手つだい〉の奉公をしたものだ。

京都藩邸が、こうしたときに、どのようなはたらきをするか、いうまでもないことである。

これらの、大坂や京、または江戸の藩邸をまもる役目を〈留守居役〉とよぶ。

人柄がよく、才能もすぐれ、家臣の中でもそれと知られた人物でなくては、この〈役目〉がつとめきれるものではない。

大石竹太郎が、国もとの赤穂を脱走したときの京都屋敷・留守居役を、小野寺十内秀(ひで)和(かず)という。

小野寺十内は、ときに三十三歳であった。

二十五年後に……。

この十内が、国家老・大石内蔵助となった竹太郎をたすけ、必死のはたらきをしようとは、当時の二人ともに、おもっても見なかったことであろう。

ところで……。

小野寺十内が留守居役となる前は、竹太郎の父・大石良昭が、この役目をつとめていたのである。

大石良欽は、

「まだまだ、わしは元気じゃ。その間におぬしは、ひろく世間を見てまいれ」

といい、わが子の良昭を京都留守居役に任じたわけだ。

その良昭が、大坂へ出張中に発病し、そのまうごけなくなり、ついに、大坂蔵屋敷で亡くなったのが三年前のことになる。

この竹太郎の父は、三十四歳の若さで、急死をしてしまった。

その後任が、小野寺十内。

十内の人柄を、ふかく信頼している大石良欽だけに、

「……竹太郎も九歳から十五歳までは、父・良昭と共に京都屋敷で暮らしていた身じゃ。もしやして、立ちまわるやも知れぬ」

というので、小野寺十内へ向けて、

「くれぐれも、こころをつけてくれるように」

急使をさしむけておいた。

十内も、

（これは大変なことに……）

と心痛し、こころきいた藩士をえらび、日ごとに、京都市中を徘徊（はいかい）させている。

それは、竹太郎が脱走してから半月ほどを経た或日のことであったが……。

京都藩邸勤務の士で、服部宇内というものの次男、小平次が、町すじで、

「あ……あれは……？」

大石竹太郎の姿を見かけたのである。

場所は、東本願寺の境内において、であった。

小平次は、十二歳の少年であるが、どうしたものか、しきりに町家の子どもたちとまじわり、ことばづかいなども、武士の子とはおもわれぬ。

藩邸内には、藩士の子弟もいるのだが、

「あそんでもつまらぬ」

といい、小さいころから外へ出ては、町家の友だちをこしらえ、そうなると袴も刀もとってしまい、いっしょになって、町々をあそびまわるのである。

少年ながら、

「どこやら剽軽な……」

と、竹太郎の亡父・大石良昭がもらしていたことがあった。

そのときも小平次は、町の子どもたちと、東本願寺の境内へ入りこみ、阿弥陀堂のうしろの木立の中で、さんざんにいたずらをしてのけ、夕暮れも近づいたものだから、

「さて、帰ろ」

境内を突っ切り、大門の方へ駈けて行くと、その大門の蔭にすわりこんでいた若い男

がふらりと立ちあがり、大門の外へ出て行った。

それを見て、小平次は、

(御家老さまの若さんやないか……)

と、感じたのであった。

三年前までは、竹太郎も京都藩邸内で、父母と共に暮らしていたことだし、同じ藩邸内の長屋に住む服部小平次とは、

「顔なじみ」

の間柄である。

小平次は、はっとして後を追いかけた。

少年ながら彼も、竹太郎脱走のことを耳にしていたからだ。

「や……いない」

表通りは人の往来がはげしい。

夕暮れどきだけに、ことさらであった。

大石竹太郎の姿は、その人通りの中へまぎれこんでしまったようだ。

小平次は、それでも懸命にさがしまわったようだ。

だが、見つからぬ。

藩邸へ帰って来た小平次は、このことをだれにもいわぬ。

こういうところが、以前から、ほかの子どもとはちがっている小平次なのである。

(御家老の若さん、女追いかけて国もとを逃げたそうや。よし、それなら、きっとわしが見つけて、若さんに意見してやろか)

であった。

十二歳の小平次が、十八歳の大石竹太郎を説きふせ、赤穂へ帰してやろう、と考えたのである。

早熟、というよりも、小平次が生得(しょうとく)にそなえている資性は、武士の子のものではない。あくまでも、町人の子のものだ、といってよい。

学問や武芸は大きらいなくせに、生まれつき手先が器用で、三年ほど前のことだが、

「これ、母さまがおつかいなされ」

こういって、真新しい有明行燈(ありあけあんどん)を外から長屋へ持ちはこんで来たことがある。

「あれ……みごとな細工ですこと」

母のお喜佐(きさ)が、おもわずいった。

行燈は朱ぬり丸型のもので、台には引出しがついて、その把手(とって)の一隅には精巧きわまる木彫りの蜻蛉(とんぼ)一つ、とまっているではないか。

「えへん」

と、そのとき小平次が、得意そうに低い鼻をうごめかし、せきばらいをしたものだか

ら、お喜佐が、

「どうしました、小平次」

「その行燈は、わたくしがこしらえました」

はじめ、お喜佐は本当にしなかったようである。

「これ小平次。母に冗談をいうものではない」

「ほんとうです」

「この細工といい、塗りといい、こりゃもう、立派な職人の手になるものではありませぬか」

「いやもう骨が折れました」

「なんといやる？」

「これをつくるのに一月もかかってしまいました」

「これ。なぜに、そのようなうそをいいます」

「うそではない、ほんとうにほんとうのことや」

それぞれの家業をもつ〈あそび友だち〉の家で道具を借り、材料をもらって、この有明行燈を製作したものだ、と、小平次はいい張ってやまない。

（まさか……？）

まだ、母には信じられなかった。

そこで翌日になるや、お喜佐は小平次からきいた〈よろずや勘助〉という塗師(ぬし)の店をたずねた。

〈よろずや〉は、藩邸に程近い。

「小平次が申すことは、まことのことでありましょうか？」

お喜佐が問うと、塗師の勘助は、

「いつもいつも、うちのせがれめが坊ンさまのおあそび相手をさせてもろて……」

「いえ、そのことではない」

「へい、へい。いやもう、坊ンさまのお手先の器用さには、びっくりいたしておりますので……へい、そりゃもう、坊ンさまがおひとりで、あの行燈のうるしをおぬりになりました」

「まあ……」

おどろいたお喜佐は、次に、烏丸(からすま)・五条の彫物師・仁兵衛をたずねると、

「それがな、坊ンさまがせがれのところへあそびに見えましたとき、わたくしどもの仕事を、何や、じいっと見ておいでになりましたのでございますが……そのうちに、先ず、鑿(のみ)のつかいかたを教えろ、と、かように申されまして……」

「まあ……」

仁兵衛は、身分ちがいのことで恐れ入るが、もしも小平次が町家の子であったなら、

「ぜひとも……」

自分の内弟子にもらいうけたいほどだ、と、ほめそやした。

お喜佐は、おどろきもしたたし、

(困ったことに……)

と、おもいもした。

武士の子が、職人のまねごとに熱中している。これはいけない。

おもいあまって、夫の服部宇内に相談すると、宇内は苦笑をうかべつつ、こういった。

「どうで、家をつぐこともならぬかわいそうなやつじゃ。好きにさせておけい」

服部家の跡つぎは、長男の平太夫(へいだゆう)にきまっている。

小平次の兄・平太夫は、大石竹太郎と同年の十八歳である。

だが、平太夫は京都藩邸にいる父母や弟と暮らしていない。

いま彼は、浅野家の江戸藩邸にいて、年少の〈殿さま〉浅野内匠頭の小姓をつとめている。

平太夫を、殿さまの小姓に推挙したのは、ほかならぬ竹太郎の亡父・大石良昭であった。

「年少ながら、まことに悧発者ゆえ、ぜひとも、殿のおそばに……」

と、良昭は、国家老である父の大石良欽へいい送った。

「では、国もとへよこしてみよ」

というので、服部平太夫は寛文十二年の秋に、赤穂の御城へあがった。

この年には、藩祖・浅野長直が歿し、その子の長友が赤穂五万三千石の城主となっている。

だから平太夫は、先代の殿さまである浅野長友の小姓として出仕したわけだが、長友は藩主たることわずかに三年で、病歿をしてしまった。

これが、去年のことだ。

長友の子の内匠頭長矩が、九歳で新城主となったので、平太夫は引きつづき、その小姓をつとめることになった。

しかし、この新しい殿さまは、十歳になったばかりだし、

「藩主として赤穂入りをするのは、いますこし、後になってからのほうがよい」

との意向で、家督はしたが、ずっと江戸藩邸に暮らしつづけていた。

内匠頭長矩は、いまだに父祖の領国と城を見ていないことになる。

そこで平太夫も、赤穂から江戸藩邸へおもむき、内匠頭のそば近くつかえることになったのだ。

大石良昭は、この服部平太夫を見るにつけ、妻・熊子へ、

「ああ……竹太郎も平太夫の半分ほどでよい。いますこし、はきとした気性になってく

れるとよいのだが……」

　つくづくと、嘆息をもらしたことがあったそうな。

　いっぽう、平太夫の父・服部宇内は、鼻が高い。

　跡つぎの息子が、少年のころから藩の重役に目をかけられ、主君の小姓をつとめているということは、息子の出世が、

「約束されているようなもの」

なのである。

　それだけに、次男の小平次をあわれにもおもうのであろうか。

　町家の子供とまじわり、細工物などに異常なほどの興味をしめす小平次を、

「好きにさせておけい」

といったのも、そうした理由からなのであった。

　京都という町の雰囲気がそうさせるものか、藩邸内の人びとも、服部家の次男坊を、

（おもしろき子じゃ）

のんびりと、ながめていたようだ。

　服部小平次が、東本願寺で大石竹太郎を見かけてから七日がすぎた。

　あれ以来、小平次は、毎日のように東本願寺へ出かけて行き、そこを中心にして、京の町を歩きまわっていた。

竹太郎を、さがしていたのである。

小平次が、これほどに大石竹太郎へ関心を抱くのも、

(あの御家老さまの若さんは、おれ、好きや)

だからである。

当時、京都藩邸における大石竹太郎の評価というものも、赤穂城下のそれとあまり変わらない。

藩士の中には、竹太郎のことを、

「ねむり猫」

などと〈かげ口〉をいうものもいたほどなのである。

藩邸内の長屋では、母の熊子からやかましくいわれるので、竹太郎は、藩邸表門と道をへだてた向側にある仏光寺の境内へ入りこみ、飽きもせずに昼寝をむさぼっていたものだ。

仏光寺の本堂裏に、こんもりとした松林があって、まことにしずかな場所だ。

夏などは、この松林を吹きぬけてくる微風に躰をなぶらせ、少年の大石竹太郎がひじまくらで、いかにも恍惚(こうこつ)とねむりに酔っている姿を、小平次も数度見かけている。

そのころの竹太郎は、十三歳から十五歳にかけてであり、小平次は七歳から九歳にかけてであった。

小平次もまた、そのころからいっぷう変わった子供であったから、ねむりこけている竹太郎の傍へすわりこみ、こちらはこちらで、鳥籠をつくる竹をけずるのに余念がないというわけだ。

やがて……。

竹太郎が目ざめる。

そばに、小平次が竹をけずったり組立てたりしているのを見て、おどろいた様子もなく、にっこりと笑いかける。

いやもう、その笑顔が小平次にとって、たまらなくよいのだ。

小平次は、大石竹太郎が自分に向けた笑顔を、母のお喜佐へ、このように表現している。

「そらもう、大黒(だいこく)さまが子供になったような……」

で……。

小平次も竹太郎へ笑い返す。

すると竹太郎の面(おもて)へ、さらに笑いの輪が波紋のようにひろがってゆくのである。

それでいて、二人とも、ほとんど口をきかない。

やがて、竹太郎がゆっくりと……というよりは、のろのろと立ち上がる。

そのときが小平次の竹細工も終わったときなのだ。

こうした少年のころの、こころの交流というものには、ことばが不要なのだ。

だれしも、子供のころにはそうした経験をもっていたのに、大人になると、

「忘れてしまう」

のである。

ともかく……。

服部小平次にとって、大石竹太郎は、

「大好きな人」

なのであるし、竹太郎のほうで、

(きっと、おれのことを好いていてくれているのや)

と、信じている。

父・大石良昭が亡くなって、竹太郎が赤穂の祖父に引きとられることとなり、京都藩邸を去るにあたり、小平次は、暮夜、ひとりで大石家を訪問した。

「おや……宇内どのの御子息ではありませぬか」

熊子は、息・竹太郎と小平次との交流を知らない。

妙な顔つきになった。

「なにか、用事などあってか?」

「竹太郎さまはおいでで?」

という九歳の小平次の口調が、まるで、いっぱしの商人のようにきこえる。

熊子も笑い出し、

「竹太郎なら、おりますよ」

竹太郎が、いつの間にか玄関口にあらわれていた。

こういうときには竹太郎、なかなかに耳さといのである。

竹太郎は小平次を見て、いつものような微笑をうかべ、一語も口にせず、手でさしまねく。

(あがれ)

というのだ。

うなずいた小平次が、家の中へあがり、竹太郎の部屋へ入って行く。

(いつの間に、二人は友だちとなっていたのであろうか……？)

熊子が、さもふしぎそうに、二人の後姿(うしろすがた)を見送ったものだ。

部屋へ入ると、小平次が無言で、ふところの中から小さな桐の箱を出し、竹太郎の前へ置いた。

別れにあたっての贈物をしようというのだ。

すると竹太郎も、うなずいて受け取り、箱をひらいて見た。この桐箱も小平次が手製のもので、一寸四方ほどの、まことに小さな箱であった。

箱の中に、石の印材が一つ。

見ると、その印材に〈竹〉の一字が彫りつけられてある。いうまでもなく小平次が彫ったものだ。

竹太郎は、

「お前が彫ったのか？」

とも問わぬ。

だまって、この印材をおしいただくようにしてから箱へおさめ、あらためて小平次へ、あたまを下げた。

小平次また、両手をついて、あたまを下げる。

このときの二人の様子を、もしも、熊子が見たら、なにを感じとったろうか……。

しかし、熊子が菓子と茶をはこんであらわれたとき、すでに二人の別れはすんだものとみえ、竹太郎に送られつつ、小平次が廊下へ出たところであった。

「もう、お帰りか？」

「はい」

それでは、と、熊子が紙に包んでくれた菓子をもらい、小平次は帰って行ったのだが、妙なことに竹太郎は、かの小平次の贈物を母へ披露していない。

熊子が、

「宇内どのの子息と、親しゅうしておられたのか？」

問うたのに対し、竹太郎は、

「はい」

と、こたえたのみである。

今度の事件で赤穂を出奔した大石竹太郎は、小平次の贈った印章を懐中に入れてきている。

いっぽう小平次は、なんとしても、女のことで脱走した竹太郎のちからになろうという決意で血眼となり、京の町を歩きまわっていたのだ。

それは……。

竹太郎を東本願寺で見かけてより、七日目の午後のことであった。

連日の探索行で、いささか疲れぎみの服部小平次が、東洞院・五条下ルあたりを歩いていると、前方右側にある針屋で〈河内屋三右衛門〉の店先を行ったり来たりしている編笠の武士に気づいた。

（や……あれは、竹太郎さまだ）

笠にかくれた顔は見えなくとも、姿かたちを忘れようはずはない。

小平次は走り寄って、編笠の武士の前へ立った。

まさに、大石竹太郎である。

「小平次か……」

「はい」

こたえるや、小平次が竹太郎の袖をつかみ、商家の番頭のような口調で、

「御安心、御安心。たれにも申しはいたしませぬ」

と、ささやいた。

「む……」

「さ、こうおいでなされ」

袖をつかんだまま先へ立ち、

「おちからになりましょう」

と、小平次がいった。

その声に、十二歳の少年ともおもわれぬ強引さがある。

この日。小平次が竹太郎をつれこんだのは、細工物をするときに入りびたっている烏丸・五条の彫物師・仁兵衛の家であった。

仁兵衛の息子・与吉は、小平次の幼な友だちでもある。

小平次が竹太郎に、こういった。

「あの針屋に、なんぞ御用でもありましたのか。それなればいうてごらんなされませ。あの針屋と、ここの彫物師とは親類すじにあたります」

大石竹太郎が、なぜ、京都へあらわれたのか……。

また、針屋〈河内屋三右衛門〉方の様子を、ひそかにうかがっていたのは何のためなのか……。

それは、こういうことであった。

赤穂の大石屋敷の土蔵の中で、竹太郎がお幸とすごした日々に、切なげな愛撫をかわし合ううち、竹太郎が、両親と共に京都藩邸で暮らしていたことがある、と知ったお幸が、

「わたくしも、一生のうちに一度なりとも、京見物をしとうございます」

と、いった。

「いまに、つれて行こう」

「まことにございますか？」

「うむ。おれも、お前とこうなってしもうたからには、大石家の跡とりになれぬやも知れぬし……おれもまた、強いてなりたくはない」

「申しわけもござりませぬ」

大石家の当主ともなれば、正妻のほかに妾をおくことも、当時の武家の風習としてみとめられている。

だが、竹太郎はまだ十八歳の若さだし、当主になったわけでもないから、そのような〈わがまま〉がゆるされるはずはない。

いまこの時点で、お幸とのことが知れたなら、

（大人たちが、二人をはなればなれにしてしまうことは、わかりきったこと）

なのである。

ゆえに竹太郎は、自分を廃嫡してもらい、弟・久馬をもって、

（祖父の跡をついでもらおう）

とも考え、おもいなやんでいたのである。

竹太郎は、お幸に、

「京はな、むかしむかしから天皇おわす都ゆえ、それはもう、赤穂の町とくらべたなら、おもむきが大分にちがう」

いろいろと、京のはなしをしてやったことがある。

そうしたときに、お幸が、

「わたくしの家の親類すじにあたるものが、京におりまして」

と、いった。

「ほう、京のどこにだ？」

「ようは知りませぬが……亡くなった母の親類すじにあたりますもので、針屋をいたし

ております」

「針屋、な……」

「はい。河内屋三右衛門と申します。母が亡くなりましてからは、たがいに遠くなってしまいましたが……」

「さようか」

と、そのときは竹太郎も、別に関心をもったわけではなかった。

ところが、お幸との間があのようなことになり、さらに佐々木源八とお幸が〈いいなずけ〉の間柄であったという事実を、竹太郎は源八の口からきいた。

その源八も、城下を脱走してしまった。

これでは、手がかりのつかみようがない。

大石竹太郎が、つかみたい〈手がかり〉というのは、

（親どうしが取りきめた、佐々木源八といういいなずけがありながら、そのことを一語もおれにはいわず、なぜ、お幸はおれに、肌をゆるしたのか……？）

このことであった。

お幸にしてみると、むしろそれは簡明（かんめい）に解決がつくことであったのやも知れぬ。

（いいなずけの源八どのよりも、竹太郎さまのほうが好きになってしまった……）

それだけのことと、いってしまえばわけもないことなのだ。

お幸のほうは、それでよいだろうが、竹太郎としては、

(佐々木源八ほどの、りっぱな男をお幸がきらうわけもない。そもそも、おれなどが到底およびもつかぬ男ではないか、源八は……)

ということになる。

しかも、である。

国家老である祖父・大石良欽が、その素質を見こみ、

(いまに折を見て、昇進させてやろう)

とまで考えていた佐々木源八が、

(おれとお幸とのために、すべてを捨てて……)

国もとを脱走してしまった。

(源八ほどの男でも、女ひとりのためには、あのようなことになるのか……いや他人事ではない。このおれだとて、お幸のことを想えば夜もねむれぬ)

そのお幸のこころを、

(ぜひにも、たしかめたい)

気持もあったが、それよりもなお、竹太郎は、

(佐々木源八をさがし出し、いま一度、語り合いたい)

のである。

事としだいによっては、自分が源八をともない、赤穂へ帰り、自分は罰をうけても、何とか祖父にねがって、

（源八をゆるしてもらおう）

そのつもりである。

（なんとしても、これは、おれが原因（もと）になっているのだ）

結果としては、竹太郎が源八の婚約者であるお幸を、

（うばいとった）

ことになるではないか。

それが竹太郎には、何よりもたまらぬことなのだ。

しかし、どのようにしてお幸や源八をさがし出したらよいのか、おもいあぐねているうち、それまではすっかり忘れていたお幸のことばを、竹太郎はふっとおもい出したのである。

それが、京の針屋〈河内屋〉の存在であった。

国もとを脱走した中野父娘が、これからどこへ行くにしても、先立つものは〈金〉であるはずだ。

中野七蔵には、京の〈河内屋〉のほかにも親類がいよう。

それは藩庁の書類を調べれば、すぐにわかることだが、現在の竹太郎に、とてもその

ようなまねができるはずはない。

藩庁では、中野父娘や佐々木源八の身もとを調べ、領内に親類すじがあるなら、ただちにそこへ追手をさし向けているにちがいない。

(よし!!)

ぐずぐずしていてもはじまらぬ、と、竹太郎はおもった。

(ともあれ、京の河内屋へ行ってみよう)

赤穂を逃げて、どこへ行くか、となれば先ず〈京、大坂〉であろう。そう考えるのが常識である。江戸をふくめて、この日本の三大都市へもぐりこめば、なんらかのかたちで暮らしをしのぐ職業も見つけられるのである。

諸国から人があつまる大都市だけに、人目にもたたぬ。

そこで、竹太郎は赤穂城下を脱走した。

本街道を避け、日数をかけて京の町へ入る。

京は、前に住み暮らしていたところだけに、竹太郎も心細いことはなかった。三条大橋の東詰をすこし入ったところにある〈伊勢屋重兵衛〉という旅籠(はたご)へ落ちつき、目ざす〈河内屋三右衛門〉をさがすことにした。

竹太郎は、

〈備中浪人〉

というふれこみで、伊勢屋へ泊まった。

江戸だと、こうした旅人にもいろいろとうるさいのだが、京都は土地柄もあって万事にのんびりとしている。竹太郎にとって、まことに好都合であった。

河内屋は、すぐにわかった。

別の針屋できいたのである。

だが、京の町に〈河内屋三右衛門〉という針屋が二軒あった。

別に親類すじではなく、偶然に同じ名前なのらしい。

こうなると、大石竹太郎はまことに慎重であった。

うかつに出て行っては、浅野家の手がまわっていて、すぐさま役人へ引きわたされるやも知れぬ。

お幸も河内屋がある町名までは竹太郎に語っていない。

数日かかって、四条・柳馬場にある〈河内屋〉ではないらしいことが、竹太郎にわかった。

何日も、その〈河内屋〉のまわりを歩き、浅野家からの手がまわっていないようなので、おもいきって店へ入り、主人へ、

「こなたの親類すじが播州・赤穂に住んでいようか？」

問うたところ、主人が狐につままれたような顔つきになり、

「そりゃ、お人ちがいでござりましょう」

言下に、こたえてきたものだ。

となれば、京の河内屋三右衛門は、前述の東洞院・五条下ルの〈針屋〉よりほかにない、ということになる。

そこで……。

大石竹太郎は、いまひとつの〈河内屋三右衛門〉をさぐってみることにした。

そのときも、柳馬場の河内屋をさぐったときと同様に、

「こなたの親類すじの者が、播州・赤穂城下におる、と、きいたが……」

と、もちかけてみた。

「はい。おりまするが……」

竹太郎の応対をしたのは、主人の河内屋三右衛門である。

こともなげに、三右衛門が、

「そのものが、どうぞいたしましたか?」

竹太郎は、とまどった。

うそをついているともおもわれぬ河内屋三右衛門なのである。

「む……」

うなずいて竹太郎が、

「私は、赤穂の……いや、浅野家の臣にて大……大島小兵衛というものだが……」

「はい、はい」

いささかも竹太郎をあやしむ様子が、三右衛門には見えぬ。

「私の従妹にあたりますものが、浅野さまの足軽をつとめおりまする中野七蔵と申す者へ嫁ぎましたなれど、……それは、むかしのことにござります」

「そうで、あったか……」

「それが、いかがいたしましたので？」

どうも、河内屋三右衛門は、中野七蔵父娘が赤穂を脱走したことを、

(知らぬらしい)

のである。

また、浅野家からも照会が来ていないらしい。

竹太郎は、ほっとすると同時に、絶望を感じた。

「いやなに、国もとで、中野七蔵より、当家のことを耳にはさんだのでな」

「さようでござりましたか」

「針をもとめにまいったついでに、ちょと、きいてみたまでのことだ」

竹太郎は、要りもせぬ縫針を買った。武士が針を買いに来る、ということからして妙なものなのだが、三右衛門は気にもせず、

「その中野七蔵どののとも、いまは、しだいに間遠くなりましてございますよ。それと申しますのも、七蔵に嫁ぎました私の従妹は……さよう、二十年ほど前に亡くなりましたので」

「む……そのようだな」

「たしか、従妹の生んだむすめが、二人、いるはずでござりますが……」

「いる、いる」

「元気に暮らしておりましょうか」

「おるおる」

河内屋三右衛門は、お幸の姉の昌が、去年の二月に亡くなったことも知らぬらしい。

「それで、大島さま。あなたさまは、いずれ、国もとへお帰りでござりますか？」

「帰る、帰る」

「では、お帰りなされてから中野七蔵どのへ、おついでの折に、京の河内屋へ、たまさかには便り（たよ）をくれるよう、おつたえ下されませ」

「む。つたえよう」

「それで、七蔵どのは後妻（のちぞえ）を？」

「いや……まだ独り身だ」

「へえ……」

と、三右衛門はおどろき、

「では、従妹がみまかりましてより、ずっと独りにて……?」

「男手ひとつに、二人のむすめを育てまいった、ようだな」

「それはそれは……」

河内屋三右衛門は、泪ぐんだ。

「すこしも存じませなんだ。ああ、七蔵どのは、それほどまでに……」

亡くなった従妹の後に妻をもらわなかった中野七蔵のことを、河内屋三右衛門は、ありがたくも思い、うれしくも感じたのであろう。

「さっそくに、私も手紙を書きまする」

といった。

竹太郎は、河内屋を辞去した。

(さて、どうしたものか?)

旅籠へ帰ってから、考えてみたけれども、なにしろ、竹太郎が得た〈手がかり〉は、河内屋三右衛門方ひとつである。

(それほど疎遠になっていたとは知らなんだ。これでは、七蔵父娘が河内屋をたずねてあらわれることもないのではないか……)

と、おもわざるを得ない。

しかし、あきらめきれなかった。

（もしやして、これから七蔵父娘がたずねて来るやも知れぬ）

翌日になると、たまりかねて竹太郎は笠に面をかくし、河内屋のまわりを歩いてみた。

別に、どうということもない。

それから数日の間、竹太郎は旅籠に寝ころんで、うつろな時をすごしたり、京の町を歩いてみたりした。外出のときはむろん、二度三度と、河内屋の前を通った。

服部小平次が、東本願寺で竹太郎を見出したのも、この間のことである。

また、河内屋の前通りで竹太郎を見かけ、走り寄って袖をつかみ、烏丸五条の彫物師・仁兵衛方へつれこんだのもこうした事情によるものであった。

小平次がいうように、彫物師・仁兵衛と河内屋三右衛門とは遠縁の間柄だ。

仁兵衛の母の叔母と、河内屋の祖父の弟とが夫婦であったとかいうので、これは同じ京の町に住んでいることだし、さほどに親しくはないが、それなりに交際もしているらしい。

「それはさておき、竹太郎さま。いま、どこにおられます？」

と、小平次が眉をひそめ、

「私はもう、毎日、心配のしつづけでございましたよ」

五十男のような口をきいた。

大石竹太郎も、そろそろ金が、こころ細くなってきている。

「では、いかがで？」

「なにをだ、小平次」

「ここへ、お泊まりなされませ」

彫物師・仁兵衛は、いたって気の善い老人で、末の子の与吉と仲よしの服部小平次の早熟な言動に、

「おもしろいのう」

なぜか好意をよせてくれている。

それに、このごろの小平次は仁兵衛方へ入りびたりとなり、こまかい細工物の手つだいをし、仁兵衛老人から〈小づかい〉をもらったりしているのであった。

小平次の、細工物にかけては天才的な指先を、仁兵衛はどうも高く評価しているらしい。

「あ、かまいませぬよ」

と、仁兵衛は竹太郎を泊めることなど、平気なのだ。

小平次が、三条の旅籠〈伊勢屋〉へ行き、竹太郎の小さな荷物を引き取った上、勘定もすましてきた。

「金は、どうしたのだ？」

竹太郎が問うや、

「私めは……へ、へへ……二、三十両の金なら、どうにでもなります」

と、十二歳の小平次が、低いちんまりとした鼻をうごめかせていうのである。

「すまぬな」

竹太郎もおっとりとして、小平次の好意をうけ、しかも彼を、まったくの〈大人あつかい〉にしている。

それがまた、小平次にはたまらなく、

（うれしい!!）

のであった。

夜になると、小平次は藩邸へ帰って行ったが、翌朝になると、待ちかねたように仁兵衛方へやって来た。

「竹太郎さま。うかつに町中を歩いては、あぶのうございますよ」

竹太郎は、中二階の部屋に一夜を明かしていた。

「わかっている」

「あなたさまが、お手をおつけになった女のことにはかまうな、と、国もとからいって来ておりますが……あなたさまのことは、ぜひともおさがし申さなくては、と、御留守居役の小野寺十内さまが、いやもう血眼になっておられますよ」

「そうか……」

「国もとの御家老さまが、さぞかし御心痛のことでございましょう」

いうことが、とても十二歳の少年とおもえない。

「ま、ともあれ、この小平次に、くわしく事情をおきかせ下さいませ」

「うむ……」

「ようまあ、いままで見つからずにすんだもので……」

東洞院・五条下ルところの河内屋と、浅野家の京都藩邸とは、程近いのである。

竹太郎は、ぽつりぽつりと、お幸とのことを小平次へ打ちあけた。

「なるほど……うむ、なるほど……」

と、服部小平次は、さも興味ふかげに大石竹太郎のはなしをきき終え、

「そりゃ、もう、わけのないことで」

「なにがだ？」

「お幸さんは、佐々木源八より、あなたさまのほうが、たんと好きになったので……それだけのことでございましょう」

「なれど、源八は剣術もすぐれ、人としても、まことに立派な男なのだ。おれなどは、とても、くらべものにならぬ」

「さ、そこが、女はちがいまする」

「なぜ？」

「いまは、元亀天正のころの、戦国の世とはちがいまする」

「……？」

「当節の、若い女ごなどというものは、剣術つかいなぞは、あまり好みませぬよ」

「ばかもの」

竹太郎も、さすがにあきれはてた。

「小平次。お前、いくつになった？」

「十二歳」

「小ざかしいやつめ」

「とんでもないこと。さむらいの家の子なればともかく、町衆の子どもなれば、私のようなのは掃いて捨てるほどでござりますよ」

「ふうむ……」

「そこで竹太郎さま」

「なんだ？」

「これから、いかがなされます」

「それが……いや、困った……」

「国もとへ、お帰りなされまするか？」

「ばかな……いまさら、なんの面目あって祖父さまへお目にかかれようか」

「では、どうなされます？」

「困った」

「では私に、お身がらを、おあずけなされませ」

「お前に？」

「竹太郎さまのお一人ほどなら、小平次屹度お養い申しあげましょう」

「まさか……」

「細腕ながら服部小平次、この両手のゆびをうごかせば、金も入ります。お酒もさしあげましょう」

いやどうも、大変な少年ではある。

「よし」

と、大石竹太郎もここにいたって、まことに素直に、

「お前の世話になろう。いささか、考えさせてもらおう」

「これできまりました」

「よろしゅう、たのむ」

「大船に乗ったお気もちでいて下されませ」

などと語り合う二人をながめて、彫物師・仁兵衛が、

「こりゃ、おもしろいわえ。たまらぬ、たまらぬ」

と、大よろこびをしているのだから、竹太郎や小平次の母が、このさまを見たら、どのような顔になるであろう。

こうして大石竹太郎は、彫物師・仁兵衛の家に起居することとなった。

秋も、深まってきている。

(ああ……どうしたらよいものか……?)

竹太郎にとっては、生まれてはじめての苦悩であった、といえよう。

小平次は、ぬかりなく、もしも中野七蔵父娘が河内屋三右衛門方へあらわれたときのことも考え、仁兵衛老人夫婦や、与吉へもたのみ、それとなく河内屋の様子に変化が起きてはいないか……と、さぐりをかけてもらっているらしい。

だが、依然として七蔵とお幸は京の町へあらわれぬ。

小平次は、一日のうちに一度は、かならず仁兵衛方へやって来て、赤穂からの連絡の有無を知らせてくれた。

そして、時には階下の細工場で、仁兵衛老人の仕事を手つだっているらしい。

「たまさかには、ようござりましょ」

こういって、小平次は酒もはこんでくれた。

所在がないものだから、ついつい竹太郎も酒をなめてみる。

酒を味わうなどとは、生まれてはじめてのことだ。

国もとでは、祖母の於千が、

「二十歳（はたち）になるまでは……」

といい、祝儀の盃を竹太郎にあたえるときも、かたちばかりのことにしてあった。

（うまい）

大石竹太郎は、生得（しょうとく）、酒が好きな体質であったらしい。

晩秋の陽ざしがあたる障子をながめつつ、寝そべって酒盃をふくんでいると、ついつい、陶然としてしまい、

（おれは、どうかしているのではないか……）

慄然（りつぜん）とすることがある。

あれほどにおもいつめ、祖父のもとを脱出してまで、さがしもとめようとしているお幸のことを、ふっと忘れてしまうことがあるのだ。

（酒とは、おそろしい）

そのくせ、お幸の白い肉体を想い、一夜をまんじりともせずに明かすこともある。

そのくせ、お幸の乳房のかたちやら、秘所の感触やら、肌ざわりなども、いま想ってみて、どうも、はっきりとおもい出せない。

ただ、愛撫の最中（さなか）に見せたお幸の、うす汗のにじんだ幼女のようにおさない、無我夢

中の顔貌だけが、竹太郎の脳裡にきざみこまれている。

そうした夜が明けた朝には、こころよりも竹太郎の躰が、お幸の肉体をもとめてやまない。それが何よりも苦しく、せつないことであった。

竹太郎が仁兵衛方で暮らしはじめてから半月ほどすぎた或日の午後に、小平次があらわれて、

「竹太郎さま。今日はちょと、外へお出かけなされませ」

と、いった。

福山の吾妻

「京は、いまが、いちばんよい季節(とき)ですね。竹太郎さま」

と、服部小平次が道を歩きながら、澄みわたった空を仰ぎ、

「目がさめるほどの日和(ひより)や」

十二歳の少年は、こうしたことばを出さぬものだ。

四季のうつりかわりに、感情をうごかされるのは、あと何年も待たねばならぬのが当然なので、人は少年のころ、寒かろうが暑かろうが、晴れていようが雨ふりであろうが、そのようなことに関心を抱くひまがないほどに、

「いそがしい」

ものなのである。

尋常な少年たちの、未熟な頭脳と肉体は、学問なら学問、あそびならあそびと、一つだけのことに熱中すれば、あとのことを受け入れる余裕(ゆとり)など、ありはしない。

また、それでよいのである。

なればこそ、彼らの日々は、彼らの一生を左右するほどの重大さをもって、大人になってゆくべき土台となるのである。

この時期に、見聞きしたことを、人は生涯忘れぬ。

それほどに、少年の集中力は単純でいながら素直で、ひたむきで、熱烈なものなのだ。

だが……。

服部小平次は、読書も手習いも好きだし、天性の器用さを発揮して、

〈内職〉

までやってのける。

その内職で得た金が、さらに小平次の生活を多彩なものにしているのだ。

同年の少年たちと無邪気にあそび、大人たちとも交渉がある。

現に、彼は大石竹太郎の面倒まで、見てやっているではないか。

「小平次」

「はい」

「おれを、どこへ連れて行く?」

「ま、おまかせ……」

「申しては味ないことなのか?」

「それ、それ」

と、小平次は、わが意を得たりという態を見せ、両手をぱちりとたたき合わせ、

「そのとおり」

得意げに、低い鼻をうごめかすのである。

晩秋の京の町は、ふしぎにあたたかい。

この都へ、間もなく走り寄って来る冬の底冷えの強さの前の、それは、

「天のめぐみと申すものでしょうね」

と、またも小平次が、いうのだ。

風はほとんどなく、都をつつむなだらかな山なみに紅葉の色が日に日に深まってゆくのであった。

小平次が、大石竹太郎をともなったのは、一条・室町にある扇問屋〈恵比須屋市兵衛〉方へ、であった。

京の室町通りは、むかしながら、皇都随一の名流商舗が軒をならべている。

恵比須屋は、浅野家の京都藩邸へ出入りをゆるされている扇問屋であって、その名は、竹太郎もきかぬではない。

「恵比須屋へ、か？」

「はい、はい」

うなずいて小平次が、

「さ、こうおいでなされませ」

と、恵比須屋の前へ立った。

京格子にかこまれた店がまえには、

〈御扇子所(おせんすどころ)・恵比須屋〉

と、淡蘇芳色(うすすおういろ)の地へ白で染めぬいたのれんが、ものしずかに掛けてあるのみだ。

まことに、老舗の貫禄もじゅうぶんな店がまえではある。

「さ、こちらへ」

小平次は、脇出入口から先に立って、恵比須屋の中へ入って行った。

入ったところの土間は、そのまま〈通り庭〉となって、家の奥ふかくへ通じている。

土間の右手が店で、奉公人たちが、これもきわめてものしずかに、それぞれの仕事をしているのであった。

その奉公人たちへ、小平次が、

「おいでかね?」

気やすげにいうや、

「お待ちかねで」

奉公人のひとりが、これも、にっこりと笑ってこたえる。

「さよか……」

と小平次。まるで、わが家を歩くような足どりで、さっさと通り庭へすすむ。

通り庭の一角が大台所となってい、女中たちがはたらいている。

「や、よいお日よりで」

などと小平次は、その女中たちの目礼にも如才なくあいさつを返しつつ、

「竹太郎さま、こちらへ」

さらに、奥へすすむ。

京の町家の間取りは、恵比須屋のような大店（おおだな）であっても奥深い。

石畳の通り庭に、井戸が二つも、もうけられてあった。

右手に、格子戸が見えた。

戸を開けて入ると、そこに、奥庭が展開している。

竹太郎の眼に、南天の赤い実のつらなりが、あざやかに映った。

武家屋敷の広大な庭とちがい、京の町家のそれは、つつましやかなものだが、まるい蹲い（つくばい）と蓮華寺形の石灯籠を中心に、南天や躑躅（つつじ）がたくみに配置された恵比須屋の庭は、美しかった。

庭に面した奥座敷に、二人の男がいて、小平次と竹太郎を迎えた。

一人は、当主の恵比須屋市兵衛で、当時二十八歳。竹太郎より十の年長ということになる。

市兵衛は異相といってよい。

ひょろりと細長い体軀をしているが、顔つきも長い。

その顔を三つに割ったとする。

その真中の一つに、彼の眼と鼻と口がすべておさまってしまっているのだ。

他の三分の二は、上部が額で、下部があごということになる。

市兵衛の両眼は細く、やさしげで、外からは瞳がほとんど見えぬほどだが、鼻はふとぶとと大きい。

そこで、もう一人の男……これは老人であるが、市兵衛に生きうつしといってよい顔貌なのだ。そのくせ、背丈は至って低い。

この老人が市兵衛の父で、いまは隠居をしている茂佐なのである。

恵比須屋では、代々、当主が〈市兵衛〉の名を跡つぎにゆずりわたし、隠居をすると〈茂佐〉を名のる。

これが、

「当家のならわしでございまして」

と、のちに市兵衛が竹太郎へ語った。

小平次が、市兵衛と茂佐を竹太郎へ引き合わせてから、

「こちらが、大石竹太郎さま」

といった。

「さようでござりましたか。さ、さあ、こちらへ……」

市兵衛が、手をとらんばかりにして、竹太郎を座敷へ招じ入れた。

茂佐老人は、歯がぬけ落ちた口をもぐもぐさせつつ、竹太郎をうれしげにながめている。

恵比須屋市兵衛は、浅野藩邸出入りの身であることなど、いささかも口にのぼせなかった。

「こちらとは……」

と、市兵衛が小平次を見て、

「仲よしでござりまして」

竹太郎は、それが当然といった顔つきで、大きくうなずく。

茂佐老人が、竹太郎へ一礼し、座敷からどこかへ出て行った。

「ま、ごゆるりとなされませ」

「はい」

竹太郎も、ゆったりとかまえている。

市兵衛が、そうした竹太郎をつくづくとながめ、その視線を小平次へうつした。

小平次がにっこりとうなずいて見せる。

市兵衛が、それにうなずき返す。

今日ここへ、竹太郎を迎えるについては、二人とも何やら打ち合わせがすんでいるようであった。

やがて、茂佐老人が茶をたてて、これをふくさにのせ、あらわれた。

「先ず……」

こういって、茂佐が茶わんを竹太郎の前へ置く。

「はい」

素直に、竹太郎は茶を喫した。

小平次が何やら市兵衛と、ひそひそ、ささやきかわしていたが、

「では、竹太郎さま……」

「うむ?」

「わたくしは、これにて」

「帰るのか」

「いえ、あなたさまは、ここに……」

「なぜ?」

するとと小平次は立ちあがり、庭先へ下りて行きながら、

「いうては味ない、いうては味ない」

調子をつけてそういいながら、庭を横切り、通り庭へ出て行ってしまった。

「これは、なんのことやら……」

と、さすがの竹太郎も、苦笑をうかべざるを得ない。

「ま、よろしいではございませぬか」

「はい」

竹太郎も、こういうところは変わっている。茶わんを置くと、庭のながめをぼんやりとながめはじめ、市兵衛に、

「私に何の用か？」

ともきかぬ。

「すこし、お待ち下されますよう」

そういって、市兵衛と茂佐が座敷を出て行った。

(小平次は、おれを、この家へあずけるつもりなのか……？)

そうおもってみた。

となると……。

これは、藩邸と恵比須屋とが連絡をとってのことだ、と、おもわれぬことでもない。

(なれど、小平次がそのようなまねをするだろうか？)

まねとは〈通俗の所業〉ということだ。

そのようなまねをすることは、小平次が竹太郎を、

「だました」

ことになる。

（おれをだますような、小平次ではない）

竹太郎の面に、微笑がうかんだ。

恵比須屋市兵衛が外出(そとで)の仕度をしてあらわれたのは、このときである。

「さて、竹太郎さま。そろそろと、まいりましょう」

と、市兵衛がいうのだ。

「どこへ？」

と問いかけて、竹太郎はやめた。出て行くとき、小平次がいった「いうては味ない」の声をおもい出したからである。

「では、行(い)て参(さん)じます」

市兵衛が、うしろにあらわれた父の茂佐へいい、竹太郎の先へ立ち、座敷を出た。

竹太郎の履物(はきもの)は、すでに、廊下に沿った通り庭の出口へまわされていた。

恵比須屋市兵衛は、大石竹太郎と共に、四条の橋を東へわたった。

この橋を中心にした四条河原の東西一帯は、むかしから、京都随一の盛り場である。

河原には、種々の見世物小屋や、物売りの小屋がたちならんでいるし、鴨川の東岸一

帯は、歌舞伎芝居や人形芝居、浄瑠璃（じょうるり）などの劇場があり、これに付随する茶屋、飲食のための店々が密集し、皇都の歓楽は、すべてこの地に寄せあつまった、といってもよいほどであった。

そのころ、四条で操り人形芝居を興行し、座元と太夫（たゆう）を兼ねていた宇治嘉太夫（うじかだゆう）は、上方浄瑠璃の大成者といわれ、のちの義太夫ぶしの始祖となった竹本義太夫は、この嘉太夫の弟子であったそうな。

それはさておき……。

宇治嘉太夫の語りものに〈四条河原涼八景（すずみはつけい）〉というものがある。

これは、夏の四条河原一帯の情景を語ったものだが、いかにも、そのころの様子がほうふつとしているので、すこし、ぬきがきをして見よう。

春すぎて、青葉の梢（こずえ）涼しげに、茂る木の間の花うづき、夏のながめもこと国に、似るべくもなき九重（ここのえ）の、京の水ぎは立ちつづく、四条河原のにぎはひは、八雲立つてふ御歌の、（中略）一むら竹の東明（しののめ）も、やや明けわたす槇（まき）の戸の音羽の山にこだまして、ひびく芝居の朝太鼓。

あかねさす日の赤前だれ。すしにでたちし賤（しず）の女（め）が、顔に会釈し「のう申し、札（ふだ）（劇場の入場券）めせ。よい場桟敷でも取ってあげましよ。お羽織も、お笠も杖もあづかりてお茶はあとからあれ申し」入りは早雲（はやぐも）……（中略）

さてまた涼みの夕景色、水に蛙の声たてて、的矢の篝火うちけむり、かなたこなたに灯の、やや見えそめつつほどもなく、東石垣、西にはまた先斗につづく石垣町の、軒にいさかふ釣行燈。

上は三条橋の下、下松原のこなたまで、ながれにつづく水茶屋は……。

と、ある。

そして、恵比須屋市兵衛が竹太郎をつれこんだのは、こうした〈水茶屋〉の一つであったのだ。

「竹太郎さまは、以前に、このあたりへ、おはこびでございましたか?」

市兵衛の問いに、

「いいや……」

竹太郎はくびをふって、

「以前、京に住んでいた折、私はまだ、子供で……」

と、こたえた。

恵比須屋市兵衛が竹太郎を案内した水茶屋の名を、

〈福山〉

という。

四条の橋を東へわたり、四条通りをそのまますすめば、突き当たりが祇園の社(八坂神社）である。このあたり一帯が繁栄したのも、祇園社の門前町であったからで、四条通りの両側には、芝居小屋・見世物・茶店などが軒をつらね、南面にのぞまれる建仁寺の大伽藍の周辺にも、水茶屋が多い。

〈福山〉も、その一角にあった。

　市兵衛は、店へ入るや、

「竹太郎さまは、お先に……」

　と、いう。

「どこへ？」

　いいかける竹太郎へ、

「ま、こちらへおいでなされませ」

〈福山〉のあるじがあらわれ、案内に立った。品のよい老人である。

　店先から、土間にかけて、大竈を中心に、緋毛氈におおわれた腰かけがならび、美しい茶汲女が客の接待にいそがしい。

　竹太郎が招じられたのは、土間をぬけて、通り庭を行き、中庭に面した茶室ふうの座敷であった。

「しばらく、お待ち下されまするよう」

　いいおいて、〈福山〉のあるじは去った。

のちにわかったことだが〈福山〉は、祇園町の水茶屋の中でも、なかなかに格式の高い店らしい。

すぐに、酒肴がはこばれて来た。

それでも、市兵衛はあらわれぬ。

風雅な座敷には、香がたきこめられてい、しめられた襖の向こうに、いま一つの座敷があるらしい。

秋晴れの午後である。

障子が、中庭の明るい陽ざしを映していた。

所在ないはずなのだが、大石竹太郎にとっては、このように時間をつぶすことなどは何でもないことであった。

なにしろ、ひとりきりの時間さえあれば、いつ、どこでも、とろとろと居ねむりができる竹太郎なのである。

だが、いまここには、酒がある。

だから、飲む。

退屈であるはずがない。

竹太郎は盃に酒をみたし、ゆるゆるとのみはじめた。

酒が絶えた。

障子へあたっていた陽ざしが翳ってきはじめた。

そこへ……。

通り庭に足音がした。

足音が、中庭へ入って来た。

女の足音であった。

足音が、竹太郎のいる座敷の外でとまった。

「もし……」

女の声である。

「私か？」

と、竹太郎。

「あい」

「なんぞ用事か……」

「入りまする」

「うむ……」

女が障子を開け、しずかに座敷へ入って来た。

ぬれぬれとしめつけ島田にゆいあげた女と共に、得もいわれぬ香りがながれこんできた。

小柄な竹太郎とならんで、ちょうどよいほどの、これも小柄な女であった。

女の名を〈吾妻〉という。

もちろん、本名ではない。水茶屋の女としての名である。

吾妻は、新しい酒をはこんで来た。

「ここの女か？」

「あい」

あくまでも、はじらいがちに竹太郎の傍へすり寄って来た吾妻が、酒瓶を取りあげ、

「さ……」

と、うながした。

竹太郎は、盃に酒をうけつつ、

「恵比須屋どのは？」

「お帰りなされました」

「帰った、とな」

「あい。なれど、しばらくして、お迎えにまいられますとか……」

「おれを？」

「あい」

「ふうむ……」

これで、わかった。

（小平次め……）

竹太郎は、苦笑をした。

服部小平次が恵比須屋市兵衛へたのみこみ、

（おれの無聊を、なぐさめてくれようというのか……）

であった。

いかに早熟の小平次といえども、さすがに祇園町の水茶屋へあそびに来ることはしていないらしい。

水茶屋であるからには、店先から土間にかけて腰かけをならべ、疲れをやすめる客に茶菓を供しもするわけだが、接待の茶汲女は、奥の座敷で、客に添い寝もするのだ。

だからといって〈福山〉ほどの店になれば、茶をのみに入って、

「あ、この茶汲女がよろしい」

からというので、すぐさま、これを抱けるというものではない。

そこへ至るまでの道程には、しかるべき紹介者も必要なのであろうし、なによりも〈福山〉のあるじの目がねにかなわなくてはいけないらしい。

恵比須屋市兵衛は、まだ独身のこともあって、福山へはよくあそびに来ていたのである。

大石竹太郎も祇園町の水茶屋と、そこにいる茶汲女たちが、男たちの、どのような欲求にこたえようとするのか、それほどのことはわきまえている。

わきまえていたが、経験は無い。

ともあれ竹太郎は、お幸によって、はじめて女体を知ったのである。

「もし……」

と吾妻が、また酌をしようとする。

竹太郎がうける。

酒の酔いばかりではなく、色白の、竹太郎のくびすじから、ふっくらとした頰のあたりへ見る見る血がのぼってきた。

それを見て、吾妻の双眸(りょうめ)にかがやきが加わった。

この客を、

(好もしい)

と見たのである。

吾妻は、おそらく竹太郎より一つ二つの年長であろうが、茶汲女にはめずらしく、ほとんど化粧をほどこしていなかった。

これは、もしやすると、福山のあるじが竹太郎の相手をさせるために、申しつけたものか……。

吾妻の受け口のくちびるに、自然の血色があざやかであった。

「おぬしも、のめ」

竹太郎の声が、かわいてきている。

「いただきまする」

竹太郎が酒瓶を取ろうとさしのべた手を、吾妻が押えた。

しっとりとしめった、やわらかい女の手の感触は、水仕事に荒れたお幸のそれとくらべて、形容の仕様もないほどなのである。

「いただきまする」といいながら、吾妻は、竹太郎の盃へ酌をし、

「先ず……」

と、ささやく。

仕方なく、竹太郎が盃の酒をふくんだその瞬間に、

「口うつしに、いただきまする」

と、吾妻がいったものだ。

いうや、吾妻が竹太郎のひざへ右から上体をあずけ、くちびるをさし寄せてくる。

化粧もしていないのに、吾妻の胸もとのあたりから芳香がたちのぼっていた。

ひたと、吾妻のくちびるが竹太郎のそれへ重ねられる。

口から口へ、酒がうつった。

細くて、しなやかな吾妻の喉もとが、かすかにうごく。

竹太郎は、目がくらみそうになってきた。

吾妻は、口うつしの酒をのみ終えてなお、くちびるをはなそうとはせぬ。

吾妻の双腕（もろうで）が、自分の腰と背を巻きしめてくるのを、竹太郎は知った。

吾妻の舌が、遠慮ぶかげに、竹太郎の口中へさし入れられてきた。

それからのことを大石竹太郎は、はきとおぼえていない。

夕暮れの淡い光りの中で、裸身となった吾妻の乳房の……その乳くびへ紅（べに）がさしてあったのを見て、驚嘆したことはおぼえている。

顔には化粧をほどこしていなかった吾妻は、わが躰へ淡く化粧をしていたのだ。

その躰の、その肌のやわらかさというものは、これまた、お幸のそれとはくらべものにならない。

かたく引きしまり、肉置きはみちていても、お幸の肉体には汗のにおいさえした。

吾妻とて、竹太郎に抱かれ、竹太郎を抱きしめているうち、全身が、しっとりと汗ばんできたけれども、

（その汗のにおいさえ……）

この世のものとはおもわれぬ香りを、はなっていたようである。

吾妻は、やがて、

「お名は竹さまとか……」

と、いい、しきりに竹太郎の名をよびつつ、惑乱の体を見せる。

竹太郎も無我夢中となって、飽くことなく、吾妻の肌身へおぼれこんでしまった。

迎えの駕籠が来たのは五ツ（午後八時）ごろであったろうか。

吾妻に見送られて大石竹太郎、ふらふらと駕籠へ乗り、恵比須屋へ送りとどけられた。

脇出入口の前に、恵比須屋の店の者が出迎えてい、すぐに竹太郎は奥の間へ通された。

市兵衛も茂佐も、あらわれぬ。

のべられた夜具の中へ、竹太郎は倒れこむように入った。

翌朝……。

ゆきとどいたもてなしをうけ、朝の茶をのんでいるところへ、市兵衛が顔を見せた。

竹太郎は赤くなって、うつ向いた。

市兵衛は笑いもせずに、

「当分は、当家においでなされませ」

というではないか。

「かまいませぬか」

「かまいませぬとも」

「なれど……」

「明日また、福山へ御案内いたしまする」

「いや……昨夜は、遅うまで……まことにもって……」

「なにも申されますな」

市兵衛は笑いもせず、そうかといってまじめな口調でもなく、あくまでもおだやかな表情と声をもって、

「口に出しては、人のこころが逃げまする」

と、いったものである。

「口に出しては、人のこころが逃げまする」

この恵比須屋市兵衛のことばを、竹太郎は後年、浅野家の国家老・大石内蔵助となってからも、

「よう忘れなんだ」

と、いい、

「その後、いろいろと学者どのにも教えをうけ、書物も読んだなれど……あのときの恵比須屋市兵衛どのの一言。余人は知らずこの内蔵助にとっては、まさに名言。なにをするにしても、この言葉が胸にうかび、この言葉にみちびかれて、生きてまいったというてよい」

そう語りのこしている。

ところで……。
この日。大石竹太郎は恵比須屋の一間へ寝そべり、うっとりとして時をすごした。
眼をとじて脳裡にうかぶのは、昨日の吾妻のささやきである。
小柄な自分にとって、大へんに抱きごこちのよい吾妻の肢体である。
しとやかでいて、たがいに裸身となり抱き合ってからの、
(いや、すさまじい……)
ばかりの吾妻が愛撫である。
(あのような女が、いたものか……)
であった。
おもいもかけなかったことだ。
吾妻を想うと共に、竹太郎は必然、お幸のことへも思いおよんだ。
なぜか……。
一昨日までは、あれほどに、
(会いたい)
と、おもいつめていたお幸への思慕が稀薄になってしまっているのだ。
しかし竹太郎自身、それと意識していたのではない。
前には、お幸をおもうこころに苦悩があった。

それがいま、その苦悩を感じなくなってしまったのである。

（会いたい。会わねばならぬ）

との、おもいに変わりはない。

変わりはないが〈切実さ〉が消えてしまった。

それよりも、

（ああ、早く明日が来ればよい）

このことであった。

祇園町でも知られた〈福山〉で女とあそぶに、どれほどの金が要るか、などということは考えてもみない竹太郎なのだ。

すべてを、服部小平次にまかせきり、恵比須屋市兵衛へゆだねきってしまっている。

翌日となった。

午後となって、市兵衛にともなわれ、またも〈福山〉へ出向いた竹太郎は、吾妻と共に天にものぼるほどの時をすごし、恵比須屋へ帰る。

三日後に、また出かけた。今度は市兵衛のつきそいもなしに、である。

異　変

この日。

大石竹太郎が〈福山〉の店先へ入ると、あるじの孫右衛門があらわれ、

「これは、ようおこしなされました」

「吾妻のもとへ……」

「それが、今日はすこし、ほかの座敷でお待ちねがいとうござりますが……」

すると、竹太郎が、いささかもこだわるところなく、

「あ……」

うなずいて、

「ほかの客の相手をしているのだな」

「はい、はい」

「では、また明日にでもまいろう」

にっこりとして、竹太郎は、

「吾妻へ、よろしゅうな」

　さらりと、店を出て行った。

　そのときの竹太郎の様子を、のちに〈福山〉のあるじが恵比須屋市兵衛へ語ってきかせ、

「あのお人、あそびは、ここがはじめてというてでござりましたが、うそや、うそや」

「うそやない。ほんとうじゃ」

「それにしてはまあ、なんともものなれた……若いお客さまは、なかなかに、ああはまいらぬもので」

「竹太郎さまを、何歳（いくつ）に見るな？」

「二十三……いや、四……」

「十八じゃそうな」

「へえ……」

「おどろいたか？」

「あきれました」

　さて……。

〈福山〉から引き返した竹太郎は、曇り空の下を、四条の通りへ出て、

（そうだ。祇園の社へ参詣をして行こうか……）

　と、おもいたち、四条通りをまっすぐに、東へすすむ。

道の両側は、水茶屋やら、見世物小屋やらがびっしりとたちならび、すなわち、このあたり一帯が祇園社（八坂神社）の門前町のかたちをなしているわけであった。

祇園社の門前町は、鎌倉の時代から繁栄していたところだが、その後の戦乱につぐ戦乱によって京都は荒廃し、ついに、祇園村とよばれる一閑村になってしまった。

しかし、京の町民のエネルギーが、京都再興の象徴ともいえる〈祇園祭〉の復興にむすびつき、これがために、人びとの祇園社参詣も年ごとに活気をおび、したがって祇園町がにぎわい、戦乱の世がしずまってのちは、京都随一の歓楽地帯となったのである。

竹太郎は、四条通りの突き当たりにある祇園社の石段をのぼり、西門から境内に入り、参詣をすませると、境内南の門から出た。

門の外の両側に、わらぶき屋根の茶店が二軒あり、これを〈二軒茶屋〉とよぶ。

事件は、ここで起こった。

大石竹太郎が、南楼門から出たのは、二軒茶屋で茶をのみながら、足を休めようとおもったからである。

その二軒ある茶屋の左手のほうへ、竹太郎が歩み寄ったとき、下河原の道のあたりで、すさまじい絶叫がきこえた。

笠のひもへ手をかけつつ、二軒茶屋へ入りかけた竹太郎は、

（なにか……？）

おもわず、眼をやると、

「あれえ……」

下河原道に面している石の鳥居をくぐって、参詣に来たらしい女たちが数人、悲鳴をあげて、こちらへ逃げこんで来た。

そのうしろから、浪人ふうの男が一人、顔面を血みどろにして、ふらふらとあらわれ、鳥居をくぐりぬけたかと見る間に、

「う、うう……」

わずかにうめき、手にした大刀を落とし、がっくりと両ひざをついた。

(斬り合いか……)

まさに、そのようである。

浪人が、ぐったりと倒れ伏し、うごかなくなった。

鳥居の向こうの道に、刃をかまえた数人の男たちがあらわれた。

「あ……」

竹太郎は、おぼえず、

「佐々木源八……」

と、声にのぼせていた。

たしかに佐々木源八である。

大刀を正眼につけている源八のまわりを押しつつむようにして、四人の男たちが刃をかまえていた。

武芸者とも、浪人とも見える四人の男たちは、袴もつけているし、さほどに見苦しい風体でもない。

だが、佐々木源八は、まるで乞食(こじき)であった。

蓬髪(ほうはつ)をむぞうさにたばねた源八は、塵と垢にまみれたよれよれの小袖を着、裾を高々とまくりあげ、素足に草鞋(わらじ)をはいている。腰に帯しているのは大刀ひとつだ。

(げ、源八……)

さすがの竹太郎も、このときはあわてた。

(どうしたら、よいものか……)

笠の内から源八を見つめながら、

(助けねば……源八を助けねば……)

全身が、焼けつくように熱くなってきた。

では、助けるには、

(どうしたらよいか……)

である。

場所もわるい。

参詣の人びとは、源八たちを遠巻きにし、息をころして見まもっているが、ここへ、役人でも駈けつけて来ようものなら、佐々木源八の身柄も只事ではなくなってくる。浅野家から脱走した源八は〈罪人〉なのであった。

そのとき浪人の一人が、鳥居の柵を躍りこえ、佐々木源八の背後へまわった。

前に三人、うしろに一人。

その一人と源八の背が、竹太郎の立っているところからは重なって見える。

(い、いかぬ。これは、いかぬ……)

竹太郎は、たまらなくなってきた。

「おう!!」

源八の真正面から、浪人の一人が猛然と斬って出た。

源八は左足(さそく)を引きざま、その浪人の刀を打ちはらい、

「鋭(えい)!!」

身をすくめるようにして、すくいあげるように浪人の胴をはらった。

「あっ……」

腹をひき、両足をそろえ、浪人は辛うじて源八の一刀を避けたが……。

このとき、源八の背後にまわっていた浪人が、

「たあっ!!」

ふりかぶった一刀を、たたきつけるように源八へ打ちこんで行った。

笠の内で、竹太郎は眼をとじた。

(源八、斬られた……)

と、おもったからである。

またも、絶叫があがった。

その絶叫は源八のものにちがいない、と、竹太郎は感じた。

おそるおそる、竹太郎が眼をあけた。

佐々木源八は、しっかりと立っていた。

その、ななめ横に、いま源八へ斬りつけた浪人が左腕を斬り落とされ、地面にのたうちまわっている。

竹太郎は昂奮した。

源八の手練が、

(これほどのものとは……)

おもっても見なかったからだ。

「おのれ!!」

「包みこめい!!」

のこる浪人三人は、これも退こうとはせず、鬼のような形相となって、源八へ肉薄して来た。

佐々木源八は、これを迎え、われから斬って出たのである。

鳥居の向こうの道で、四つの人影が目まぐるしく飛び交(か)い、刃と刃の嚙み合う響(とよ)みが物凄くきこえた。

源八が、よろめいた。

どこかを斬られたらしい。

それと見て、大石竹太郎は無我夢中となり、鳥居の傍へ駈け寄りながら、

「役人だ。役人が来た!!」

大声をあげた。

次の瞬間、三人の浪人がいっせいに刀をひき、逃走にかかった。

同時に、佐々木源八も走り出している。

源八は、石鳥居外の道を東へ逃げた。

浪人たちは西へ、である。

そのあとから、竹太郎も石鳥居をくぐって駈けた。

見物の人びとのどよめきが起こった。

竹太郎は、もちろん源八の後を追ったのだ。

この細い道はのぼりとなり、真葛(まくず)ヶ原(はら)や長楽寺に通じている。

祇園社は、東山の山すそにあるわけだから、当時、この神社の宏大な境内が山腹に展開するところ、これを円山と名づけ、南は高台寺、北は知恩院に接する境内は、およそ三万坪といわれた。

奥深い木立の中には、長楽寺、双林寺、安養寺などの寺々がしずまり返っている。

佐々木源八は、長楽寺の手前から右の山道へ切れこんだ。

「ま、待て。源八……」

竹太郎は、あえいだ。

十八歳の若い体軀ながら、このところは竹太郎、なまけほうだいになまけているし、京へ着いたころの憔悴も、小平次の世話をうけるようになってから、ほとんど消えはて、顔も躰も以前のごとく、ふっくりと肥えてきていた。

源八の後から山道へ駈けこんだ竹太郎の両足は、もつれている。

「待て、源八……たのむ。ま、待ってくれ……」

両手を泳がすようにして、竹藪に沿った上り道をまわったとき、

「あ……」

竹太郎が、急に足をとめた。

源八が、そこに待ちかまえていたのである。

「げ、源八……」

「おれを捕えに来たのか、竹太郎どの」

「ち、ちがう。ばかな……」

「役人をつれて来たな」

源八の右手には、まだ、刀がぬき持たれていた。

「何をつまらぬことを……ともあれ、その刀をおさめてくれ」

源八の両眼が強い猜疑(さいぎ)の色をたたえ、青白く光っていた。

こうして、間近く彼の顔をながめると、赤穂にいたころの佐々木源八とは、

(別人のような……)

であった。

頬骨が突き出し、眼のまわりはくぼみきって、くろずんでいる。顔にも手足にも垢がこびりつき、源八の躰からは異様な、獣じみた体臭が強烈に匂っている。

その異臭に顔をしかめつつ、竹太郎は、ようやくにいった。

「源八。おれは、おぬしをさがしていたのだ」

「なに……？」

「まことだ。おれがおぬしをだまして、捕えるような男かどうか、考えてみてくれ」

源八が、急に視線をそらし、着物の裾で刀をぬぐいかけた。

「これを！」

竹太郎が、懐紙を出した。

ふところに紙も持たぬ源八は、竹太郎の好意をしぶしぶとうけた。

「もうすこし先まで、行こう」

竹太郎は、源八の先に立ち、

「なんといっても、おぬしは、人ふたりを斬った」

「かまわぬ。あやつども、無頼の浪人たちだ」

「喧嘩か？」

「うむ」

竹太郎のうしろから歩みはじめた源八が、つばを吐き、

「おれを、あざけった」

「あの浪人たちが？」

「うむ」

「そうか……」

まるで、乞食同然の姿をしている佐々木源八とすれちがいざまに、浪人たちが声をあげて笑った。

その一人の腕をつかみ、源八が路上へたたきつけたことから、あの斬り合いになったのだという。

「おぬしにも、似合わぬことだ」

「うるさい。もう、だまっていてくれ」

「なれど……」

「国もとを逃げ、もはや、一文もないおれのこころと躰がどのようなものか、竹太郎どのにはわからぬ」

「それは、たしかに……そうだ」

いまいましげに源八が舌うちを鳴らし、

「ここからもどれ」

「かまわぬ」

「おれが、いやだ」

「ま、きいてくれ」

「きくことなど、ない」

「よいか、源八……おれとお幸とのことは、つまるところ……」

「だまれ」

「おぬしとお幸とのことを、おれは、まったく知らなんだのだ。知っていて、あのようなまねができるか。そうおもわぬか」

源八の返事は、憎悪をこめた一瞥のみであった。

「おぬしに、斬られてもよい。おれだとて行先、もう、なんののぞみもないのだから……」

「なに……？」

「おれも逃げてきた」

「え？」

「祖父さまへ、書きおきを残してきた。赤穂へもどれば、おぬしと同じ罪人なのだ」

源八の足がとまった。

竹太郎がふり返って、

「ほんとうなのだ、源八」

と、いった。

いつの間にか、まわりの木立が浅くなり、夕暮れのせまった曇り空が頭上へ近くなって見える。

「源八。おれは、お幸とおぬしをさがすために、国もとを逃げて来た」

竹太郎が、脱藩したときの心境をのべ、これまでの経緯(けいい)を語ってゆく間、佐々木源八は一語もさしはさまなかった。

語り終えて、

「わかってくれたか、源八」

竹太郎がいうや、

「む……」

源八はかすかながらうなずいてくれた。

「ありがたい……」

竹太郎は、おもわず源八の手をつかんだ。

源八が、それを振りはらい、

「わかったが……とり返しのつかぬことに……」

くちびるを嚙みしめた。

「おれが悪い。責任は、おれにある。語り終えたからには、もう、おもいのこすことはないのだ。斬ってくれてもいい」

「ばかな……」

「お幸に……会うたか？」

その竹太郎の声に、源八がするどく、

「会えていたなら、おれも、このようにはならぬ。も、もう、源八はだめだ」

「だめ……？」

「人を二人も殺めてしまった……」

「先刻の……」

「いや、ずっと前にだ」

「なぜだ？」

「物盗りした」

「えっ……まことか？」

「うむ」

竹太郎は、声をのんだ。

この天下泰平の世に、扶持からはなれ、国を捨て、しかも、これという庇護者もない武士の成り行きが、半年もたたぬうちに、

（こうなるものか……）

という実体を、竹太郎は源八の姿に見たようなおもいがした。

「源八。とにかく、行こう」

「どこへ？」

「いま、おれがいくところへ……」

「どこだ？」

「町家だ。案ずることはない」

「かまわぬのか……」

「大丈夫だ。それから、はなし合おう。おれもいまさら国もとへはもどれぬ」

「なれど、竹太郎どのは御家老さまの跡つぎではないか。それに、おれとちがって、い

ろいろと手段もつこうし……」

「いや。大石の家は、弟がつぐ」

「それとこれとは……」

「別ではない。そもそも、このおれが家老職をつげるものか。とてもむりだ。おれは祖父さまのなさっていることを見て、つくづく、そうおもった。おれにはできぬ」

「ではこれからどうするつもりなのだ」

「おぬしと、いっしょに行こう。どこへでもよい。そして、お幸をさがし出して、あやまりたい。あやまって、おぬしの手へわたしたい。もしも、おぬしがゆるしてくれるならば……」

あれから、どこをどう通ったものか、よくはおぼえていないが、竹太郎と源八は清水寺の裏山のあたりへ出た。

二人が町中へ入ったときには、すでに夕暮れであったし、雨もふり出してきた。

「急ごう、源八」

「大丈夫でしょうか？」

と、佐々木源八が竹太郎へ対する〈ことばづかい〉が、赤穂にいたころのようにていねいなものとなっていた。

「もう、暗いし……それに、おぬしが斬ったやつどもは無頼のやからだ。奉行所でも、うるさく詮策(せんさく)はすまいよ。京では、ことにそうだ。むかしから、のんびりとしたところゆえな」

「さようで」

「うむ、大丈夫。大丈夫」

大石竹太郎の言動には、いささかも切迫したところがない。

町中へ出たときから、これまでに人を殺めてきているだけに、佐々木源八は躰を強張(こわば)らせ、ふところから茶色の布を出してあたまからかぶった。

「どこへ、まいるのです？」

「おれをうたがっているのなら、やめろ」

「な、なれど……」

「案ずるな。何気ない顔をしていろ。今夜はその家へ泊まり、明日、二人してそっとぬけ出そう。なんとしても、お幸をさがし出し、おぬしに会わせねばならぬ」

「竹太郎さまは、それほどまでに、われらのことを……」

「おぬしも、大坂や京をだいぶんにさがしあるいたというし……おれも、それ先刻はなしたように、針屋の河内屋三右衛門方へも立ち寄り、問い質したが、お幸も中野七蔵も来てはいない。これは、おそらく、江戸へおもむいたのではあるまいか……」

「竹太郎さま」

「む……？」

「お幸は、いいなずけの私へも、京に、そのような親類があることなど、すこしもはなしてはくれませなんだ」

「そうか……」

「とてもとても、あなたさまには、かないませぬ」

「なにをいい出すのだ？」

「私は武骨者にて……」

と、源八は、声をふるわせつつ、

「あなたさまと私をくらべて見て、お幸が、あなたさまにこころひかれたのも、むりはないと存じます」

と、いった。

「つまらぬことをいっている場合ではない。いますこしだからな」

室町すじを歩きながら竹太郎は、年上の源八を、まるで弟のような感覚であつかっている。

無意識のうちに、であった。

町には、灯が入っていた。

二人とも、雨にぬれるにまかせて歩き、一条・室町の通りへ来た。

「あれだ。あの、恵比須屋という扇屋に、いま、おれはいるのだよ」

「か、かまいませぬのか……」

「かまわぬ。何くわぬ顔して、ついて来てくれ」

いいつつ、竹太郎と源八が、恵比須屋の前へさしかかった、そのときであった。

恵比須屋の脇出入口から、通りへあらわれた小さな人影が、二人を見るや、

「あっ、竹太郎さま」

叫んで、走り寄って来た。

服部小平次である。

「や、小平次か……」

「どこへ行っておいでになられました」

「む……その、実は……」

「福山へも使いを出しましたが、竹太郎さまは、すぐにお帰りになったそうで」

「うむ」

「うむではございませぬ」

いつになく、小平次の声が昂(たか)ぶっているようだ。

小平次は、竹太郎の背後に顔をそ向けて立っている佐々木源八のことなど、まるで気

にとめず、

「い、一大事でございます」

「ほう……大仰な」

「これを大仰と申すなら申されませ」

「なんとした？」

「昼すぎに……」

今日の昼下りに、浅野家の京都屋敷へ、国もとの赤穂から急使が駈けつけ、

「御家老さまが急病にて……」

小平次がいうや、

「そりゃ、祖父さまがことか？」

「はい」

さすがに、竹太郎も顔色が変わった。

「それで……それで？」

「くわしゅうは知りませぬ。なれど、御屋敷内は大さわぎで……」

「む……」

「まだ、私はあなたさまのことを、だれにもいうてはおりませぬが……こうなれば、ともあれ赤穂へおもどりにならねばなりますまい」

「そ、そうだ、な……」

「それでのうては、人の道にはずれます」

と、小平次が人ないみな口をきいた。

「御家老さまは、なんとしても、あなたさまに会わねば、死ぬにも死ねぬと、おおせられたそうで」

「お祖父さまが、か……」

いいさして、ふと気がつくと、いつの間にか佐々木源八の姿が消えていた。

ふりしきる雨の中で、竹太郎は、あまりの衝撃に茫然としてなすところを知らなかった。

このときの大石竹太郎は、逃げた佐々木源八を追う気力もなかったといえよう。

おもいもかけぬことになった。

祖父・大石良欽が、急病で倒れたばかりでなく、

(おれに会わねば、死ぬにも死ねぬと、おおせられた……)

というのなら、よほどの重態なのであろう。

「なにをしておられます、さ、早く……」

小平次が竹太郎の腕をつかみ、

「早う、御屋敷へ」

わめくようにいった。
小平次の叫び声に恵比須屋の奉公人が気づき、これを主人の市兵衛へ報告したらしく、
市兵衛と隠居の茂佐が駈けあらわれ、
「なにをしておられます、竹太郎さま。すぐさま御屋敷へ」
と、すすめた。
祖父・良欽が自分へかけてくれた養育の恩をおもえば、
(赤穂へもどらぬわけにはゆかぬ)
竹太郎は、ようやく、こころがきまった。
ともあれ、帰らねばならぬ。
祖父は死にかけているのだ。
佐々木源八やお幸は、まだ生きている。
どちらにせよ、祖父の死目(しにめ)には間に合わなくてはならぬ。
そのことが、いまの大石竹太郎にとって、
(先ず、なすべきことだ)
なのである。
人として、男として、
(先ず、なすべきこと)

をしてのけてから、次の階段へ移らねばならぬ。

「よし。行こう」

竹太郎が小平次へ、

「心配をかけて、すまぬ」

あたまを下げ、市兵衛と茂佐へも、

「このような場合ゆえ、無礼をおゆるしねがいたい」

と、あいさつをした。

「なんの……早う、お屋敷へ」

「いずれ、あらためて……」

一礼するや、竹太郎はぬれ鼠のまま歩み出した。

恵比須屋の奉公人から傘をうけとった小平次が、竹太郎の後から走り出した。

竹太郎が、浅野屋敷へ入ると、留守居役の小野寺十内をはじめ、藩士たちが瞠目をした。

「御家老様のことが、よう知れましたな」

と、小野寺十内がいうや、竹太郎は小平次をかえり見て、

「まったく、おもいがけぬことにて……この服部小平次と道で出合いました」

そう、こたえたものだ。

小平次が、そこへ、へたへたとすわりこみ、安堵のためいきを吐いた。

祖　父

大石竹太郎が、ほとんど昼夜兼行で赤穂城下へもどったのは、二日後の夜に入ってからだ。

（念のために……）

と、考えたものであろう、留守居役の小野寺十内が、石掛（いしがけ）・岩瀬の二藩士を竹太郎につけてよこした。

城の大手門をくぐるとき、

「これは……」

藩士たちも、これほどに早く竹太郎がもどって来ようとはおもってもみなかったらしく、

「ようこそ、おもどりなされました」

「さ、早う。早う……」

飛びつくように、竹太郎を迎えた。

これは、竹太郎の脱走を、浅野家では罪とみとめていないことを意味しているといってよい。

大石良欽は、孫・竹太郎のことを、

「嫁・熊子の実家、天城の池田屋敷へまいった」

ことにしてある。

中野七蔵父娘や佐々木源八の脱走は、かくそうとしてもかくしきれない。

なぜといえば、足軽の身分ながら七蔵と源八は、一家の主だ。

日々の勤務もあるし、二人とも足軽長屋に暮らしているのだから、なにか二人の身に異状が起きれば、たちまち周辺の人びとにも上役にも知れわたってしまう。

そこへゆくと竹太郎は、まだ祖父の庇護のもとにあって、いわゆる〈部屋住〉の身の上であった。

たとえば、

「孫は病気で引きこもっておる」

と、大石良欽がいえば、すこしもあやしまれずにすむ。

とはいえ、いまの浅野家中のものは、竹太郎が脱走した事実を暗黙のうちに知っているようだ。

それも、中野父娘と佐々木源八の後を追うようにして赤穂から姿を消した竹太郎だけ

に、

「竹太郎さまは、七蔵どのやお幸、それに源八などと、なにやら、かかわりあいがあってのことでは……」

と、足軽長屋のものたちは、うわさし合った。

また、奥村道場へ通っているものたちは、

「佐々木源八をさがしに出たのではないか?」

「あの二人は、奇妙に気が合うていたし、な」

「それにしても、源八は何故、脱藩をしたのであろう?」

「いいなずけのお幸が父親と共に脱走した、それを追うたのにちがいない」

「では、中野父娘は何故に脱走した」

「そりゃ、わからぬな」

「どうも、ふしぎなことだ」

そのうちに……。

竹太郎とお幸とのことも、赤穂の人びとの耳へ入ってきた。

「あの、御家老の孫どのが……」

「竹太郎どのが……おどろいたな、これは」

しかし、そこはなんといっても人望あつい国家老・大石内蔵助良欽の孫のことである。

それに、かねてからの竹太郎の人柄というものが、こうしたときには、

「竹太郎どのも、あれでやはり、ひとり前の男であったのだな」

「さようさ」

「これはよい、これはよい」

むしろ、微笑（ほほえ）ましくうけとられ、だれひとり、竹太郎を悪くいうものはなかった。

それにひきかえ、お幸のことは、

「見かけによらぬ、みだらな娘だったのだな」

ということになってしまった。

ところで……。

夜に入って帰邸した竹太郎のことをきき、病床にある大石良欽が、

「たれが、竹太郎を見つけたのじゃ」

と、老妻の於千に問うや、

「京の御屋敷の、服部宇内どののせがれ、小平次なそうにございますよ」

「小平次とは、宇内の次男か」

「はい」

「まだ、子どもではなかったのか……」

「さようにございます」

「竹太郎は、いかがしておる」

「いま、とりあえず湯浴(ゆあ)みさせておりまするが……」

於千が、さぐるような眼で良欽を見やり、

「衣服をあらためさせましょうや？」

良欽が、しずかにかぶりをふって、

「明日で、よい」

苦しげに、いった。

この苦しさは病気の故であって、良欽の顔には、

(よかった。間に合うてくれたわい)

そのよろこびが、かくしてもかくしきれない。

だが、よろこびに昂奮することは、大石良欽の病気にはいけないことなのである。

病いに倒れたときの良欽は、まだ登城前で、好きな白粥の朝餉(あさげ)をしたためていた。

食べ終えて、箸を置こうとした良欽が、

「あ……」

低く叫ぶなり、箸を落とした手で左の胸下を押え、

「医者を……」

と、給仕をしていた於千へいうなり、横ざまに倒れたという。

病気は、心ノ臓である。

これまでに、良欽が苦痛をうったえたことが一度もなかっただけに、於千もおどろいた。

大石良欽を診察した、藩医・堀宗哲（そうてつ）は、

「案ずるにはおよびませぬ」

と、於千へいったそうだが、良欽はそれをきいて苦笑をし、

「なかなか……」

「なんと申されまする？」

「宗哲どのは、うそをついておるのじゃ」

「まさかに……」

「これ、於千。ようきけ」

良欽がいうには、二十年も前から、自分の心ノ臓が悪いことを自覚していたのだそうな。

ために、

「先々殿さまのおわすころは、わしも、つとめてのびやかに御役目をつとめてまいった。これは、おもい返して見るならば、そなたにもようわかっていよう」

「は……」

なるほど、六年前に、先々代の藩主・浅野長直が中風で半身不随となるまでは、大石良欽ものんびりと暮らしていたようだ。

それというのも、浅野長直が、まことにすぐれた藩主であって、家老たちの補佐をまったく必要としないほどだったからである。

家老も重役も、こころを安んじて、殿さまのおもむくままにしたがい、実務をまちがいなく処理していればよかったのである。

ところが、長直が病気に倒れ、二年後に亡くなったのちには、躰の弱い浅野長友が藩主となった。

長友は、幼少のころから病弱であった。

この殿さまの短命をねがうわけではないが、病身ゆえに、

(いつ、どのようなことになるや知れたものではない)

のであった。

しかも、長友の子の長矩(ながのり)は、まだ幼年なのである。

ここにいたって、大石良欽の奮闘が開始された。

なにも戦国の時代ではない。

徳川将軍のもとに、天下泰平の世が、これからも永くつづくにちがいない。

けれども、赤穂五万三千石の大名・浅野家にとっては、容易ならざる事態となった。

もっとも、これは大石良欽のような、こころある人物のみがおもい知ったことで、現状においては別だんに変わったこともないのだ。

ただ、良欽は、

(万一の事態を……)

いまから考えた、というわけなのである。

たとえば、そのとき、浅野長友が急病に倒れたとする。

後つぎは十歳にもならぬ長矩なのだ。

大名の嗣子が、あまりにも年少の場合には、幕府が、

「年少ゆえに、大名として一国をおさめる資格がない」

として、その家を没収してしまうことがある。

家というが、大名というものは一国の主である。

封建の時代というものは、日本の国が数十にわかれ、それを大名たちが領有し、国々の風土に合った政治をおこなっている。

その大名たちの上に、徳川将軍があり、幕府という〈絶対政権〉が君臨しているのだ。

大名は〈一国の主〉であっても、〈日本の主〉ではないということになる。

徳川幕府は、武力によって諸国の大名を屈服せしめた〈政権〉であった。

このため、大名たちを永久に押えこんでおくには、やはり、絶対のちからをもってい

なくてはならぬ。

大名たちが、すこしの隙や欠点を見せれば、これを容赦なく取りしまって、絶えず、将軍と幕府の威風を天下に見せつけておかねばならない。

浅野家にしても……。

浅野長直ほどの名君が、幕府へいささかも隙を見せず、立派に赤穂五万三千石の領国をおさめていれば、なにも心配するにはおよばないのだ。

(ともあれ、一日も長く、殿さまに国をおさめていただかねばならぬ)

おもうと同時に、いざというときにそなえて、大石良欽は起ちあがった。

赤穂の物産の第一は、日本にその名をうたわれた塩の生産である。

表向きは五万三千石でも、実収は八万石、などとうわさされるのも、この塩がもたらす収入があったからだ。

塩ばかりではなく、領内の物産をなおも発展させ、蓄財を増やす。

そうして、藩士の気風を強く正しいものにする。

領民たちの信望を得る。

さらに、将軍家ひざもとである江戸にもうけてある藩邸の機能を活動させ、将軍と幕府に対して、

(浅野家の印象をよくしておくこと)

これが、もっとも肝心なことであった。

したがって、江戸藩邸をまもる〈江戸家老〉の役目は、まことに重大なものといわねばなるまい。

この江戸家老をつとめているのが、大石良欽の実弟・頼母（たのも）良重（よししげ）なのだ。

兄が国家老（首相）、弟が江戸家老（外務大臣）なのだから、呼吸が合わぬはずはない。

大石竹太郎にとって、大石頼母は大叔父にあたる。

大石家は、兄の良欽がついだのに、弟の頼母が、なぜに、別の大石家をたて、しかも兄同様の家老職となったか……。

これには理由がある。

先々代の殿さま、浅野長直は、大石頼母の若いころから、

「こやつ、浅野家にとって欠かせぬ男じゃ」

と、見きわめをつけた。

つまり、

（惚れこんだ）

のである。

このため、ほんらいならば他家へ養子に行くべきはずの頼母へ、

「嫁をとらせ、別家をたてさせよ」

と、浅野長直が命じた。

異例のことではある。

しかも、だ。

その頼母の嫁に、

「わしがむすめをつかわす」

と、殿さまがいった。

こうして、長直の女（むすめ）・鶴姫が大石頼母の妻となったのであった。

江戸家老となってからの大石頼母は、一度の失敗もない。

長直は、亡くなる前に、

「わが家に、良欽・頼母の大石兄弟あるゆえ、躬（み）も安んじて冥土（めいど）へまいれる」

と、いいのこしている。

さて……。

浅野長友は、藩主たること三年にして病歿した。

大石良欽が〈万一のこと〉とおもったことが実現してしまった。

そうして、当時九歳の長矩が後をつぐことになったわけだが……。

このとき、将軍も幕府も、浅野家に対して、むずかしい態度をまったくしめさなかった。

すべては順調にすすみ、めでたく、年少の殿さまが出来あがったわけなのだが、こうなるためには、国もとにいる大石良欽と、江戸にいる大石頼母の兄弟家老が、三年の歳月のうちに、どれだけ苦心をはらっていたか、知れたものではないのだ。

人知れぬところへ、金もふりまいてあった。

幕府から指一本さされぬほどに、領国をおさめつづけてきた。

こうして、去年の三月に、九歳の浅野長矩は、将軍・徳川家綱に目通りをゆるされ、赤穂五万三千石の新藩主となったのである。

それから一年後のいま、国家老・大石内蔵助良欽は、

「来春（らいはる）までは、このいのち、とても保（も）つまい」

はっきりと、妻の於千へいいわたしたのであった。

竹太郎が、祖父・大石良欽の病間へ入ったのは、赤穂到着の翌朝もおそくなってからであった。

前夜、祖母の於千から、

「明朝に、とのことじゃ」

と、祖父の病状をきかされたとき、

「では、もはや元どおりにはならぬ、と、申されますか？」

「すでに、お覚悟のようじゃ」

「で、では……」

「ゆえにこそ竹太郎。お前さまも覚悟したがよい」

「は?」

「申すまでもなきこと。お祖父さま亡きのち、お前さまは大石内蔵助となり、御家の家老職をつがねばなりませぬ」

祖母の声は、しずかなものであったけれども、竹太郎に、

(有無をいわせぬ)

威厳にみちていた。

そして、竹太郎がこたえる前に、於千は部屋から出て行ってしまった。

「なれど、そのときはまだ、おれもあきらめてはいなかったが……」

と、のちに竹太郎は語っている。

「朝となって、祖父の病間へ入るまでは、大石家の名跡(みょうせき)は弟の久馬へと……どこまでも、祖父にねごうてみるつもりでいた。いや、それよりも尚、おれは、まだまだ祖父の病気がさほどにおもいとは、おもえなかったのだ」

だが、病間へ入り、祖父の前へ両手をつかえたとき、

(これは……?)

はじめて竹太郎に、その病状の容易でないことがわかった。

「申しわけもありませぬ」

こういった孫の顔をながめやった大石良欽は、二度三度とうなずいて見せたが、荒い呼吸のため、しばらくは声も出ぬ。

痩せおとろえ、顔面は灰のごとくつやをうしない、ふとかった鼻の、その小鼻の肉がすっかり削げ落ちているのに、竹太郎は胸をつかれた。

小鼻の肉が落ちたことは、

(死を意味する)

ことを、いつか、耳にしたことがあったからだ。

「これへ……」

ようやくに、良欽がいった。

「はい」

竹太郎が傍へ寄るや、

「手を……」

と、良欽は孫がさしのべた右手を、両手につかんだ。以前の祖父の手の、ふっくらとしてあたたかい感触はない。

別人の手のようであった。

かさかさにかわいていて、しかも、ぞっとするほどに冷たい祖父の手であった。

その瞬間。

竹太郎の両眼から、熱いものが、とめどもなくあふれ出てきた。

大石良欽の両眼も同様である。

祖父と孫が、声もなく泪あふれるままに手をにぎり合っていた。

京都の朝は、めっきりと冷えこむようになっていたが、赤穂はさすがにあたたかい。

晩秋というよりは、もう初冬の朝の陽ざしが奥庭に面した障子へ明るくうつり、どこかで、しきりに雀がさえずっている。

「竹太郎……」

ややあって、良欽が、

「人の家というものは、将軍、大名、武家、さらには町家、農家にいたるまで、これを存続させることが、もっともたいせつなことじゃ」

「は……」

「一国の存続とて同じこと。人びとが代々、これを受けつぐことによって家があり、国があり、人の世がある」

「は、はい……」

「大石の家は、竹太郎。お前にまかせる」

こういわれたとき、竹太郎はもう何もいえなかった。

祖父は、竹太郎の胸の中をすべて見とおしているのである。

「お前をおいてほかにはおらぬ。理屈も、いいわけも通らぬことじゃ。な、そうではないか」

「は……」

「わしの跡をつぎ、御家の国家老となってのち、もしも、お前が失態を引きおこし、それがために大石の家がつぶれても、それはそれでよい」

「お祖父さま……」

「はじめより、とてもやれぬ、と、おもいこむこともあるまい。竹太郎、お前は、な……」

「はい……」

「なによりも、その躰が丈夫じゃ。生まれてこの方、病気らしい病気をしたことがない。この一事のみにても、わしの跡をつぐべき責任(せめ)がある。病弱の弟・久馬にては、とても、ならぬことだわ」

ここまでいうと、大石良欽がぐったりと竹太郎の手をはなし、仰向いて苦しげに両眼をとじ、

「たのむぞよ」

と、いった。

「はい」

「よいな」

「はい」

「む……」

かすかにうなずき、良欽が、

「行け、もはや、わしも、おもいのこすこととてない」

竹太郎は一礼し、病間から出た。

廊下に、於千がすわっていた。

廊下で、中の様子をきいていた於千は、気丈にも泪ひとつ見せなかった。

於千は、

「これでよし」

しっかりといい、

「母へあいさつをしてまいられたがよい」

竹太郎の母・熊子は、すでに、天城の実家から赤穂へもどって来ている。

しかし、良欽と竹太郎の対面がすむまでは、わが子に会おうとはしなかった。

わが子の脱走が暗黙のうちにゆるされ、しかも舅・良欽の跡をつぎ、大石家の当主となることが、はっきりと決まらぬうちは、

（わが子とおもうてはならぬ）

あくまでも、舅へ遠慮をしてのことであった。

病間前の廊下を左へ曲がった突き当たりの六畳二間に、熊子が、久馬・権十郎の二子
と暮らしていた。

竹太郎は、その部屋へ出向いた。

「竹太郎です」

廊下から声をかけると、

「お入りなされ」

熊子が、きびしくこたえる。

「ごめん下され」

入ってみて、竹太郎は、またも呼吸（いき）をのんだ。

久しぶりに見る母の窶（やつ）れようも、これまたひどいものであった。

この正月。天城の実父・池田由成への看病疲れがそのまま尾をひき、実父の死後も、
天城に保養をつづけていた母なのだが、よほどに、躰をいためているらしい。

今度、竹太郎が起こした事件にも、母の心痛は尋常のものではなかったにちがいない。

母・熊子のそばにいる二人の弟、一人は十七歳の久馬。一人は六歳の権十郎だが、

「兄上」

よびかけて両手をつかえ、竹太郎へあいさつをする態が、いかにも弱々しい。

二人の弟が病身なのは、よく知っている竹太郎であったけれども、ときがときだけに、細くて青白い弟たちの顔を見ると、

(これは、やはり……どうあっても、おれが大石の家をつがねばならぬ)

あらためて、痛感せぬわけにはゆかなかった。

お幸のことも、京で佐々木源八と出合い、源八に自分の立場を理解してもらっているだけに、あの事件については、竹太郎の肩も、いくらか軽くなっている。

ただ、逃げかくれた源八の身の上が、気にかかってならない。

「こたびのことについては、なにも申しますまい」

と、母が竹太郎をにらみすえるようにして、いった。

「これからも、お前さまはお前さまのおもうとおりになされ」

熊子の口調には、竹太郎を突き放したような、むしろ冷淡なものさえただよっている。

「なれど竹太郎」

「は……?」

「このことだけは、よう、胸のうちへとどめておくことじゃ。お前さまは、こたびの事件で多くの人びとへ、つぐないきれぬめいわくをかけていますぞ」

「はい……」

「お祖父さまのおなさけもあることながら、あれだけのことを引き起こし、御城下を逃げたお前さまが、こうして何事もなく帰りもどり、罪とがも受けずに大石の家の跡つぎとなれるのも、国家老の家柄ゆえのことではありませぬか。それにひきかえ、中野七蔵父娘や佐々木源八は、身分も低きもののゆえにこそ、罪をゆるしてくるる後楯もなく、これからも、浅野家の罪人として、世にかくれ暮らさねばなりませぬ」

まさに、母のいうとおりなのである。

竹太郎は、あらためて脳天をなぐりつけられたようなおもいがした。

「よう、おわかりか？」

「は、はい……」

「よいか、竹太郎。お前さまが、女子ひとりへ……」

いいかけて、熊子が久馬と権十郎へ、

「お祖母さまのもとへ行っておいでなされ」

「はい」

二人の弟が出ていったあとで、熊子が、またも、

「女ひとりのことが、これだけに大きなことになる。それを、よう考えてみなされ。いかがじゃ？」

「は……」

返すことばもない。

「このつぐないは只ひとつ。これからのお前さまが、さむらいの本分をしかとわきまえ、世を生くることだと、母はおもいます」

「はい」

「おわかりか?」

「は……」

「なればききましょう。さむらいの本分とは、なにか?」

どうも、きびしい。

まるで、禅問答である。

「さ、竹太郎。おこたえなさい」

「されば……」

「されば?」

母の追求は急であった。

竹太郎は、全身を熱くしながら、夢中でこたえた。

「さむらいとは……死ぬる日に向かって生きるものです」

「ふむ……」

と熊子が、いささかびっくりしたように、竹太郎をながめたまま、沈黙した。

熊子にしてみれば、これまでの竹太郎を、

（どう見ても……）

たよりなかったにちがいない。

さいわいに健康ではあるが、ぼんやりとしてつかみどころのない……よくいえばおっとりしているともいえようが、子供のころから居ねむりばかりして、学問にも武術にも、まったく進歩をしめさぬわが子なのであった。

きびしく叱ったことも、何度かある。

すると、顔をあからめ、はずかしげにうなだれて、

「一所懸命にやっているのですが……」

と、こたえる竹太郎なのだが、さっぱり反応が感じられない。

その、竹太郎が、

「さむらいの本分とは、死ぬる日に向かって生きることです」

とこたえた。

まさに、そのとおりだ。

これは何も、さむらいのみではない。

人であるからには、当然、この一事を体得していなくてはならぬ。

人間の一生について、何ひとつ、完全な予測がたてられるものではない。

ただ、何よりもはっきりとわかっていることは、

(生まれた以上は、かならず死ななくてはならぬ)

この一事のみなのである。

この決定的な一事をわきまえてこそ、人間の生命が充実するのだ。

竹太郎が、そこまで考えてこたえたのかどうか……。

それはわからぬが、問いつめた熊子に対してのとっさのこたえとしては、まことに見事なものだ、といわねばなるまい。

熊子は、うなずくよりほかに仕方がなかった。

わが子の、おもいもかけなかった一面を、熊子はのぞき見たようなおもいがしたものである。

こうして、竹太郎に以前の生活がもどった。

大石良欽の病状は一進一退であった。

竹太郎が病間へあいさつに出ても、良欽は、にっこりとうなずくのみで、なにもいわぬ。

しかし、祖父が一日一日と、死に向かって歩みつつあるのを、竹太郎は感じていた。

延宝四年の年が暮れた。

翌延宝五年の新年を迎えた大石竹太郎は、十九歳になった。

その正月二十五日の夕暮れになってから、竹太郎の部屋へ祖母の於千があらわれ、

「お祖父さまが、およびじゃ」

という。

於千の顔が、緊迫している。

「いかがなされました？」

「竹太郎。いよいよ御最期のようじゃ」

竹太郎が、病間へ入って見たところでは、祖父の病状に異変があるようにはおもえなかった。

祖母が、

「竹太郎がまいりました」

と告げ、すぐに廊下へ去った。

大石良欽は、仰向きに寝たまま、目を閉じている。

「これへ……」

依然、眼をひらかぬままの良欽が、枕頭へ竹太郎をまねき寄せるや、

「明日は死ぬるぞよ」

と、いった。

平静な、むしろ明るい声であった。

「これよりは、おぬしがおもうままに生きよ。ただし、赤穂五万三千石、浅野家の国家老としてじゃ」

「はい」

竹太郎も動転の様子がない。

「これは、一つの家も一つの国もそうなのじゃが……その家、その国が栄えつつあるときは、中にいかなるもめごとや争いごとが起こっても、平気なものじゃ。家が栄え、国のちからがのびつつあるときには、内輪のもめごとなど、どこかへ消し飛んでしまうものよ」

ここまでいい、良欽はふかいためいきを吐くと、

「なれど……家や国のもめごとというものは、えてして、そのちからがおとろえたときに起こる。こうなると、その紛争（こと）の根は大きくひろがり、とり返しのつかぬことになるものじゃ」

「うけたまわりました」

「うむ……」

良欽が、両眼をひらき、まじまじと、わが孫をながめ、

「おぬしは、ふしぎな男よ」

くっくっと笑い、

「京にいて、なにをしていたのじゃ？」

「ただ、なんとなしに日をすごしておりました」

「お幸と、出合うたか？」

「いいえ」

「佐々木源八とは？」

「出合いました」

「ほほう……」

「私の立場をつつみかくさず、源八へ申しつたえました」

「それはよかった」

祖父が、もっと問いかけてきたら、服部小平次や恵比須屋市兵衛、祇園の茶屋〈福山〉のことも打ちあけるつもりでいた竹太郎だが、

「これよりは、わしのそばを、はなれるな」

と、良欽はいい、こんこんとねむりはじめた。

大石良欽が息をひきとったのは翌二十六日の七ツ半（午前五時）ごろであったろうか。

このときより竹太郎は〈大石内蔵助良雄（よしたか）〉となって、亡き祖父の名跡（みょうせき）をつぎ、国家老見習としての新しい人生に足をふみ出したのである。

七年後

春が、たけなわであった。

その日も……。

服部小平次は、烏丸五条の彫物師・仁兵衛の家へ朝からやって来て、仕事場にいる仁兵衛とならび、小さな鑿(のみ)をつかって細工物をしていた。

いま、小平次が細工をしているものは、料紙と硯(すずり)を二段重ねにして入れる〈料紙硯箱〉であった。

箱のふたへ、小平次は帆掛船を浮き彫りにしている。

彫りあがれば、うるしをかけ、蒔絵(まきえ)もほどこし、さらに、

「今度は、いろいろと工夫をしてみるつもりや」

と、小平次は低い鼻をうごめかしていた。

この〈料紙硯箱〉は、三条・油小路にある朽木(くちき)伊予守(いよのかみ)の京都留守居役をつとめている永井監物(けんもつ)から、たのまれたものだ。

大石竹太郎が、祖父亡きのち、大石内蔵助となり、赤穂藩の国家老となってより五年の歳月がすぎ去っていた。

これより、竹太郎を〈大石内蔵助〉の名をもってよぶことにしたい。

その内蔵助は、この天和三年で二十五歳になっている。

ということは、服部小平次も十九歳になってい、七年前のような〈子ども〉ではない。

前髪も落とし、顔(おも)だちは依然としてひょうきんなのだが、外出時には大小の刀を帯して歩く。

しかし、彫物師・仁兵衛の家や、塗師(ぬし)の勘助など知り合いの町家へやって来ると、

「ああもう、刀など重うてかなわぬ」

刀を投げ出し、袴もぬぎ、たすきがけとなって細工物に熱中するし、ことばづかいも町人のものとなってしまう。

このごろの小平次は、

（父の跡目は兄がつぐのやし、いっそもう、好きな細工物で一生を送ろうか……）

とも考えているようであった。

事実、小平次の腕前は、それこそ〈くろうとはだし〉で、いよいよみがきがかかり、専門家の仲介で好きな細工物を仕上げ、それによって小平次のふところへ入る金(もの)も、ばかにはできない。

「好きなまねをするのはよいが、それによって金を得ようなぞと考えてはならぬぞ」

と、父の宇内はかねてより、

「お前も、赤穂藩士・服部宇内のせがれじゃ。他人からうしろゆび指されるようなまねはつつしまねばいかぬ」

きびしく、小平次にいいわたしてあった。

「はい、はい。よう心得ております」

小平次は調子もよく、父へ受けこたえをしているけれども、

(わからなければよいさ)

平気で、細工物を金に替えていた。

その日の午後になって、彫物師・仁兵衛が、

「留守をたのみます、小平次はん」

といい、どこかへ用たしに出て行った。

仁兵衛の末の子の与吉は、子供のころからの小平次の〈あそび友だち〉であったのだが、去年の夏に、十七歳で病死してしまっていた。

二人のむすめは、他家へ嫁に行っているし、六十に近い仁兵衛は独り暮らしをしている。

そのためか、仁兵衛は小平次があらわれるのを、毎日こころ待ちにしているのだ。

そうした仁兵衛の胸のうちを、小平次はよく知っている。

（いっそ、仁兵衛の養子になろうか……）

などとも考えていた。

もっとも、小平次が将来めざしているところのものは、彫物師になることではない。

近年の小平次は刀剣や古美術の鑑定にまで足をふみ入れ、その鑑賞眼も肥えてきている。

（おれは、いまに光悦のような男になりたい）

これこそ、服部小平次の熱望するところのものであった。

光悦とは、戦国末期のころから徳川幕府の創成期に生きた稀代の工芸家・本阿弥光悦のことである。

こころみに、机上の辞書をひいて見ると、光悦について、つぎのように記されている。

「……京都の人。本阿弥家は代々刀剣の鑑定、研磨を業としていたが、そのほかに絵画・蒔絵・陶芸に独創的な才能を発揮し、茶の湯・作庭にもすぐれ、書道でも寛永の三筆と称された。

……豊臣秀吉や徳川家康などの大名に重んじられ、晩年には家康から洛北・鷹ヶ峰の地をあたえられ、自分の一族や工匠をひきつれて移住し、工芸の製作に専念し、多くの名作をのこした」

つまり小平次は、わが才能の多彩さを駆使し、総合的な工芸家として、

（身を立てたい）

と、おもいはじめていたのだ。

余念なく、小平次は細工をつづけている。

（この料紙硯箱をおさめれば、五両ほどは、おれの手に入るな）

二年ほど前から小平次、女のにおいも酒の味もおぼえていた。

このとき。

夕闇が淡くただよいはじめた戸外から、人影がひとつ、しずかに仁兵衛の家の土間へ入って来た。

小平次は、その人影に気づき、眼をあげた。

編笠をかぶった武士がひとり、仕事場の向こうの土間に立っている。

「どなたで？」

と小平次。

「おれさ」

「あっ……」

おどろいた小平次が腰を浮かせると、武士が編笠をとった。

「竹太郎さま……いや、大石内蔵助さま」

「久しぶりだな、小平次」

「七年ぶりでございますなあ」

「元気か」

「はい、はい」

まさに、大石内蔵助。

人なつかしげな、やさしい色白の顔貌は七年前とすこしも変わらぬが、小柄な体軀はさらに肥え、

(まるで、つきたての供え餅のような……)

と、小平次は感じた。

「昼すぎに、こちらへ着いた」

「さ、さようで……」

「おぬしをさがしたがいない。そこでな。おそらくはこの家あたりにおるのであろうとおもい、まいったのだ」

「おそれいりました」

内蔵助は、公用あって赤穂から京都藩邸へ立ち寄ったものらしい。

七年前の或夜……。

内蔵助の祖父・良欽が病いに倒れたとき、十二歳の小平次が内蔵助を藩邸へつれもど

して以来、二人は一度も会っていない。

その翌年には祖父が亡くなり、内蔵助は、

〈国家老見習〉

として、先輩の家老や重役たちの指導を受け、実務にはげんできていた。

もっとも、赤穂でも京都藩邸でも、さらに江戸屋敷においても、この若い家老となった大石内蔵助の評判は、

「亡き良欽殿とは、雪と墨じゃ」

などといわれている。

これといった失敗もないかわりに、只ぼんやりとして口をさしはさまず、先輩の家老たちや重役の政治を、おっとりと見まもっているのみらしい。

そのうわさは、小平次の耳へも入ってきていた。

小平次は、そうしたうわさを口にする藩士たちへ、露骨な嘲笑をあびせかけてやったものだ。

(あのお人のえらさが、お前たちにわかってたまるものか……)

なのである。

だからといって小平次にも、内蔵助のどこがえらいのか、さっぱりわからぬのだ。

内蔵助は、仁兵衛の家の内を見まわしつつ、

「変わらぬなあ」

なつかしげに、つぶやいた。

「さ、おあがり下されませ」

小平次が我家のような口調で、

「間もなく、仁兵衛も、もどりまする」

「仁兵衛も、すこやかにいてか？」

「はい、はい」

「今夜は、ゆるりと酒くもう」

「かたじけのうござります」

「恵比須屋市兵衛どのや……ほれ、あの茂佐老人も……」

「二人とも相変わりませぬ」

「では、恵比須屋へまいろう。あの折の礼も申したいし……」

「よろしゅうござりますとも」

小平次は、大好きな内蔵助に再会できて、胸の中が熱くなり、わくわくとしていた。

「ほう……相変わらず細工物か」

「おそれいりまする」

「見事なものだ」

「いえいえ、とてもとても……」

「これなら、よい値で売れよう」

「いえいえ……」

「あそび金には不自由をせぬでもすむな」

小平次は、ことばが出なかった。

内蔵助にそういわれると、これを否定することができぬ。

（なにもかも御存知だ）

なのであった。

以前とちがい、いまは国家老の大石内蔵助なのである。武士の子が細工物の内職をしていることが知れたなら、これは問題にならざるを得ない。

小平次は青くなった。

すると内蔵助が、

「京の町びとは口が堅い」

と、いった。

だから、小平次の内職も藩邸へはきこえぬだろう、といったのである。

「なれど……」

いい、
じろりと見て、

「気をつけることだな」

「は……」

「図にのるなよ」

「へ……」

いよいよ、いけない。

内蔵助がにやりとして、

「明後日まで、京にいる」

「さ、さようで」

「それから江戸へまいる」

「御役目にて？」

「まあ、な」

江戸を見るのは、はじめての内蔵助だ。

国家老となってからは、一歩も赤穂城下を出ていなかった。

見習の期間がすぎ、本家老となったのは四年前の延宝七年のことで、その年の秋の風水害で赤穂の領内が大分にいためつけられたりして、内蔵助も、いろいろといそがしかった。

小平次は、細工物や道具を片づけつつ、

「江戸へは、なんの御役目で？」

「なに、殿さまの御婚礼のことでな。大叔父上が、おれにも出てまいれ、とおおせあったゆえ」

九歳で、父・長友の跡をつぎ、赤穂五万三千石の〈殿さま〉となった浅野内匠頭長矩も、いまは十七歳に成長している。

長矩は、新藩主となるや、すぐに婚約をおこなった。

長矩の妻にえらばれたのは、備後の国（現在の広島県・東部）三次五万石、浅野長治のむすめ・阿久利姫であった。

この備後・三次の浅野家は、赤穂の浅野家とは親類どうし。本家は、共に安芸・広島四十二万六千余石の浅野家だ。

幕府は、この両浅野家の婚姻を、すぐにゆるし、二年後には結納がかわされた。

そして延宝六年には、阿久利姫が、赤穂・浅野家の江戸屋敷へ引きとられている。

ときに内匠頭長矩は十二歳。阿久利姫は六歳であった。

それがいま……。

長矩十七歳。

阿久利姫十一歳。

となって、ようやく結婚の式をあげるはこびとなったのである。

「今年は、めでたいことつづきじゃ」

と、浅野家の人びとはよろこび合っていた。

殿さまの結婚もそうだが、いまひとつ、浅野家は幕府から命ぜられた重要な役目をはたした。

今年の正月六日。

幕府は、江戸へ下る勅使の御馳走役を、浅野内匠頭、土方市正（伊勢・菰野の領主）、青木甲斐守（摂州・麻田の領主）の三大名へ申しつけた。

徳川幕府は、毎年のはじめに、京都朝廷へ新年のあいさつをおこなうため、将軍の名代として高家が京へのぼる。

〈高家〉とは、江戸幕府における儀式・典礼のすべてをつかさどった役目で、これには足利幕府以来の名家が就任する。

これに対して……。

朝廷では、天皇の名代として武家伝奏の公家が江戸へ下り、将軍へ答礼のあいさつをする。

この年の勅使一行は、

〈勅使・本院使・新院使〉

の三名であって、浅野内匠頭は〈勅使担当〉の御馳走役を命じられた。

勅使一行は江戸へつくと、龍ノ口の伝奏屋敷（宿舎）へ入り、幕府が諸大名の中からえらんだ〈接待役〉が、これをもてなすことになる。

その大役を、十七歳の内匠頭長矩へ命じられたということは、いちおう、

〈名誉のこと〉

と、考えてよい。

将軍も幕府も、これで、浅野家の若い新藩主を、

（ひとり前にあつかってくれた）

ことにもなる。

ま、その意味では、めでたいことにもなろう。

実をいえば、慣例にしたがってつとめる御馳走役は、勅使接伴のいっさいの費用をもうけもたされるわけだ。

なまなかの費用ではない。

その意味からいえば、

（ありがためいわく）

ということになる。

とにかく、この役目にかぎらず、江戸城の修理とか、将軍に関係のある寺院の修築とか、道普請とか、いずれにせよ、幕府が命じてくる〈課役〉となれば、うけもたされた

大名が、それぞれに費用を出さねばならぬ。

だが……。

徳川将軍が天下を統一し、戦乱が日本に絶えてより約七十年。

全国大名は将軍と幕府の威風に屈服し、

(天下泰平の世なればこそ……)

あくまでも徳川幕府への忠義に、はげまねばならない。

ゆえに……。

「このたびの御役目に失態のことがあっては……」

と、浅野家の人びとは、懸命にはたらきつづけた。

なんといっても、殿さまは若年だ。少年といってよい。

国もとの赤穂では、直接にはたらくこともできぬが、江戸屋敷へ勤務している藩士たちの緊張は非常なものであったそうな。

しかし、江戸屋敷をまもる家老・大石頼母(たのも)は、こうなると、まことに、

(たのもしい)

存在なのである。

頼母はすぐさま、高家の大沢右京大夫基恒(もとつね)の屋敷へ、みずからおもむき、こころをこめた贈物をとどけ、

「主人若年にござりますれば、よしなに、おひきまわしのほどを……」

と、あいさつをおこなった。

後年はさておき、当時は、その年に将軍名代として京へのぼった高家が、御馳走役の大名たちを指導することになっていたからである。

大沢右京大夫は、高家衆の中でも、しごくおだやかな人物であって、

「案ぜられるな」

と、浅野内匠頭のめんどうをよく見てくれた。

内匠頭も緊張してはいたが、立派に〈御役目〉をつとめ終えた。

勅使一行は京へ帰り、ぶじに役目がすんだことが、浅野家にとっては、殿さまの結婚とならんでの〈めでたいことつづき〉になったのである。

さらに、いまひとつ、

〈めでたいこと〉

がある。

それは、内匠頭長矩が藩主となって初めての、

〈国入り〉

が、実現することになったのだ。

これまで内匠頭は、ずっと江戸屋敷に暮らしつづけてきた。

大名の跡つぎの子と夫人は、国もとへは帰れぬ。

つまり、徳川将軍への〈人質〉として、江戸藩邸へとどめおかれた、といってもよいだろう。

だから〈殿さま〉となって、はじめて、わが領国へおもむくことになるのだ。

こうなると、一年交代で、どこの殿さまも領国と江戸を行ったり来たりする。これを参覲交代という。

つまり、定められた期間には、

「江戸にいて、将軍と幕府に忠勤をはげめ」

と、いうことなのである。

どちらにせよ、封建の世にあっては、殿さま初めての国入りが、めでたいのは当然であろう。

浅野内匠頭の国入りは、この六月下旬、ということになっている。

そこで、大石頼母が、亡兄、良欽の孫で、いまは国家老をつとめている内蔵助へ、

「いろいろと、お国入りのことについて打ち合わせもあるし、江戸へ出て来てくれぬか」

と、急使をよこしたので、内蔵助は赤穂を発ち、江戸へ向かう途中、京都へ立ち寄ったわけだ。

「おれも、江戸は初めてだ」

内蔵助は小平次に、

「殿さまへも、はじめてお目にかかることになる」

「どのような殿さまでしょうか？」

「む。なかなかに悧発であらせられるそうな。なれど、お躰がいささかお弱いらしい。お躰は弱くても気はおつよいそうな」

「ははあ……」

「それはさておき、小平次」

「はあ？」

「お幸の消息は、まだ知れぬか？」

「まだ、お気にかかっておられますので？」

「む……」

「これは、おどろいた。それほどまでに竹太郎……いや御家老さまは、あの女のことを……」

「いや。なにもかも、おれから出たことだ。消息がわかれば、中野父娘(おやこ)のことも佐々木源八も、なにとか、身が立つようにしてやりたい。それのみなのだよ」

「なんとまあ、あなたさまは、たのもしいお人なのか……いやもう、ますます私は御家老さまが好きになってしまいました」

七年前。

祖父の重病を知って京都を去るにあたり、大石内蔵助は服部小平次へ、お幸たちの消息に、

「気をつけていてくれ」

くれぐれも、たのんでおいた。

それというのも……。

小平次が、まるで、

(我家のように……)

出入りをしている彫物師・仁兵衛は、中野七蔵父娘の、もとは親類すじにあたる針屋〈河内屋三右衛門〉の遠縁で、同じ京都に住むところから、親しくつきあいをしている。

だから、仁兵衛にたのんでおけば、もしも中野父娘が河内屋へあらわれたとき、すぐさま小平次の耳へ入ることになる。

仁兵衛は、こころよくひきうけてくれ、その後も河内屋と会うたびに、それとなく中野七蔵のことを問いかけるようにしているのだが、

「まったく、姿を見せない」

とのことだ。

「なにかあれば、かならず私が、赤穂へお知らせいたしますと、お約束をいたしましたはずで」

十九歳になった小平次が、ふんべつ顔で、

「ま、そのことなら私に、おまかせおき下さい」

と、いう。

そこへ、彫物師・仁兵衛が帰って来た。

内蔵助は、これをなつかしげに迎えて、

「そのせつは、まことに御世話をかけました」

千五百石の国家老となっても、いささかもむかしと変わらぬ態度で厚く礼をのべ、みずから抱えて来た贈物を仁兵衛へさし出し、

「いつもいつも、おぬしの顔をおもいうかべていました」

と、いった。

仁兵衛はおどろきの目をみはり、ただもう、落涙するばかりだ。

身分の上下がやかましかった当時において、内蔵助の態度なり言動なりは、まことに破天荒のものといわねばなるまい。

「さあさあ、もう、それくらいにして……さて、出かけましょうか、御家老さま」

小平次がうながしにかかる。

間もなく、内蔵助は小平次と共に仁兵衛宅を辞した。

二人がおもむくところは、一条・室町の扇問屋〈恵比須屋市兵衛〉方へであった。

「や……これはようこそ」

市兵衛も、隠居の茂佐も健在で、

「これはなんと、今日は、よい日でございますなあ」

よろこんで、内蔵助を迎えてくれた。

祇園町

すでに、花も散ってしまっている。

夕暮れが明るかった。

祇園町の水茶屋〈福山〉の、中庭に面した奥座敷で、大石内蔵助は、服部小平次・恵比須屋市兵衛と共に酒をくみかわしていた。

先刻……。

恵比須屋方で、内蔵助へ茶をたててくれながら、隠居の茂佐が市兵衛に、

「せがれよ。ここで酒のむより（ささ）は、いっそ御家老さまを、祇園町へ御案内をしたらよかろ」

こういったものである。

市兵衛は、

「まさか、そのような……」

苦笑をした。

七年前の大石竹太郎とはちがい、いまは赤穂五万三千石の国家老となった内蔵助を、

（こころやすだてに……）

祇園町などへさそってよいものか、どうか……。

いや、とんでもないことだ、と、市兵衛はおもったのであろう。

すると、市兵衛の苦笑へ、茂佐も苦笑をもってこたえた。

茂佐老人の苦笑は、

（せがれよ。お前には、なにもわかってはおらぬようやな）

と、いいかけているようであった。

（……？）

市兵衛が、老父の、その微妙な笑いの意味をくみとりかねたとき、

「祇園町か。それはなつかしい」

意外にも内蔵助の、さもうれしげな声がしたものだから、

「では御家老さま。祇園町へおいで下さりまするか？」

「なぜに？」

「と申して……」

「祇園町がきらいな男は、先ず、ござるまい」

小平次が、茂佐と顔を見合わせ、にんまりとうなずき合った。

「どうでのことなら、福山がよろしかろう」

と、内蔵助は早くも腰をうかせ、

「まいるのなら早う。むかしとちがうところは、あまり夜のふけぬうち、御屋敷へもどらねばならぬということです」

「私はあとからまいりましょう。これより御屋敷へ行き、御家老さまのお帰りが、いささかおそくなることをつたえてまいります」

小平次、相変わらず気のつくことであった。

「や、小平次も来るのか」

「なぜに、行ってはいけませぬ。服部小平次、もはや十九歳でございます」

「それが、なんとした？」

「七年前、内蔵助さまが福山の吾妻がもとへ、足しげくお通いなされたとき、おいくつでございましたか」

「む……おぬしより一つ下であったか！……」

「それ、ごらんなされませ」

市兵衛と茂佐が、ひざをたたいて笑い出した。

こうして、三人は〈福山〉の中庭へ面した茶室ふうの座敷で、酒宴をひらいていたのだが……。

「いや、こうして見ると……小平次も、まさに大人になったようだ」

内蔵助は、酒の飲みぶりもなかなか堂に入っている小平次を、にこにことながめやりつつ、

「なれど、気をつけいよ」

「は……」

「おぬしは、部屋住の身ながら、手におぼえた仕事によって、あそび金には不自由をせぬ」

「おそれいります」

「なるべく、人の目につかぬように、な」

訓戒をしている口調ではない。

あくまでも友人としてのこころづかいから、内蔵助は小平次の身を案じているのである。

なんといっても、小平次の父・服部宇内は浅野の家臣だ。兄の平太夫は殿さま御気に入りの小姓として江戸藩邸につとめている。小姓といっても平太夫は二十五歳になっているはずで、内匠頭長矩が幼少のころからつきそっているだけに、なにごとにつけても、

「平太夫をよべ」

殿さまは、片ときもそばからはなさぬそうである。

それだけに、小平次が、

（武士にあるまじき……）

内職にはげみ、その金で酒色にうつつをぬかしていることがわかれば、藩庁もだまってはいない。

赤穂の浅野家は、むかしから、〈質実剛健〉の気風をもって、世に知られている。

内蔵助なども、赤穂にいるときは、一汁一菜の食事であった。

たまさかに酒をくむときは、柚子味噌が只ひとつのさかなといってよい。

「小平次。男のあそびごとは、な……」

と、内蔵助が盃を口へふくみ、

「どこまでも、かくれあそびよ」

「はい、はい」

「かくし通さねばならぬ」

「まことに……」

「男がな、おのれのあそびごとを他へもらすようではならぬ。そりゃ男の虚栄と申すものではないか」

「いかさま」

「あそびごとに、虚栄はいらぬ」

「まことに、もって」

「たがいに、そのことを忘れまい」

「誓って忘れませぬ」

「は、はは……」

「ふ、ふふ……」

二人の様子を見て、恵比須屋市兵衛が、感服の態であった。

（このようなお人が、御国家老をつとめておらるる浅野さまは……）

なんとなく、

（おしあわせじゃ）

と、おもった。

このとき、女の化粧の香りが座敷へながれ入ってきた。

この日。

大石内蔵助の相手をしたのは〈玉波(たまなみ)〉という茶汲女である。

七年前の〈吾妻〉は、もういない。

吾妻は、小柄な内蔵助にも背丈がほどよくつり合い、しなやかな躰つきであったが、
今度の玉波は、ふくふくと肥え、細い眼(まな)ざしに素直な愛嬌があふれている。

吾妻は、口説(くぜち)も上手だったし、男に抱かれているときに、おぼえず発する嘆声を、

「吾妻のさえずりは祇園町随一じゃ」

などと、嫖客は珍重していたそうな。

それにひきかえ玉波は、あくまでも口数がすくなく、

（目にものをいわせる……）

のである。

内蔵助は、七年前にはじめて女色をおぼえ、その後は赤穂にいて公務にはげみ（他の目から見ると、はげんでいるようにはおもえなかったろう）女にはゆびひとつ、ふれてはいなかった。

それでいて、七年ぶりに、このような遊所へあらわれるや、その〈あそびごころ〉へわけもなくひたりきれてしまう。

ずっと後年になって、内蔵助が、京都留守居役をつとめる小野寺十内へ、

「いったい、だれの血をひいたものか……大石の家には、私のような男は、かつて一人も出ておらぬに……」

そう、もらしたそうだが、これは内蔵助が天性身にそなえていたものといえよう。

玉波が無口なら、内蔵助もすぐこれに応じて無口となってしまうのだ。

たがいに、ことばをかわさず、眼と眼を見かわしながら、盃のやりとりをする。

眼と眼が熱し、どちらからともなく口をさし寄せる。

酒が口うつしになる。

内蔵助が玉波を抱きよせて見ると、いやもう、その腰まわりの肥(ふと)やかなことは瞠目(どうもく)すべきものであって、

「さ、これへ……」

それでも尚、ひざの上へ抱きかかえようとした内蔵助が、玉波の体重をもてあまし、

「あ……」

たまらず、大きな女体に押しつぶされたかたちで、仰向けに倒れた。

「ほ、ほほ……」

玉波がころころと笑い出し、

「重うござりましょ」

「重いが、やわらかい」

「やわらかくて?」

「抱きごこちがよい」

「ま、うれしゅうござります」

「さて……」

「はい?」

「どのようにして抱こうか、な……」

金で買われる女、買う男の間に〈愛情〉はない、といってしまえばそれまでのことである。

こうした女あそびの醍醐味といえば、〈金〉を仲介にして出合ったばかりの男と女が、とっさの間にたがいの感応をはたらかして、

「童心にかえる」

ことなのだ。

〈あそぶ〉ということの意味は、ここに存在する。

女の口説にしても、金しだい客しだいのものであり、うそはうそだが、

「うそをつき、つかれている間に客と女が……」

その〈うそ〉に酔ってしまえば、これほどによいものはない。

そこには、身分も経歴も生活もなく、ただ裸の男と女のみがある。

客のほうばかりか、買われる女も〈あそびごころ〉になってくれるとき、そこに得もいわれぬ妙味が生まれようというものだ。

(よい女だったな、あの玉波……)

夜ふけて、福山からの帰途。駕籠にゆられながら大石内蔵助は、

(江戸からの帰りに、ぜひいま一度、玉波を……)

などと、いまから、そのことをおもいつづけている。

やわらかくて、練絹のような玉波の肌につつみこまれていた感じなのである。

おもい乳房が、上から内蔵助の顔へ押しつけられ、玉波の双腕(もろうで)がふわふわとこちらのくびすじを巻きしめていた。

(あれは、よい)

内蔵助は、大いに気に入ったらしい。

京都藩邸の少し手前で、内蔵助と小平次は駕籠をおりた。

夜気も、なまあたたかかった。

若葉のにおいが道にたちこめている。

「いかがでございましたか?」

「小平次。おぬしのほうは?」

「いやもう、こちらが若いもので……いいようにあしらわれてしまいました」

「それもよい」

「はあ……よいものでございますね」

「女……」

「はい、はい」

「よいな」

「小野寺さまへは、恵比須屋での酒宴、ということにいたしておきましたれば、そのおつもりで……」

「ああ、よし」

「江戸からのお帰りにも、ちょとお立ち寄り下さい」

「そうしよう」

「あの玉波という女、お気に入りましたか？」

「よいな」

「内蔵助さま……」

「なんだな？」

「実は……いえ、今夜は申しますまい。さ、急ぎませぬと……」


翌朝。

大石内蔵助は京都藩邸を発し、江戸へ向かった。

供は、家来の関重四郎と小者の八助(はちすけ)であった。

二人とも、大石良欽の代から奉公をしている中年男で、ことに八助は内蔵助が竹太郎時代から絶えずそばにつきそい、よくめんどうを見てくれたものだ。

三条大橋を東へわたりきったところまで、留守居役・小野寺十内をはじめ、小平次の父・服部宇内など、十余名の藩士が見送ってくれた。

この中に、小平次もまじっている。

道々、小平次が自分へ、なにかしきりにはなしかけたい様子なのを、内蔵助はみてとったが、わざと寄せつけなかった。

小平次が、なにをいいたいのか、

（およそ、わかる）

気がしている。

内蔵助は、小野寺十内と肩をならべ、

「殿さまは、六月の末にお国入りのことと存ずる。その御供を申しつけられるようなれば、京へは寄れますまいが、一足先に帰国するときは、いま一度、京へ……」

「お待ちいたしております」

小野寺十内は四十をこえたばかりだが、なかなかに老熟していて、京都留守居役にはうってつけの人物となっている。

文学に造詣（ぞうけい）がふかく、公家たちと交際をしても退（ひ）けをとらない。

十内の妻女・お丹（たん）は秀麗の美女であって、端正な容貌のもちぬしである十内との結婚のとき、内蔵助の祖母・於千は、

「雛人形を見るような……」

と、感想をのべていたものだ。

夫婦仲はこまやかなものであったが、子が生まれない。

そのことにふれて、十内が、

「御家老。それがし、姉の子の幸右衛門を養子に迎えたいと存じておりますが……」

「もはや、のぞみござらぬか？」

「生まれませぬ。こればかりは、どうも……」

「あまりに、仲がよすぎるのではあるまいか」

「これはどうも……」

内蔵助がまじめ顔で、そういうものだから、十内は、

「お返しをつかまつる」

と、小声でいった。

「お返し、とは？」

「祇園町は、いかがでありましたか？」

「や……存じておられたか」

「御家老のお顔からではありませぬ。服部宇内のせがれめの顔には、ちゃんと書いてござりました」

内蔵助は、うしろをふり向き、父・宇内につきそいながらも、こちらをちらちらと見ている服部小平次へ、

「ここへまいれ」

　と、声をかけた。

　小平次は、いそいそと内蔵助の傍へやって来た。

「十内殿も、ようきいておいていただきたい」

　いきなり、内蔵助がいった。

　他の者にはきこえぬほどの声であった。

「は……何事で？」

　と、十内。

　それにはこたえず内蔵助が、

「小平次。ようきけ」

「は……？」

「おぬし、武士をやめたいのであろう」

　ずばりと指摘されて小平次、泥のかたまりでものみこんだような顔つきになり、眼を白黒させている。

「なるほど、おぬしは服部の跡つぎではない。また、人それぞれに目ざすところもあろうし、むりにとめだてはせぬ」

「は。う……」

小平次は、傍で小野寺十内がきいているだけに、

「あのときは、居ても立ってもいられぬここちがいたしました」

と、のちに内蔵助へ語っているほどであった。

十内は、にやにやしながら、すこしもおどろかず、内蔵助の声をきいていた。

「なれど、いますこし待て。おれに考えがある。その考えがきまったなら、おぬしの、のぞみをかなえてもやろう」

「は、はい……」

すると内蔵助がじろりと小平次を睨めすえて、

「なれば尚さらに、身をつつしまねばならぬぞ」

厳然として、いいわたしたものだ。

とても昨夜、ともに女あそびに出かけた〈御家老さま〉とはおもえぬきびしさなのである。

「これよりは、なにごとにつけても十内殿へ相談をせよ」

「は、はい」

「十内殿。よしなに小平次がことたのみ申す」

「よろしゅうござります」

「よし、行け」

いわれて小平次が、すごすごと父のそばへもどると、服部宇内が、

「どうした。御家老さまにお叱りでもうけたのか、え？」

「いえ、別に……」

「なれど、様子が只事ではない。お前の顔が青い」

「いや……いささか、下痢をおこしていますので」

三条大橋には、恵比須屋市兵衛と茂佐老人が見送りに出ていた。恵比須屋は浅野家へ出入りをゆるされているから、二人とも藩士たちとは顔なじみの間柄であった。

「昨夜は、御家老がいかい御世話をかけたそうじゃな」

小野寺十内がいうや、市兵衛は真顔でうけ、

「いえ、なんのおかまいもいたしませぬ」

大石内蔵助が、くすりと笑った。

江戸屋敷

浅野家の江戸屋敷は、三カ所にある。

〈上屋敷〉とよばれる正規の官邸は、築地・鉄砲洲（てっぽうず）にあった。

そのほかに、別邸ともいうべき〈下屋敷〉が、赤坂と本所にある。

それに京都の藩邸と、大坂・中ノ島にある蔵屋敷を加えると、本国の播州・赤穂以外に大都市に、合わせて五つの屋敷をかまえていたことになるのだが、これは他の大名いずれも同じようなものだ。

鉄砲洲の上屋敷があった場所は、現・中央区築地七丁目にあたり、聖路加（せいろか）病院と堀川をへだてた南西の側あたりになろう。

本願寺と、これも堀川をへだてた道に表門が構えられてい、江戸町・飯田町の町家のうしろは築地の海（江戸湾の内海）であった。

大石内蔵助が、主家の江戸藩邸を見るのは、このときがはじめてで、だからむろん、江戸の地をふむのも最初のことである。

だが、内蔵助の供をしている家来・関重四郎と小者の八助は、内蔵助の祖父・大石良欽にしたがい、これまでに一度だけ、江戸藩邸へ来たことがあった。

関や八助は、江戸市中に足をふみ入れるや、町すじが発展し、繁盛のありさまのいちじるしい変貌に瞠目していたようだが、本願寺・東側の道を行き、堀川にかかる橋をわたりつつ、

「これは、これは……」

嘆声を発した。

「どうした、八助」

と、内蔵助。

「いえ、その……十五年前にまいりましたときは、御屋敷の向こうは、すぐに海でござりました。ははあ、そこを埋めたてたのでござりますな」

江戸町・飯田町・川口町など、埋めたて地のあとへたちならんだ町家の屋根屋根は、この十五年間における江戸の発展をあきらかにものがたっている。

「赤穂は、いささかも変わらぬにのう」

と、関重四郎も〈ひとりごと〉をつぶやいた。

町の向こうの築地の海に、帆かけ舟が群れるようにして行き交(か)っている。

夕暮れには、まだ間がある晴れわたった空は、もはや初夏のものといってよい。

汐の香が濃くただよい、浅野屋敷の門のあたりに、燕が飛び交っていた。

内蔵助は、堀川沿いの道に立ち、ゆっくりと笠を外(はず)した。

内蔵助の大叔父・大石頼母の住居は、藩邸内の南側にあった。

国もととはちがい、江戸藩邸へ勤務する藩士たちは、いずれも藩邸内の〈長屋〉に住み暮らしている。

江戸家老・大石頼母は、江戸藩邸の筆頭責任者であるから、住居には小さな門もあるし、六間仕切といって、長屋の中では最も大きな家に住んでいた。

といっても、国もとの家老屋敷とはくらべものにならぬ小さなものだ。

そのかわり使用人も少なくてすむし、したがって家計も、国もとにいるよりは楽になるわけであった。

「おお、まいったか」

家老長屋へ通った内蔵助を迎えて大石頼母が、

「ゆるりとまいったの」

と、いう。

京都で二日をすごした上に、それから江戸へ到着するまでの道中でも、内蔵助は一日に六里か七里しか歩かなかった。

そのかわり、東海道の宿場や、道すじをたんねんに見て来た。

「はい。ゆるりと、見物をしながらまいりました」

「ふむ。見物を、ゆるり、とな……」

いって頼母が、

「それは、よかった」

「おそうなりまして」

「肥えたな、竹太郎……いや、内蔵助殿」

「おそれいりまする」

兄・良欽の孫であり、いまは兄の跡目をついで国家老となった内蔵助は、頼母よりも上の身分となったわけだ。

「殿のお国入りも間近い。その前に、おぬしが殿へお目にかかっておいたほうが、よいとおもうたし……ついでに、江戸の様子も見ておいてもらいたい、かようにおもうてな」

頼母の夫人は、すでに亡くなってい、長男の長恒は、先々代藩主・浅野長直の養子となり、赤穂の若狭野新田・三千石をたまわっている。

次男の長武は、これも分家の浅野長賢の養子となっていた。

男子二人を、いずれも主家の分家へ養子に出してしまったのだから、大石頼母が亡くなると、家が絶えることになる。

しかし、頼母は、

「わしは、先殿さまにお目にかけられ、大石家の次男に生まれながら……」

先殿さまの息女・鶴姫を妻にもらいうけ、大石の別家をたてることをゆるされた。

この高恩に対して、

「自分は、自分一代の奉公でよい」

と、おもいきわめ、

「大石の家も、竹太郎がめでたくついでくれたので、もはや、おもいのこすこともなし」

と、いったそうな。

大石内蔵助が、新藩主・浅野内匠頭長矩へ目通りをしたのは、江戸到着の翌日であった。

内匠頭は、この年十七歳。

小柄なのは内蔵助同様だが、細面の端麗な顔がすきとおるような白さで、体軀は痩せている。

だが、切長の双眸(りょうめ)にはちからがこもってい、甲高い声音にも藩主として国入りする日を目前にひかえた緊張がただよっていた。

なんといっても、国もとにいる重臣や家来たちには、これから、はじめて目通りをする殿さまなのである。

大名の家というものは、藩主の座についたからといって、すぐに威張れるものではない。

先代、先々代からの藩主につかえていた老臣や重臣が、若い新藩主を、

〈子供あつかい〉

にすることなどは、しばしばである。

新しい殿さまとしては、

「なるほど、これは……」

と、老臣たちを感心させるだけの人柄をそなえていないと、家来たちからも、

「ばかにされる」

のである。

それだけに、内匠頭も緊張していたのであろう。

家臣の中では、もっとも身分が重い〈国家老〉をつとめる大石内蔵助が江戸藩邸にあらわれたというので、十七歳の殿さま、はじめは硬直していたようだ。

だが、あらわれた内蔵助を見ると、国家老としてはいかにも若い。

内蔵助が二十五歳だ、ときいてはいた浅野内匠頭だが、にっこりと笑いかけながら平伏をした青年家老を見て、いくらか気が楽になったらしい。

「内蔵助か、近う」

「ははっ」

面をあげて内蔵助が、

「こたびは重き御役目もおすみあそばし、さらにはお国入りのこと、めでたく存じあげまする」

あいさつをすると、

「うむ、うむ……」

大きくうなずいて内匠頭が、

「よしなにたのむ」

「おそれいりたてまつります。六年前、祖父・良欽がみまかりましたる折には、わざわざ御見舞の御使者をたまわり、かたじけのうございました」

「立派なる人物を、まことに惜しいことをいたした」

「おそれいりましてございます」

内匠頭は、意外な面もちをかくしきれない。

大石内蔵助の挙動や口のききようが、なにか茫洋（ぼうよう）としていて、手ごたえがないように感じられたからである。

もっとも、大石内蔵助にしてみれば、なにも茫洋としていたつもりはない。

いつものように、国家老としてのあいさつをおこなったまでなのである。自分では気がつかぬが、他人から見ると、なにやら、ぼんやりとした印象をうけるものらしい。

さてこれから、内匠頭がいろいろと質問をはじめた。まだ領国を見たこともない内匠頭であったが、かねがね、国もとの風土や生活、領民や家来たちの様子などを、懸命に研究をしていたようだ。

領内随一の物産である塩の生産高や収入についても、国もとから帳簿の写しを取りよせたりして、なかなかによく知っている。

「これこれのことは、いま、いかがになっておるのか?」

などと、内匠頭が気負いこんで問いかける中には、内蔵助が知らぬこともかなりあった。

大石内蔵助は国家老として、こまかいことには、あまり口を出さぬことにしている。他の家老たちも老巧な人物だし、家臣たちも、それぞれの役目を忠実に遂行している。そうした人びとの人柄を見ておればよいのだ。人柄が正しければ、役目も正しくつとめているにきまっている。

だから内蔵助は、こまかいことに口をさしはさまぬことにしていたし、種々の帳簿などを見ても、すぐに忘れてしまう。

内匠頭はまた、実にこまかい。

微に入り細をうがって質問をしかけてくる。

こたえが出ぬときの内蔵助は、

「さて……」

いいさして、くびをかしげ、微笑をうかべて内匠頭を見やると、あとはだまったままであった。

(どうも、たよりない国家老じゃ)

と、殿さまはおもったらしい。

「躬(み)も、御先祖の遺されたるたいせつなる浅野の家風をまもり、身を粉にいたして政治(まつりごと)をおこないたいとおもう」

むしろ、内蔵助をはげますように、強い語調で、内匠頭はひざをのり出し、

「そのほうも、躬をたすけ、ちからをつくしてくれるよう」

と、いった。

これに対し、内蔵助はにんまりと笑い、両手をつかえたのみである。

どうも、気負っている殿さまとしては、

(張り合いのない……)

国家老であったようだ。

　そのかわりには、この国家老なら、

（自分のいうことを、おとなしくきくであろう）

　と、おもったことも事実であったろう。

　内蔵助は、内匠頭・夫人の阿久利姫にも目通りをした。

　夫人といっても、まだ十一歳である。

　かたちの上での婚礼の式をあげはしたが、実際の夫婦生活をいとなむようになるのは、まだ五、六年先のことだ。

　けれども……。

　阿久利姫は、六歳のとき、結納がすんでのちに、早くも浅野の江戸屋敷へ入って住み暮らしていた。

　当時の内匠頭は十二歳の少年である。

　少年と幼女の婚約者が一つ屋根の下に五年間も暮らしつづけていたのだから、たがいにおさない愛情がわき出てくるのは当然であった。

　後年。二人が本当の夫婦生活を送るようになってからも、それだけに双方の愛情はこまやかで、子は生まれなかったが内匠頭は、ついに一人の側妾(そばめ)もつくらなかった。

　阿久利は、いかにも愛らしい少女で、これには内蔵助も、大叔父の長屋へもどってから、

「夢の中の美女、としかおもえませなんだ」

　と、語っている。

「内蔵助どのか、阿久利じゃ」

　と、十一歳の夫人が、それこそ玲瓏(れいろう)たる声音(こわね)で、

「これからは、よしなにたのみます」

　しっかりと、あいさつを送ってよこしたものである。

「ははっ。このたびは、めでたく御祝儀も相すみ、祝着(しゅうちゃく)しごくに存じまする」

「はい」

　うなずいて、うれしげに内匠頭の横顔を見やるさまは、とても十一歳の少女とはおもえぬ。

「殿がお国入りのこと、よろしゅうにたのみまする」

　と、阿久利が内蔵助へいい、かるくあたまを下げる。いやどうも、まことに行きとどいたことだ。

（このような奥方をお迎えあそばした殿も御しあわせなれど、われらもまた、まことにうれしい）

　と、内蔵助はおもった。

　そのおもいが、おのずから内蔵助の顔へにじみ出たのを、阿久利はすぐに感じとって、

二度三度と打ちうなずいて見せる。

内蔵助は、感服をした。

阿久利の感受性のゆたかなのに、である。

殿さま夫妻に目通りをしながら、大石内蔵助は、もう一つのことを考えていた。

それは、内匠頭の傍につきしたがっている小姓の服部平太夫についてであった。

平太夫が小平次の兄であることは、すでにのべた。

服部平太夫は、内蔵助と同年の二十五歳になる。

少年のころから小姓づとめをつづけ、いまも内匠頭の側近に奉仕し、忠勤にはげんでいるのだが、

(これは……?)

平太夫を見たとき、内蔵助は自分の予感が的中したのをおぼえた。

背丈は高い平太夫だが、いかにもひ弱そうに見える。

顔色も火鉢の灰のようにつやがないし、くちびるの色も青黒い。

(たしかに躰が弱い……)

のである。

平太夫が、病身をおして奉公にはげんでいる、といううわさを、内蔵助は一年ほど前に耳にした。

これは、江戸から国もとへ転勤して来た藩士の口からもれたものであった。

それだけのことだが、内蔵助は〈小平次の兄〉のことだけに、忘れきってしまわなかった。

京の三条大橋で、見送りの小平次へ、

「おれにはおれの考えがある。その考えがさだまるまで、武士をやめるのは待て」

と、釘をさしてきたのは、実に、このことであったのだ。

もしも、平太夫が病気に倒れるようなことになったら、服部家は当然、次男の小平次がつがなくてはならぬ。

それでなければ、浅野家の臣としての〈服部家〉は絶えてしまうことになる。

平太夫・小平次の父・服部宇内は老齢のことでもあるし、いつなんどき、どのようなことになるやも知れぬ。そうしたとき、長男が病死し、次男が家を出てしまったのでは、どうにもならぬのである。

人のうわさひとつで、ここまで深く先のことを内蔵助が考えていようとは、平常の内蔵助を知る者のおもいおよばぬところであったろう。

だが、ぼんやりとして見え、居ねむりが大好きな内蔵助の別の一面には、そうした細やかな神経がいつもはたらいているのだ。

人間というものは、だれしも二面の性格をもつ。白と黒とが同居し、善と悪とがないまぜになり、大胆と臆病が、そして知と感が背中合わせになっている。

人の、おもてにあらわれた一面のみを見て、その人の性格を〈これだ！〉と断定することは、もっとも、おろかしいことなのである。

内蔵助の相反する二面の性格は、いずれも内蔵助そのものなのだ。

人間が、このように理屈では解決できぬ生きものであるからには、その人間がいとなむ社会生活のすべてでも、理に落ちきることはないのである。

御殿を退出する大石内蔵助のあとを追って来た服部平太夫が、いんぎんにあいさつをし、

「弟・小平次に、お目かけ下され、かたじけなく存じまする」

といった。

その声に、ちからがなかった。

この日の目通りに、大石頼母はわざと内蔵助のつきそいをしなかった。

初対面の藩主と国家老を、おもうさまに語り合わせたい、と考えたからだ。

大石頼母ほどの老臣になると、若い内匠頭ではあたまがあがらぬところがあるし、内蔵助にしても同様である。

「ま、これへ……」

と、内蔵助はあたりを見まわし、服部平太夫を傍の用部屋へ引き入れた。

部屋には、だれもいない。

「先殿さまより、ひきつづき、おそば近くの御奉公にて、さぞ気骨の折れることであろう」

内蔵助がねぎらうや、

「いいえ」

平太夫は、烈しくかぶりをふって、

「私めは、年もいたらぬうちにお召し出しにあずかりまして、その御高恩を忘れるものではございませぬ。なにごとにも、懸命に御奉公を……」

懸命、という文字通りに、平太夫は〈いのちがけ〉で奉公をしているのだ。

なるほど、父の宇内が現職にありながら、特別のはからいによって召し出され、藩主の側近につかえているということは、平太夫の将来がしかと約束されたようなものだし、まことに名誉のことといわねばならぬ。

そのことをありがたくおもい、忠勤にはげむことはけっこうなことなのだが、

(あまりにも、おもいつめすぎているのではないか……)

と、内蔵助は感じた。

病気もちの身をおして、寝込みもせずに奉公をしていることも、平太夫にとっては、

(いのちがけ)

のことなのであろう。

戦乱も絶え、これからも起こらぬであろう泰平の世に、この若さで、これだけの忠誠のこころをもつ男はめずらしい。また浅野家のためにも、たいせつな人材である。

「いかがじゃ、平太夫」

「は……？」

「近きうちに、国もとへ帰っては……」

すると、平太夫の顔色が変わった。

「なんぞ、私めに不ゆきとどきのことがござりましてか？」

「いや、そうではない」

「では、なにゆえ……？」

「国もとで新しい御役目についてもよい。また、京の屋敷の父ごのもとで、しばらくはのびやかに暮らすもよい」

「それは、いかがなわけにて？」

「む……」

いいさして、しばらくだまっていた内蔵助が、ややあって、

「なにごとも、躰の丈夫なるが第一のことではないか」

と、いった。

平太夫が、はっと面を伏せた。

内蔵助のいうことに胸を衝かれたのだ。

「むりはいかぬ。おぬしのような男には、末長く御奉公をしてもらわねばならぬゆえ、このように申すのだ」

平太夫が両手をついた。

見ると、彼の蒼白な顔が泪でぬれている。

「わかってくれたか」

「か、かたじけのうござります」

「では、やはり……躰が悪いのだな？」

「………」

「きかせてくれ。おれも、おぬしが弟・小平次には、むかし、いろいろと世話をかけている。またいまも、小平次とはこころをゆるし合うている仲なのだ。ゆえに……ゆえにこそ、おぬしが家のことが気にかかってならぬ。いったい、どうなのだ。どこが悪い？……どのように悪い？」

すると平太夫が、熱い泪をいっぱいにたたえた両眼をひたと内蔵助へ向け、

「もはや、長うはござりませぬ」

と、こたえたではないか。

「なんと……」

内蔵助は、おどろいた。

平太夫が病身だということを、知っている藩士たちは、江戸屋敷の中にもすくなくない。

しかし、平太夫は一日も休まずに出仕をし、殿さまが朝起きて夜ねむるまで、片時も身辺をはなれず、しっかりと奉公をしつづけている。

だから、

「病身なれど、さほどのことはない」

「いや、しんは丈夫なのであろうよ」

ということになっている。

内匠頭長矩も、そこは十七歳の若さだから、すこしのゆだんもなく奉仕してくれている平太夫を見ていれば、まさかに、平太夫が、

(死病にとりつかれている……)

とは、考えてもみない。

平太夫の病気は、現代でいう〈肺結核〉であったようにおもわれる。

現代では恐れるにたらなくなったこの病気が、当時は労咳(ろうがい)とよばれ、死病の一つにかぞえられていたことはいうをまたない。

労咳が伝染するということが、おぼろげながらわかりはじめたのは、もっと後年のことだ。

当時、そのことがわかっていたら、一も二もなく平太夫は身を退き、療養生活に入ったろう。なぜなら、わが病気を、そのまま若い殿さまへうつしてしまうことになるからだ。

「お国家老さまへ申しあげます」

平太夫が異常な決意を両眼にこめて、こういった。

「末長う御奉公をいたしたくも、それはかないますまいか、と、おもわれます」

それよりも、

(わがいのちあるうちに、全力をつくして奉公をし、そして死にたい)

のが、平太夫最大の希望であり、覚悟であった。

そのことに、平太夫は満足をしている。

これよりのち二十年、三十年を生き長らえて奉公をするのも、あと数年をいのちがけにはたらくのも、同じことだ、とおもっている。

いや、それより、病気をいたわりつつ、だらだらと奉公をするよりも、やれるうちにちからいっぱいはたらき、短い一生を終えても、さむらいとしての自分の人生が充実していることになるではないか。

そうした平太夫の胸のうちを、内蔵助はすぐさま感得した。

こうなれば、どのようにすすめても、平太夫は承知をすまい。

藩命をもって強引に、平太夫を転勤させることはできる。

(だが、そうしてよいものか、どうか……?)

はじめは、大石頼母へも、平太夫のことをはかってもらうつもりでいた内蔵助だが、頼母の長屋へもどったとき、その思案は変わっていた。いますこし、自分だけで考えてみることにしたのである。

「内蔵助。いかがであった?」

頼母は待ちかまえていた。

「おそかったではないか」

「いろいろと、おはなしをうけたまわっておりましたので」

「そうか。ふむ、そうか……」

祖父・良欽の実弟だけに、大石頼母は、

(いよいよ、亡き祖父に生きうつしとなられた)

ほどに、よく似ている。

まるで、大石良欽が生き返って来たようにおもえた。

「どうじゃ。殿さまを、いかがおもうたな?」

内蔵助は、それにこたえず、

「奥方さまは、まことにけっこうなお人柄でござりますな」

頼母の眼が、きらりと光った。

内蔵助の意中にあるものを、くみとろうとしているらしい。

「内蔵助……」

いいさして頼母が、

「内蔵助どの」

と、いい直した。

兄の孫ながら、いまは自分より上席にある内蔵助のことをおもい出したからであろう。

内蔵助が、にやりとして、

「いままでどおり、お呼びすて下さいますよう」

と、いった。

二人は、声を合わせて笑い出した。

これで、内匠頭長矩への話題が、それてしまった。

大石頼母は、しごく元気であった。この大叔父が間もなく世を去る、などとは、頼母自身も内蔵助もおもいおよばなかったことだ。

内蔵助は、十日ほどを江戸藩邸に滞留をした。

この間……。

内匠頭長矩の国入りについて、大石頼母との間で、こまかい打ち合わせがなされた。

といっても、内蔵助は国家老として、頼母の意見を全面的に肯定したにすぎない。

頼母が、

「おぬしも申すことのあるはず。遠慮なしに申されたい」

といっても、

「なにごとも、お申しつけどおりにいたしまする」

淡々としている。

これは、長年にわたって藩政にたずさわり、一度の失敗もなかった大叔父の意見ならば、

(間ちがいはない)

と、信じきっているのだ。

経験も不足な、若い国家老である自分よりも、大叔父・頼母の指図のほうが適切であり、

(万事にうまくはこぼう)

素直に、考えているのみなのである。

打ち合わせは、二日で終わった。

それから内蔵助は、毎日のように外出をした。

足にまかせ、江戸市中を見物してまわるのである。

供もつれない。

ただ一人、編笠をかぶって、のんびりと町を歩く。

「よう、つづくことじゃな」

江戸へ来て七日目の雨ふりの日にも、朝から外出をし、夕暮れになって帰って来た内蔵助へ、大石頼母が、

「江戸は、おもしろいかな?」

「町の活気が、おそろしいばかりにおもえまする」

「なるほど」

「京とは大ちがいにて……」

「日に日に、町がひろがって行くありさまが、江戸にいるわしにさえも感じられる」

「さすがに、将軍家おひざもとでございますな」

「うむ」

「大きな金が、江戸の町にうごいておりまする」

「いかさま」

「武家の落とす金でございますな」

「落ちた金は、みな、町民のふところに入りまするな」

「さよう」

「町民は肥えまする」

「ふむ、ふむ」

「武家は、痩せて行くのではござりますまいか」

「さよう」

大石頼母は、その内蔵助のことばをきいて、急に押しだまった。

これは、内蔵助のことばに同意だったからである。

日本に戦乱が絶えて約七十年。

徳川政権のもとに天下泰平の世となったので、それまでは、諸国の大名がそれぞれに戦力へかたむけていた生産が、そのまま、人の生活へ転化された。

その状況がどのようなものか、というなら、昭和の大戦が終わり、敗戦の大禍をうけたにもかかわらず、今日のわれわれが享受(きょうじゅ)している生活の多彩さを見ればよういにうなずけよう。

もちろん、当時と現代の日本とでは、いろいろな意味で比較はできまい。

しかし、大石内蔵助が生きていたころの人びとが、ようやく、弁当を持たずに外出ができるようになった、ということだけでも、

（夢のような……）

ことであったにちがいない。

地方はさておき、都市には蕎麦切を食べさせる店が出来、江戸や京・大坂では、米飯を食べさせる店もある。

たとえば、いまもわれわれが口にする〈西瓜〉という果実がある。

この果実は、いわゆる南蛮渡来の珍果であり、豊臣秀吉が天下人であったころには、外国から輸入した高価な西瓜を小さく切って、これも南蛮わたりの砂糖をかけ、秀吉のような権力者が茶席などで用いるのが精いっぱいのところであった。

そうした高価な果実が、ようやく日本で栽培され、町民の口へも入るようになってくる。

これは、つまり……。

西瓜のような嗜好食品をつくり、これを売り出すだけの余裕が、土地にも人のこころにも生まれたことになる。

戦争が、絶えたからであった。

西瓜のみにかぎらず、さまざまの商品が生産され、おもっても見なかった職業がふえつつある。

ということは、商売をする人びとのふところへ、どしどし金がながれ入っているわけなのだ。

武家は、商売をせぬ。

武家の第一人者は将軍であり、そのつぎが大名である。

その下に、それぞれの家来たちがいて、俸給をもらっている。

大名は将軍から領国をあたえられ、これを統治しているわけだが、実りのゆたかな領国をもらっている大名はさておき、あまり収穫のない貧しい国をもらっている大名たちは、年毎に財政がおとろえてゆきつつあるらしい。

将軍と幕府の本拠は、江戸であった。

ゆえに、大名たちは〈江戸〉に奉仕せねばならない。

大名たちは、一年おきに領国から江戸へ出て来て、将軍と幕府に〈忠誠〉を誓わねばならない。

この道中の費用だけでも、大変なものだ。

何百人という行列をととのえて旅をする。泊まり泊まりの町へ落とす金は大きい。

たとえ、うわさにもせよ、信州のある町などは、加賀百万石の大守・前田家の行列が落として行く金で繁栄を見た、といわれるほどであった。

それに加えて、大名たちは将軍の命令により、いろいろの〈御用〉を自費でつとめねばならぬ。

さらに、泰平の時代の常として、物価は上がるばかりなのだ。

浅野家は、有名な塩田をもち、表向きは五万三千石の収入ながら、実収は八万石だ、などといわれている。

大名としては、先ず、めぐまれているといえよう。

それでも、年々、財政は苦しくなってきている。

「町民は肥え、武家はやせまするな」

と、大石内蔵助がいったのは、このことなのである。

戦争があったころ、武家は、武器をとって敵と戦い、領国をまもるのが役目であった。

ところが、いまは戦争が絶えてしまった。

となれば、武家は政治家として、官僚として生きねばならぬ。

なんといっても武家は、日本国民の指導階級であったのだから……。

金を落とす、といっても自分の領国へ落ちるのならよいが、江戸へ落とし、京・大坂へ落とすのでは、自分の国が肥えるわけのものではない。

むろん、どこの大名でも、領国の物産を他国へ売って収入をふやすことをしてはいるが、大きな利益を生む物産が出来ぬ領国をもつ大名たちが多い。

こういう大名たちが、将軍と幕府に対し、金をもって忠誠をつくすのは、

（なかなか、楽ではない……）

ことになってきつつある。

江戸見物をしながら、大石内蔵助が感じたのは、先ず、このことであった。

そのいっぽうで……。

内蔵助は、ひそかなたのしみも味わっていたらしい。

明後日は、殿さまの国入りに先立ち、赤穂へ帰るという日になると、

「八助。供をいたせ」

と、内蔵助が小者の八助へいいつけた。

この日。

内蔵助は、大石頼母へ、

「京にて知り合いました尾張家の臣・小林重右衛門殿をたずね、一夜を語りあかす約束をいたしておりますれば……」

と、いいおき、八助をしたがえ、昼すぎに藩邸を出た。

八助を供につれているだけに、頼母も、内蔵助のことばをうたがわない。

八助も、同様であった。

ところが、なんと内蔵助は、江戸にきこえた遊里・新吉原へ出かけて行ったものである。

八助は、おどろきあわてた。

このような主人を見るのは、八助にとって、はじめてのことだ。

「ま、よいわ」

と、内蔵助が編笠の中から笑いかけ、

「お前も、あそべ」

「と、とんでもないことでございます」

初夏の、あかるい午後の陽ざしの中に、昼あそびの遊客たちがぞめき歩いている。

遊里の大門を入れば、別世界であった。

江戸へ来てから、すでに内蔵助は、この遊里へ足をふみ入れていたものと見え、ものなれた足どりで〈巴屋(ともえや)〉という揚屋(あげや)へ入って行く。

「な、なりませぬ。これは、なりませぬ」

四十をこえた八助が、青ざめていた。

「他人(ひと)にいわぬことだ。安心せよ」

「な、なれど……」

「関重四郎は物堅い男ゆえ、かえってめいわくとおもい、つれてはこなかったのだ。お前なら、おれにつき合うてくれよう、どうだな」

「そ、それは……」

「ま、よい、よい。おれにまかせておけ」

この夜。

八助も内蔵助と共に、新吉原の遊里へ泊まっているところをみると、ついに説きふせられたらしい。

翌日の昼すぎに、二人は藩邸へもどった。

八助を見た関重四郎が、

「どうした?」

と、いう。

「はい、なにがで?」

「お前。何やら、うれしそうな顔をしておる。ひとりにたにたと笑うて、気味のわるい……」

「そ、そうでございましたかな」

八助が、あわてて顔をなでまわし、

「別に、なんでも……」

「いや、まことに気味のわるいやつだ。さ、仕度を急げ、明日は赤穂へ帰るのだぞ」

「はい、はい。承知いたしておりますよ」

そのとき、大石内蔵助は礼服に威儀を正し、御殿へあがり、内匠頭夫妻へ、出立のあいさつをのべていた。

翌朝。

大石内蔵助は、関重四郎と八助をしたがえ、鉄砲洲の藩邸を出立した。

「わしも、ずいぶんと久しい間、国もとへは帰らぬ」

大石頼母が、赤穂へ帰る内蔵助をうらやましげに見やって、

「もはや、帰れぬであろう、な……」

しみじみといった。

江戸家老の重責にある頼母のかわりをつとめる別の家老でもいれば、引退をして国もとへ帰ることもできようが、いまのところ先ず、頼母のかわりをつとめるだけの人物は見当たらぬ、といってよい。

そのことを承知しているだけに、頼母は、国もとへ帰る日の来ることを、もうあきらめているようだ。

内蔵助にしても、これは同じおもいであった。

だから、大叔父をなぐさめることばも出なかったのである。

このとき頼母は、藩邸・表門の外まで、内蔵助を見送って出てくれている。

内蔵助を高輪まで見送るため、江戸留守居役をつとめている堀部弥兵衛金丸(かなまる)ほか十余名の藩士たちが、門外にひかえていた。

その人びとのほうへちらと視線をながした大石頼母が、内蔵助へ血色のよい老顔を近

寄せ、

「なれどのう……」

「は……？」

「わしの後釜を、いまから考えておかねばなるまいぞよ」

「は……」

江戸家老は、単なる家老ではない。

将軍と幕府への奉公をするための藩邸をつかさどるわけだし、他の大名家の藩邸がたくさんに存在する江戸にいて、絶えず神経をはたらかせ、いまでいう外務大臣の役目をもおこなわねばならぬ。

なまなかな人物では、とてもつとめきれないのだ。

だから頼母は、

（わしが生きてあるうちに、かわりの江戸家老を見つけておかねばなるまい）

と、内蔵助にいったのである。

そういわれても、

（大叔父にかわる人物など、いるはずがない）

のであった。

内蔵助が〈国家老〉でなければ、

(わしのかわりに……)

と、頼母はおもう。

だが、代々〈国家老〉をつとめてきた大石家の跡つぎが、江戸家老へ転ずることはできない。

また、たとえ内蔵助が江戸家老となったとしても、到底、頼母のようにはまいらなかったろう。

名残りはつきなかったが、いつまでも立ちばなしをしているわけにもゆかぬ。

「では、これにて……」

内蔵助が頭(かしら)を下げてあいさつをすると、

「む……堅固でおられよ」

「はい」

眼をあげると、頼母の両眼からじわじわと熱いものが……。

その、亡き祖父・大石良欽そのままの老顔を見たとき、内蔵助は、われ知らず、こういい出ていた。

「出立を、のばしとうなりました」

「なんと……？」

「まだ、二、三日がほどは江戸におりましても……」

「なにを申される」

頼母が泪をこぼしつつ笑い出し、

「年に一度ほどは、そちらから江戸へまいられい」

「なるほど」

「それがまた、国家老としての修業にもなろう」

と、これは声を低め、他のものへきこえぬように、頼母がささやいてきた。

「では、出立いたします」

「うむ、うむ」

本願寺の傍道へ出る堀川の橋をわたりかけ、内蔵助がふり向くと、大石頼母はまだ表門の外に立ち、何度もうなずいて見せている。

内蔵助は立ちどまり、いま一度、頭を下げた。

それに対し、頼母も〈国家老〉へ対する丁重な礼を送ってよこしたものである。

しかし……。

歩をはこびつつ、内蔵助は妙な胸さわぎがしてならない。

（いったい、どうしたのだ？）

なんとなく、

（あと三日ほど、江戸にいたいような……）

心地になってくるのである。

「いかがなされまいた？」

と、留守居役の堀部弥兵衛が内蔵助へ近づき、

「お顔の色が、すぐれませぬようで……」

「私のか？」

「はい」

「いや、別に……」

「それならば、よろしゅうござるが……」

弥兵衛は、気づかわしげに、

「道中、くれぐれもお気をつけなされて」

「ありがとう」

堀部弥兵衛は当年五十八歳。

がっしりとした体軀の老人で、剣術も槍術も、すばらしい手なみだときいている。

そうした武人でありながら、内蔵助の顔色にまで神経がゆきとどくのは、

（さすがに、留守居役をつとめるだけの男だ）

と、内蔵助は感じた。

〈江戸留守居役〉という役目も、江戸家老につぐ重要なものであった。

留守居役こそ、外交官として江戸家老のかわりに実際の活動をする。

他の大名家の情勢をも絶えず知っておかねばならないし、幕府要路の人びとにも近づき、交際をひろげておかねばならぬ。

だから、この春に浅野内匠頭が、勅使の接伴を幕府から命ぜられたときなど、堀部弥兵衛のいそがしさは筆や口につくせぬほどのものであった。

平常の外交や交際が、こうしたときに、

(ものをいう)

のである。

江戸藩邸へ出入りをする商人たちをあつかうことも、留守居役の役目の一つだし、とにかく世情に通じ、人柄のねれている人物でなくてはつとまらぬ。

堀部弥兵衛は、譜代(ふだい)の家臣ではない。

九州出身の若い浪人であった彼が、浅野家に召し抱えられたのは正保二年というのだから、三十七、八年前のことになる。

当時の藩主は、いうまでもないが、現・殿さま内匠頭の祖父であり、今日の赤穂・浅野家の土台をきずいた浅野長直である。

長直は、立派な人物を、

「惜しみなく、召し抱えよう」

という主義であったから、堀部弥兵衛もその機会にめぐまれたのであろう。

この弥兵衛も、大石頼母とは別の意味で〈跡つぎ〉の子がいない。

いや、前には実子が一人いたのだ。

名を弥兵太といい、非常な美男子であった上、心がけも立派な少年であったそうな。

少年といったのは、弥兵太が十六歳のとき、世を去ったからである。

そのころ……。

堀部弥兵衛の妻・於若の遠縁にあたる本多喜平次という者が、堀部家のやゝかいになっていた。

浪人して行きどころのない喜平次を弥兵衛がひきとってくれたのだが、於若は、

「わたくしの親類ながら、あの喜平次は、とてもとても、御世話の仕甲斐のない男でござります」

と、反対をした。

「ま、よいではないか」

弥兵衛は、すこしずつ喜平次を一人前の武士に育てて行こうとおもい、手もとに引きとったのだ。

これが、取り返しのつかぬ不幸を弥兵衛夫婦にもたらすことになろうとは、そのとき夫婦とも、おもっても見なかったのである。

堀部家へ引きとられて間もなく、本多喜平次が、美少年の弥兵太に、

（目をつけた……）

のである。

喜平次は、いわゆる衆道（男色）好みというので、女には目もくれない。

美しい少年を見ると、欲望を押えかねた。

ある日のことだが……。

堀部弥兵太が、自室の机に向かい、読書をしていると、うしろへ忍び寄った本多喜平次が、

「や、弥兵太どの……」

いきなり抱きついて来て、弥兵太のうなじへ口をあて、強く吸った。

「なにをなさる!!」

弥兵太は、憤然として喜平次を突き飛ばし、

「このようなまねをして、もしも父上に見られたなら、どうなさる」

十六歳の少年ながら、屹（きっ）となって喜平次を叱りつけた。

十歳も下の弥兵太に叱りつけられ、本多喜平次は激怒した。なにごとにも〈こらえ性〉のない男であったから、あたまへ血がのぼると何をするか知れたものではない。

「だまれ!!」

と一声。

脇差をぬき打ちに、弥兵太のあたまへ切りつけたものである。

「あっ……」

弥兵太もおどろいた。

いったんは倒れたが、すぐに傍の脇差をつかみ、喜平次と闘った。

折しも、堀部弥兵衛は非番で自宅にいたのだが、さわぎをききつけ、

「どうした？」

息子の部屋へ駈けつけて見ると、いましも本多喜平次が庭から逃げようとしている。

「待てい!!」

弥兵衛が躍りかかって喜平次を投げ倒した。

「ざ、残念……」

と、息子が廊下へ倒れ、もがき苦しんでいるのを見て、

「おのれ……」

すべてを察した弥兵衛が、なおも逃げようとする喜平次へ組みつき、押し倒しておいて、腰の短刀を引きぬきざま、一突きに喜平次の喉(のど)を刺しつらぬき、仕止めた。

「しっかりせよ」

ついで息子を抱き起こしたが、そのとき、もう弥兵太の息は絶えていたという。

こうして、その場を去らせずに息子の敵(かたき)を討った堀部弥兵衛のことをきき、

「さすがに弥兵衛である」

と、故・浅野長直は、いたく弥兵衛の俊敏な処置をほめたということだ。

それから間もなく、堀部弥兵衛は、江戸留守居役を拝命したのであった。


大石内蔵助一行は、間もなく、高輪の〈七軒茶屋〉へ着いた。

ここは、芝・田町九丁目のはずれにあたり、蕎麦切や飯を食べさせる休み茶屋が七軒、ならんでいるところから、この呼び名が生まれた。

七軒茶屋のうしろは袖ヶ浦の海だ。

幕府は、ここに大木戸をもうけ、江戸市中へ出入りをする人びとの〈関門〉としている。

東海道をのぼる旅人にとっては、ここが江戸の出口。下って来る人にとっては江戸の入口ということになる。

したがって、送るものも迎えるものも、七軒茶屋を利用することになる。

「先ず、一献(いっこん)」

と、堀部弥兵衛が〈亀屋〉という休み茶屋へ、内蔵助を案内した。

ここの蕎麦切は、

「なかなかに食べさせまする」

弥兵衛は、二階座敷へ内蔵助をみちびいた。

他の者たちは、階下の土間の腰かけで盃をあげる。

開けはなった障子の空間に、初夏の晴れわたった空がまっ青に切り取られ、しきりに、燕が飛び交っていた。

「こたびは、お世話になり申した」

はこばれてきた酒を内蔵助が素早く手にとり、弥兵衛の盃へ酌をしたものだから、

「これは、これは……」

弥兵衛は、すっかり恐縮をしてしまった。

国家老が、なすべき所業ではないのである。

二人は、今度はじめて、たがいの顔を見知ったわけだが、堀部弥兵衛の耳へは、

「今度の御国家老は、先代とくらべて、格段の相違がござる」

という〈うわさ〉が、国もとからきこえている。

江戸へあらわれた内蔵助に、はじめてあいさつをしたとき、

「そこもとが堀部弥兵衛殿か。かねがね、うわさはようききおよんでいます」

気やすげにいった内蔵助の態度を見て、

(これは……)

弥兵衛は、どきりとした。

軽々しいほどに、下の者へふるまっていながら、なにか侵しがたい気品をそなえているのは、

（やはり、大石家の血すじなのであろうか……）

と、おもいもしたし、何となく老巧の自分が、若い内蔵助の前で気圧されるような感じをうけた。

弥兵衛も若い浪人時代に、苦労を重ね、世の中の裏も表も見てきている。

それだけに、他の藩士の眼から見た大石内蔵助とは、また別の印象をうけたものであろうか。

「ときに、弥兵衛殿……」

盃を置いて、内蔵助が、にこやかに呼びかけた。

「はい？」

「そろそろ、御養子のことを、考えぬといけぬな」

弥兵衛が、瞠目をした。

そのようなことまで、この若い国家老が考えていてくれたのか……。

意外なことではある。

「かたじけのうござる」

おもわず、弥兵衛は両手をついていた。

「早う養子を迎え、貴殿がみっしりと仕込み、貴殿の跡をつぎ、御役目（留守居役）をつとめてもらわねばならぬ。この御役目はたいせつなものゆえ……」

「は……」

江戸家老と同様に、江戸留守居役は、だれがつとめてもつとまる〈役目〉ではない。

このときより後年になってのことだが……留守居役は、どこの大名家でも世襲でつとめるようになる。

それほどに、むずかしい。

機密費や交際費もたっぷりとわたされるし、うかうかしていると、わが身をあやまりかねぬ危険さをもそなえているのだ。

凡庸の評判高い内蔵助が、そこのところを、これほどまでに理解していようとは、

（ゆめにも、おもわなんだ……）

弥兵衛は、あたまをたれ、わが不明を恥じているかのようであった。

だが……。

（それだけに、うかと養子は迎えられぬ）

と、堀部弥兵衛はおもいきわめている。

浅野家の臣として、はずかしくない立派な男でなくては養子にできぬ。まして自分は、

先々代・浅野長直の高恩をうけた身であるから、なんとしても、

（御家のために役立つほどの男でなくては……もしも、そうした男が見つからぬときは、わし一代で家が絶えてもよい）

弥兵衛は、大石頼母と同じような考え方をしているのであった。

そこへ、蕎麦切がはこばれてきた。

現代の〈そば〉とは、かたちが大分にちがう。

蕎麦粉だけをねりあげ、小指ほどのふとさに切りわけたものを熱湯に通したものだ。むしろ、嚙みしめて味わうのが当時のそばであったのである。

やがて……。

一行は〈亀屋〉を出た。

大木戸の高札場の前で、大石内蔵助は、堀部弥兵衛以下十五名の藩士たちと別れのあいさつをかわした。

実に、このときである。

江戸の方向から一騎。土けむりをあげて、こちらへ疾駆（しっく）して来るのを見やった弥兵衛が、

「や……あれは、井上伝右衛門ではないか」

と、おもわず叫んだ。

「おお、これにおわしたか」

叫んで、馬から飛び下りたのは、まさに、浅野家の臣・井上伝右衛門であった。

井上は、内蔵助一行を馬で追いかけて来たのだ。

井上の顔色は尋常のものではなかった。

「いかがいたした？」

堀部弥兵衛の声に、井上は返事ができない。

弥兵衛から大石内蔵助へうつした井上伝右衛門の眼が、見る見るうるんできて、

「ざ、残念にござります」

かろうじて、いった。

「何と……？」

「御家老さまが……大石頼母さまが……」

「なんといたした？」

「先ほど、亡くなられましてござります」

内蔵助が、口の中で「あっ……」といった。

どのような物事にも、あまり動じた様子を見せぬ内蔵助だが、このときだけは別であった。

ものもいわず、内蔵助は井上の乗馬へ飛び乗り、馬腹を蹴った。

騎馬の内蔵助の姿が、高輪の海沿いの道をまっしぐらに江戸へ引き返して行くのを、八助も関重四郎も、また堀部弥兵衛ら浅野の臣たちも、しばらくは茫然として見送るのみであった。

「そ、そのようなことが……あって、よいものか……」

ややあって、堀部弥兵衛が夢を見ているかのように、

「まことか……まことなのか……」

「は、はい」

井上伝右衛門は、かねてから大石頼母に可愛がられていただけ、そこへ、べったりとすわりこみ、両手で顔をおおって男泣きに泣いている。

「一大事だ。急げ!!」

弥兵衛が叫んだ。

一行は、走り去った内蔵助のあとから、鉄砲洲の藩邸さして走り出した。

先刻、門前へ内蔵助を送って出た大石頼母の様子はみじんも死の影はなかった。

内蔵助一行を見送ってから、大石頼母は家老長屋へもどり、御殿へ出仕をするための仕度にかかった。

家来に手つだわせ、裃（かみしも）、袴（はかま）をつけ、小刀を腰にたばさみかけたとき、頼母の手から、その小刀がぽろりと落ちた。

「……?」

落ちた小刀をひろいあげ、いつもの主人に似合わぬことだとおもいながら、家来が頼母を見あげたとき、

「う……」

わずかにうめいて、大石頼母の躰がぐらりとゆれ、そのまま、くずれ折れるように畳の上へ倒れ伏したのである。

現代でいう脳溢血(のういっけつ)でもあったものか……。

倒れ伏したとき大石頼母は、もう息絶えていた。

大さわぎとなった。

なんといっても、

(かけがえのない)

重臣であるし、江戸家老でもある。

それときいた浅野内匠頭が、

「すりゃ、まことか……」

叫ぶや、御殿の中から頼母の長屋まで一気に駆けつけたことを見ても、いかに大石頼母の急死が、浅野藩邸の人びとに強い衝撃をあたえたかが知れよう。

内匠頭長矩は、

「年少の躬をのこして、何故に亡くなられたぞ」

泣き声をあげて、頼母の死体へとりすがり、

「これ、これ……」

頼母の躰をゆさぶるようにし、

「なにとか手当の仕様もあろう。どうじゃ、どうじゃ？」

そこにひかえていた侍医の大橋仙庵へ、何度もうったえたそうだ。

藩邸へ駈けもどった大石内蔵助は、頼母の家来たちに、死の前後の様子をきき、

「では、御遺言もなかったのか……」

ふといためいきを吐いたのであった。

殿さまの内匠頭と同様に、内蔵助もまた、年若い国家老となったばかりの自分をのこして、あまりにも早く、あまりに呆気もない大叔父の死に、

(これは、困った……)

うなだれたきり、ことばも出ない。

後年に内蔵助は、わが身のみならず、赤穂五万三千石・浅野家の身代をかけた大変事に巻きこまれることになるのだが、その折に、

「こたびのことは、いかさま難事ではあるが、自分も年をとって、いろいろと考えが浮いても出る。それだけましのことじゃ。だが、むかし、大叔父・頼母さまに亡くなられ

たときには、目の前が真暗となり、そのまま自分も地の底へ引きずりこまれてしまいそうな気がしたものよ」

と、述懐をしている。

これから国家老として、年に一度は江戸へも下り、頼母の指導をうけ、一藩の指導者としての自分をつくりあげて行きたい、と考えていただけに、

「人のいのちのはかなさということを、このときほど身にしみて感じたことはない。祖父や父が亡くなったときよりも……」

それは、痛切なものであった。

もちろん、大石頼母が老齢であることはわきまえていた。ゆえに、

（いつ、どのようなことが、御身に起こるやも知れぬ）

と、おもってもいた。

（変事がおこらぬうち、いろいろと教えていただこう。御遺言もきいておきたい）

と、おもい、おもいつつも切り出し得なかった自分の迂闊さを、内蔵助は悔いていたのである。

ところで……。

大石頼母亡きのちの江戸家老を、

（たれにしたらよいか……？）

であった。

いま、浅野家の家老は、内蔵助のほかに、大野九郎兵衛、安井彦右衛門、藤井又左衛門の三名が、国もとの赤穂にいる。

このうちから、江戸家老をえらび出さねばならぬのだが、いうまでもなく、国家老の大石内蔵助のみは、主人の留守中に赤穂の居城と領国をまもる大任を負っているわけだから、江戸へ来るわけにはまいらないのである。

「内蔵助」

と、内匠頭がいった。

「躬が国入りをしてのちに、このことをきめようではないか」

これは、国もとの三家老を見てから江戸家老を決定したい、というのだ。

三家老とは、まだ一度も会っていない内匠頭なのである。

(自分が、この眼で見きわめたい)

との積極的な姿勢が、十七歳の殿さまにみてとれる。

藩主として当然ではあろうが、この年齢で、はじめて国入りをするような初々しい殿さまなら、

「よきに、はからうよう」

と、重臣たちの合議にまかせるのがつねのことなのである。

内蔵助は、八歳年下の殿さまを、たのもしく感じた。

大石頼母の葬儀は、ごく質素にとりおこなわれた。

いまの頼母には跡つぎの子もなく、したがって家は絶えるわけだが、本家の大石家の人というよりは、先々代藩主・浅野長直のむすめを妻に迎えた関係で、むしろ浅野家の人といったほうがよい。

このため、大石頼母は、主家の菩提所である高輪の泉岳寺(せんがくじ)へ、とりあえずほうむられることになった。

もっとも、国もとへ帰れば本家としての葬式を、内蔵助がいとなまねばならぬ。

頼母の葬儀を終えるや、内蔵助はすぐさま、江戸を発った。

赤穂への途中、京都藩邸へも立ちよったけれども、さすがに祇園町へ足をはこぶことはならぬ。

京都藩邸へも、大石頼母の死が、すでに江戸から報ぜられていた。

「とんだことに、なりましてございますな」

藩邸に一泊した内蔵助のもとへ、服部小平次があらわれ、あいさつをした。

「まことに、な……」

「かわりの江戸家老は、どなたさまに？」

「まだ、わからぬが……」

と、いいさして内蔵助が、

「小平次。お前が服部家をはなれ、好き勝手なまねをすることはならぬ。この儀、屹度(きっと)申しつけたぞ」

厳然として、いった。

微笑だにもらさぬ内蔵助の、きびしい態度を見て、小平次は気をのまれてしまった。

平常は、身分の上下をまったく感じさせぬほどに親密なのだし、内蔵助の七年前のあやまちや秘密を、小平次ほどよく知っているものはない。

二人して祇園町へあそびにも行ったし、ひとつ寝床にねむったことも何度かある。

それだけ、こうしたときの内蔵助の変貌が、

（まるで別人のような……）

としか、おもえない。

かくべつ声を荒げていうのではなく、いつものように落ちついた声音(こわね)なのだが、

「兄の病気が癒(なお)りきるまで、お前は勝手なふるまいをしてはならぬ」

そういわれると、小平次は反発するこころがまったく萎(な)えてしまう。

「兄上は、さほどに病気が……」

「病いを押してつとめている。ゆえに、このことはお前の父にも、他の者にも決してもらしてはならぬ、よいか」

「は、はい。なれど……そのように悪い病いなれば、何故、養生を……」

「養生をせぬは、兄・平太夫がかたくこころに決したことだ」

「……？」

どうも、わからぬ。

「小平次。お前だけに申しておこう。よいか、父母にはいうな。よいな」

「は、はい」

「平太夫は死病だ」

「げえっ……」

「叱っ。声が高い」

「は……」

「そのことをきいただけで、すべてがわかるであろう、な」

「はあ」

「道楽をやめるな、と申すのではない。道楽をしても浅野の家来であることを忘れるな、と申すのだ。おれも、な。祖父さまが亡くなる前までは、とてもとても国家老などつとまるものではないとおもいきわめていたし……いまも、そのこころに変わりはない。人というものはな、食べてねむって、ほどよき女を抱いて暮らすことが、万事なごやかにはこべばそれでよいのだ。つきつめて見ると人の一生とは、それだけのものよ」

「なれど、それだけのことが、なごやかにおこなわれることが、なかなかにむずかしい。と申すのは、人の世の中は、おのれ一人にては成り立たぬものゆえ……なればこそ、家をつぎ、家をまもることが、人の世の土台となる。これなくして人の世もなく、人の国もないのだ」

「は……」

かくて、赤穂へ帰った大石内蔵助は、やがて国入りをした浅野内匠頭を迎えた。

大石頼母にかわる江戸家老は、安井彦右衛門に決定した。

四年後

窓の向こうの、墨染寺(ぼくせんじ)・境内の木立に、蟬が鳴きこめている。

「もう十日も、お顔を見なんだえ。ええもう、ほんにつれない小平次さま」

などと口舌(くぜつ)をつかいながら、遊女の小徳(ことく)が二階座敷へ入るなり、服部小平次へしなだれかかり、

「今日は夜まで、帰しゃせぬぞえ」

むっちりとした白い双腕(もろうで)を、小平次のくびへ巻きつけてきた。

「わかったがな、わかったがな……」

と、小平次はめんどうくさそうに大小の刀をほうり出し、町人ことばになって、

「先ず、それよりは、汗ぬぐいの手ぬぐいを二つ三つと、桶(おけ)に水くんできてや」

と、いった。

「あい、あい」

小徳は、まめまめしく小平次の世話をやき、男を下帯ひとつにしてやってから階下へ

去った。

ここは、浅野家の京都藩邸から一里半ほど南へ下った伏見・墨染の遊女町である。

この遊所は、墨染寺の門前にある。

墨染寺は、天正年間に、かの豊臣秀吉が日秀上人にふかく帰依し、伏見深草にあった貞観寺という寺の跡へ一宇を建立した、それがこの寺の起こりであるという。

のちに、深草から墨染の地へ移ったわけだが、秀吉在世中には、境内もひろく、いくつもの堂宇がたちならび、壮観をきわめたそうな。

墨染寺の門前に遊女町がもうけられたのは元禄年間とつたえられているが、実は、貞享三年の春にもうけられたのである。

いま、小平次が墨染の遊女屋〈竹や三郎右衛門〉方の二階に寝そべっているのは、貞享四年の夏の昼下がりであるから、この遊所、家も新しければ女も新しいという……遊女町としては下級の格に属しているのだが、なにも彼も新鮮なところが気に入って、このところ小平次、伏見墨染へ入りびたりなのである。

小平次は二十三歳になっていた。

ということは……。

大石頼母の死に遭遇し、江戸から京都へもどって来た大石内蔵助が、

「小平次。勝手気ままはゆるさぬぞ」

と、いいふくめたときから、四年の歳月がながれたことになる。
（ああ、もう、つくづくいややや）
服部小平次は、堅くるしい武士の生活に愛想をつかしきっていた。
兄の平太夫は、相変わらず、殿さまの側近に奉仕しているし、病気で寝込んだというう
わさもきかない。
（大石さまが、四年前に、あのようなことを申されたは、おれをおどかしたのや。ほん
に、そうや）
と、いまの小平次はおもいこんでいるのだ。
父の服部宇内は、すっかり老いこんでしまったけれども、まだ京都藩邸につとめてい
る。
だから小平次は、四年前と同じように細工物に精を出し、ひそかに法外な〈小づか
い〉を稼いでは、酒と女に散らしている。
いまの小平次は、細工物の技倆も格別の上達をとげている。
京の町の専門家の間でも、小平次の細工物は、
「いやもう、大したものや」
評判になっているほどであった。
それだけに、

(なにとかして、武士の境涯からぬけ出したい)

そして、自由な町人の身になりたい、と、小平次の熱望はいささかもおとろえてはいなかった。

「さ、ぬぐうてあげまひょ」

と、遊女の小徳が座敷へもどってきた。

井戸からくみとったばかりの水をたたえた手桶に手ぬぐいを入れてしぼり、

「ま、この汗わいの」

裸体となった小平次の躰をふいてやりながら、他の客へは決してゆるさぬくちびるで、小平次の肩のあたりを吸ったりする。

金ばなれのよい小平次だから、小徳も一所懸命にもてなすのだ。

「ああ、もう、くさくさするわ」

「なんぞ、いやなことでも……?」

「いやにも何にも、つくづく、いやになってしもうた」

「ま、妙なことばかり……」

「いっそ、お前をつれて、どこぞの遠い国へ逃げて行きたいほどや」

「あれ、うれしい」

「さ、お前の躰も、ふき清めてやろかいな」

「いやや。はずかしい」

「なんの、はずかしいことがあるものか」

「まだ日も落ちていぬというに……」

「かまわぬ、かまわぬ」

と、小平次が小徳の衣裳をはぎとり、ふっくらと肥えた背中から肩、ゆさゆさとゆれている乳房まで、たんねんに汗をぬぐいとってやる。

「あ……ええこころもち……」

「そやろ。な、そやろ」

「あれ、こそばゆい」

「ええやないか」

まるで子供にかえったように裸の小平次と小徳がたわむれはじめた。

「ほんに、そうおもうているのや」

「なにが？」

「お前をつれて他国へ逃げよ、ということや」

「あれ、うれしいこと」

と、小徳は本気にしていない。

「ほんまや、ほんまや」

小平次が小徳を抱きしめ、紅い乳首を吸いながら、

「うそやない、うそやない」

と、いった。

服部小平次が〈竹や〉を出たのは、八ツ半（午後三時）をすこしまわっていたろう。

女あそびをしても小平次は、だらだらと泊まりこんでしまうようなことがない。

それでなくとも、小平次が細工物の内職をして、分不相応な収入を得ていることを、
京都藩邸内で知らぬものはない。

だが、なんといっても小平次は、

「お国家老さまのお気に入り」

だと見られている。

それに……。

京都の藩邸は、国もとの赤穂や江戸の藩邸にくらべて、だいぶんにちがう。

京都という土地柄のためもあろうが、藩士たちの気風も、まことにのんびりとしていて、むしろ、ひょうきんな小平次に寛大な微笑さえあたえているほどだ。

殿さまも、めったに京都屋敷へはあらわれぬ。

ま、そのかわり、この天下泰平の世の中に、浅野家の臣として手腕を見せる機会もあたえられぬし、したがって出世の階段へ足をのばすきっかけもつかめぬ、ということに

もなるわけであった。

（ああ、もう……いっそ、父上へいうて見よか。おれという子が無いものとおもうてくれと……）

まだ、夕暮れには間がある。

強い陽ざしをうけて、小平次の躰が汗ばんできた。

（ふ……まだ、匂うている）

遊女・小徳の肌の移り香がである。

〈竹や〉を出るとき、ふろ場で水をあびてきたのだが、

帷子（かたびら）のふところの奥から、小徳のつけていた白粉の香りがただよい出て、

（む……匂う）

「ふ、ふ、……」

小平次は小鼻をひくひくさせつつ、

（今日は小徳め、あられもなくみだれおったな）

ひとり満悦の笑いをもらしながら、ふらふらと歩いているうち、小平次は向こうからやって来た人へ打ちあたり、その足の甲をいやというほど踏みつけてしまったものである。

「やい、何さらす!!」

怒鳴りつけられ、いきなり突き飛ばされた小平次は、

「ぶれいやないか!!」

夏草に尻を打ちつけ、怒鳴り返した。

「何じゃと」

「どっちがぶれいじゃ!!」

「足踏んで、だまって通るつもりか!!」

四人の男たちが、いっせいにわめきたてた。

いずれも、まっくろに陽灼(ひや)けした屈強の男どもだ。

この男たちは、淀川下りの船頭の中でも〈暗物船頭(くらものせんど)〉とよばれるたちのよくない荒くれ男だということは、小平次にも一目(ひとめ)でわかった。

骨董の鑑定や細工物の製作にかけては、いずれ名人にもなろうという服部小平次であるが……。

どうも、腕力のほうはかんばしくない。

武士の子に生まれながら、腰の刀が、

「重(おも)う重て、たまらぬがな」

という小平次であるから、

「や、これはかんにん」

あっさりと、荒くれ船頭どもへあたまを下げ、にこにこと笑いかけ、ふところへ手を入れた。

いくらかの銭をあたえて、この場を切りぬけようとしたわけである。

ところが船頭どもは、四人とも、したたかに酔っていた。

「これ見や。これでも、さむらいか」

「刀さしとるがな」

「こんなさむらい、生きとってもむだじゃ」

「それならいっそのこと、叩きのめして、ぶち殺してやったらどうじゃい」

たくましい半裸の体軀で、小平次のまわりを取りかこんでしまった。

そこは、藤森（ふじのもり）神社の参道へ通じている畑中の道であった。

「あ、よせ、よせというに……」

叫ぶ間もなく、

「この畜生め!!」

船頭の一人が小平次のあたまをなぐりつけた。

「うわ……」

転倒した小平次が、

「銭やるから、ゆるせ。な、ゆるせよ」

すると、

「ぶちのめしてから、銭もろてやる!!」

「それが、ええわい」

船頭どもが、たのしげに笑った。

細い畑道で、人影も見えなかった。

〈暗物船頭〉なら、これほどの乱暴は日常茶飯のことなのだ。

「それっ」

「やってしまえ!!」

小平次は飛び起き、見栄も体さいもあったものでなく、

「助けてくれ」

畑道を逃げ出そうとするえりがみを船頭がぐいとつかんだ。

(もう、いかぬ)

小平次は観念し、眼をとじた。

次の瞬間、地面へたたきつけられる自分の姿をおもいうかべると、さすがにくやしかった。

(……?)

しかし、小平次は投げつけられなかった。

そこに立っている。

（これは、どうしたのだ？）

恐る恐る、ふり向いて見た。

「あ……」

地面へ叩きつけられていたのは、自分のえりがみをつかんだ船頭なのである。

そやつは、踏みつけられた蛙のように畑の中へくびを突込み、気をうしなっていた。

残る三人の船頭に向き合い、小平次をかばって立っている編笠の武士の後姿が、そこに見えた。

「お、大石さま……」

おもわず、小平次が泣声で叫んだ。

編笠の武士は、まさに大石内蔵助なのである。

内蔵助は、小平次をかえり見ようともせず、

「去ね」

と、船頭どもへいった。

いつものように、おだやかな声であった。

「去ねよ、これ」

だが〈暗物船頭〉が、おとなしく去るわけもない。

「二人とも、ぶち殺してしまえやい」

船頭どもが、どっと内蔵助へ襲いかかった。

（あ……）

小平次が、まるで信じられぬ、といったような顔つきになり、口をあけたまま、呆気にとられた。

内蔵助の躰が、わずかにうごいたと見る間に、一人がもんどりうって畑の中へ投げ飛ばされていた。

何が、どうなったのか、小平次の眼にはとまらなかった。

「ぎゃっ……」

うめいた別の一人が、腹を押えて棒立ちとなり、へなへなとくずれ倒れた。

残った一人は、ふところから刃物を引き出し、めったやたらに内蔵助へ突きかけている。

それを相手に、内蔵助の躰が道の向こうでふわふわとゆれているのだ。

ゆれるたびに、船頭の刃物が空間を突いている。

そのうちに、そやつはとうとうたまらなくなったらしい。

「ひえっ……」

悲鳴をあげ、刃物を捨てるや、あたまをかかえて一散に逃げて行った。

「小平次よ」

編笠をとった内蔵助が、苦笑をして、

「なんたるざまだ」

「はあ……」

「こやつどもは……」

と、まだ泡をふいて倒れている三人の船頭をあごでしめした内蔵助が、

「みな、酔っているのではないか」

「は……さようで」

「酔っているやつどもになぐられたのか」

「さよう……」

「ばかもの」

叱ったが、内蔵助の眼は笑っている。

小平次は、ほっとした。

「相手が飛びかかって来ても、酔いに足をとられている。お前でも、よく見て闘えば、じゅうぶんに勝てるのだよ」

「と、とんでもない」

「仕様のないやつだな」

「恐れ入りました。助かりましてございます」

「なにを、ばかな……」

「それにしても、いや、お強うございますなあ、おどろきました」

大石内蔵助は、あれからもたゆむことなく、奥村権左衛門の教えをうけ、剣術をまなんできていた。

けれども依然として、進歩がおそい。

内蔵助の後から入門した若い藩士たちにも、どしどし追いぬかれてしまうのであった。

だが、たゆみなくまなんではいる。

「おれも、な……」

と、畑道を歩きながら内蔵助が小平次へ、

「あのようなまねをしたのは、はじめてのことだ」

「さ、さようで……それにしては、堂に入っておられましたな」

「ばかな……」

「いえ、まことに……おどろきましてございます。まったく、まことに……」

「くどいな」

「いえ、ほんとうに……」

「よく見て闘ったまでのことだ」

「ははあ……」

「お前が細工物をするときと同じよ」

「ははあ……」

「ああいうやつどもを、細工物に見たてて闘えばよかったのだ」

「ふむ、ふむ……」

「細工物にのみを打ちこむつもりで闘えばよい」

「なある……」

「そうではないか、な。どうだ?」

たしかに、一理ある。

小平次が細工物に熱中しているときの姿を見た彫物師・仁兵衛が、いつであったか、
こういったことがある。

「そのときの小平次さまの顔は、ほんに恐ろしい。眼がぎらぎらと光っていて、ほんに
こわいがな」

だが、小平次は、そのときの自分のことがわからぬ。

いかに内蔵助が、あの荒くれ船頭どもを細工物に見たてろ、といっても、

(そら、むりや)

なのであった。

「ときに御家老さま。いつの間に……」

「昼すぎに京へ着いた」

「いえ、なれど……このようなところへ、何ゆえに……？」

「ふ、ふふ……」

「は……？」

「お前と同じよ」

「えっ……」

「このあたりには、新しい遊所ができたときいてな」

これには小平次もおどろいた。

赤穂にいて、四年ぶりに京都へあらわれた内蔵助が、早くも墨染の遊所のことを耳にしているのである。

「おどろきました」

「それにな、秋ぐちには殿さまが国もとへお帰りになる。そのときは、お前の兄・服部平太夫も赤穂へまいる。一度、お前も兄に会うておけ。ずいぶんと兄に会わぬのであろう」

「はい。もう十年も……」

このとき、大石内蔵助は二十九歳になっている。

まだ、独身であった。

「お前、墨染へ行っていたのか？」

と、内蔵助がきいた。

小平次は、へどもどしながら、

「かくしきれませせぬゆえ、申しあげます。まさに、墨染へ……」

「相変わらず、小づかいに不自由をせぬと見えるな」

「はっ……おそれいりました」

「おもしろいか、墨染は……」

「は。いえ……その……」

「お前の、なじみの女は、なんという？」

「は……竹やの小徳と、申しまして……」

「よい女か……」

「はっ……」

どうも、いけない。

「いままで、お前が墨染にいたのでは、また、そこへもどるのも気のきかぬことだな」

「はっ、はっ……」

「この近くに、撞木町の廓もあるそうな」

「ござります」

「行こうか」

「おつれ下さいますので？」

「うむ」

さ、こうなると服部小平次、しめたとばかり、

「こうおいで下されませ」

肩をそびやかして、案内に立つ。

伏見・撞木町の遊所は、墨染の廓の南をすこし下ったところにある。

この廓は、およそ九十年前の慶長元年にもうけられていたが、間もなく衰微し、九年後に再開されたものだという。

戦国の世が終わり、京と大坂をむすぶ伏見の町が、経済と交通の要地として発展するにしたがい、撞木町の遊所も墨染のそれと歩調をそろえ、にぎやかになったのである。

もちろん、京都の島原の廓などとくらべれば、格もずっと下で、先ず、三流の上、というところか……。

服部小平次は、すでに撞木町の廓へ何度も足をふみ入れている。

「どこがよいな？」

「それは御家老さま。笹屋がよろしゅうございましょう」

「お前にまかせよう」

「心得まいた」

女あそびとなると、大石内蔵助は、がらりと変貌をする。

小平次へ訓戒をするときの内蔵助とは、

(まるで、別人。ようも見事に変わるものだ)

と、小平次もあきれるばかりなのであった。

「島原や祇園などにくらべて、ずっとよい」

と、内蔵助は撞木町や墨染の遊所をほめる。

「なれど、御家老さまには、いささか、低俗のおもむきではございませぬか」

「なんの……女あそびには、こうしたところが、もっともよいのだ」

これからのち、大石内蔵助の遊蕩ぶりは相当なものになるわけだが、内蔵助のあそびは、金にまかせてのそれではない。

廓にしろ遊所にしろ、もっとも下級な場所へ出かけ、町人や百姓たちといっしょになってあそぶのが好みであったようだ。

あるとき、服部小平次が、

「ほんに、お好きなのでございますなあ」

つくづくと内蔵助の顔をながめて、いったことがある。

「女のことか？」

「はい」

「さようさ」

大石内蔵助は、ふかくうなずき、

「われながら、あきれてしまう」

と、いった。

「あきれますので？」

「うむ。ま、この世の中で女の肌身をかき抱くことほど、たのしいものはないな」

小平次、同感である。

「生き甲斐と申すものよ」

「なある……」

「つまるところ世の中は、いや男と女の世の中は、この一事につきる」

「ははあ……」

「おれもな、赤穂五万三千石の国家老としての自分と、女あそびにひたりきっている自分とは、まるで別人のようにおもうことがある」

「ふうむ……」

「だが、別人であって別人でない。その、どちらも大石内蔵助なのだ」

ためいきをもらし、

「一藩の国家老ともあろうものが、だ。赤穂にいては、女あそびもできぬ。これは当然ではあるが、な」

「いかさま」

「そこで、なにかと用事にかこつけては京へやってくる。これはひとえに、女の肌身にぬくもりたいためよ」

「ふむ、ふむ……」

こうなると小平次は、いやも応もなく、

「ああ、なんとよい御家老さまだ。わしゃ、このお人のためになら死んでもよい」

感激の極に達する。

ところが……。

小平次を叱りつけるときの大石内蔵助には、みじんもそうしたところを見せず、威儀を正し、二人して遊所へ通ったことなど忘れはてたかのように、まじめくさった顔つきで小言(こごと)をいうのである。

「あまりにも、人が変わりすぎまする」

小平次が、そうこぼしたとき、内蔵助は、

「そうか、な……」

真剣な顔つきで、

「それほどに人が変わるか……いや、おれは、いつでも、ごく自然にふるもうているつもりなのだが……わからぬ、どうもわからぬ。いずれにせよ、おれはおれだ。大石内蔵助に変わりないことよ」

と、いったものである。

この日。

内蔵助の相手をした〈笹屋〉の遊女は住之江（すみのえ）といって、年も若く、躰つきもふっくりとした女であったが、

（いやどうも、まずい顔やな。あんな奴で御家老さまはよいのか……？）

小平次が、そうおもったほどの面相であった。

けれども内蔵助は、すこしもえりごのみをしない。

「私のと、とりかえましても……」

と、小平次は自分の相手になった歌町（うたまち）（これは美女であった）をかえり見ながら、たまりかねて内蔵助へささやいた。

「案ずるなよ、小平次」

「なれど、あまりにもひどい……」

「おれは、かまわぬ」

いうや、住之江に盃をとらせ、

「さ、のめ。ゆるりとのめ」

とろけそうな目つきになった内蔵助が住之江へ酌をしてやる。

遊女・住之江としても、これがうれしくないはずはない。

どういうわけで、住之江を内蔵助の相手に出したのか、と、のちになって、また〈笹屋〉をおとずれた小平次が、笹屋の主人・清右衛門に問うたことがある。

このとき小平次は、ひとりで撞木町をおとずれたのだ。

「なぜとは……？」

「そうではないか、あるじどの。あのようにまずい女を大石……いや、私の兄ともおもうお人に出してもらって、いやはや、恥をかいたやないか」

「それは、ちがいますがな」

「なにがちがうのや？」

「私めは、小平次さまがおつれした大事のお客ゆえ、住之江を出したのでござりますがな」

「ばかな……」

「そうでござりますがな。住之江は、なるほど器量はわるい。器量はわるいが、女はよろしゅうござりますがな」

「そりゃ、どういうことや？」

「ま、それは今度、あのときおつれになったお客さまへ、きいてごらんなされたがよい」

「ふうん……」

さて、その日の夕暮れになって……。

〈笹屋清右衛門〉方を出た大石内蔵助と服部小平次は、肩をならべて京の町へ引き返した。

撞木町から、京都藩邸までは約一里半の道のりである。

「あのような、まずい女で、申しわけもございませぬ」

小平次、しきりに恐縮するのへ、

「あの住之江という女……おれに抱かれているとき、まことに、あどけない顔つきになってなあ」

「あどけない……？」

「さよう。女は、それが身上。いかに、ふだんはよい女でも、男に抱かれてみにくい顔になるのは、どうも、な……」

このときの小平次には、内蔵助のことばが、よくのみこめなかったようであった。

「なれど小平次……」

　夕闇が淡くただよう道を歩きながら、内蔵助がいいさして、ふっと口をつぐんだ。

「どうなされまいた？」

「いや……お幸のことよ」

「あ……まだ、そのことを？」

「忘れてはおらぬ。早いものだな」

「もはや、十年になりまするな」

「あのとき、おれは十八。お前は……」

「十二歳」

「まだ前髪をつけていたな」

「早熟（わせ）でござりました」

「そのとおり」

「御家老さまとて……」

「お幸のことか？」

「おどろきました、あのときは……」

「いま、お幸も佐々木源八も、どうしているか、な……」

「お気にかかるので？」

「もちろんだ。なれど、十年前のときとは、だいぶんにちがう。つい、五年がほど前までは、夜、床について眼をとじると、きまってお幸の顔がおもいうかんだものだが……」

「ははあ……」

「いまは月に一度、おもい出すこともあるか、どうか……」

「御家老さまは、冷たいお人で」

と、小平次は冗談をいったつもりなのだが、内蔵助はまじめにうけ、ふかくうなずいて、

「そのとおりだ。男とは冷たいものよ。あれほどにおもいつめた女であったものが、見よ小平次。諸方で遊女を抱いて夢うつつになるときも、同じ女の肌身にぬくもりながら、お幸のことなどおもいうかべても見ぬのだから、な」

「男は浮気もので」

「さよう」

「私も気にかけておりますなれど、お幸さんも佐々木源八も、京へはあらわれませぬようで……」

「そうらしいな」

内蔵助のきげんがよいので、小平次は、おもいきって切り出して見た。

「兄・平太夫がことにございますが……」

「それがどうした？」

「あれから四年もの間、兄は、ぶじに御奉公をいたしております」

「いかさま」

「病気もよくなっているのではございますまいか？」

「ふむ……」

そうも、おもえる。

四年前のあのとき、江戸藩邸で服部平太夫は、みずから、

「死病にかかっております」

と、いったし、そのことばを裏書きするほどに、彼の顔色は、

（まるで、死人……）

のそれであった。

だが、以来四年の間、平太夫が病臥したことを内蔵助もきいていない。

内蔵助も、かねてから服部平太夫の病状を案じていたことだし、

「それとなく、気をつけてもらいたい」

と、江戸留守居役の堀部弥兵衛にたのんでおいてある。

つい先月にも、弥兵衛から江戸の近況を知らせてきた手紙に、

「……服部平太夫も、日々つつがなく殿さまの御側近く御奉公。顔色もこのごろはよく

なり、あの様子なれば、もはや大丈夫か、と……」

　と、書きそえてあったほどだ。

「ともあれ、小平次」

　内蔵助は、しばらく考えたのちに、

「おれと共に赤穂へ、一度まいれ」

「それは私も、いまだ一度も、国もとの景色を見てはおりませぬゆえ、ねごうてもないことで」

「間もなく、お前の兄も殿さまにしたがい、赤穂へまいるゆえ、おれもしかと平太夫の病状を見とどけておきたいし、お前も久しぶりにて兄と語り合うたらよい」

「はい、はい」

　四年前から、浅野内匠頭は参覲で国もとから江戸へ、一年ごとに往復している。

　そのたびに平太夫も行列に加わり、赤穂へも来る。

　内蔵助は、去年の五月はじめまで赤穂にいた平太夫を毎日のように見ていて、その奉公ぶりに遅滞のないことをたしかめている。

　平太夫にも、何度か、

「躰のぐあいはどうじゃ？」

　たずねたものだが、

「はい。大丈夫にござります」

平太夫は笑って、

「われながら、ふしぎなほどに、このごろは食もすすみまして」

「死病とは見えぬ」

「はい。薬湯ものんでおりまするし、なにかと自分でも、やって行けそうにおもえまする」

と、平太夫はいうのだ。

律義な平太夫は、内匠頭が京都屋敷へ立ち寄らぬ以上、決して父母や弟の顔を見ようとはせぬ。

「かまわぬ。二日ほど、京へとどまり、父母の顔を見てまいれ」

と、若い殿さまにしてはよく気がつく内匠頭にすすめられても、平太夫は微笑をうかべるのみで、決してとりあわぬ。

去年五月に、赤穂を発って江戸へ向かうとき、浅野内匠頭はわざわざ大石内蔵助をまねき、

「内蔵助は、平太夫の家族と親しいそうな」

「御意(ぎょい)」

「いかがあろう。平太夫にも、そろそろ妻を迎えてやり、服部の家督をつがせてやりた

いとおもう。いつまでも躬がそばへ引きつけておいても気の毒ゆえ……」

その殿さまのことばを、大石内蔵助は服部小平次につたえた。

「さようでござりましたか……」

小平次は歓喜をかくしきれぬ表情となり、

「なれば、この小平次も気が楽になります」

「やはり、どうしても、さむらいになるのはいやか？」

「御家老さまは……」

と、小平次が甘えた口調になり、

「私のこころを、よう御存知のはずではございませぬか」

いいいい、なれなれしく、内蔵助の肩を軽く打ったものである。

まるで〈あそび友だち〉そのままの所業であった。

このありさまを、他の浅野の家臣が見たら、愕然とするにちがいないのだが、内蔵助はいささかも気にせず、

「よし、よし」

幼ない弟をあやすように、

「ま、今度の帰国の様子を見て、きめようではないか」

「なんと、おきめ下されますので？」

「なればさ。服部の家を兄につがせ、お前を気まま勝手にさせてやろうということだ」

「か、かたじけのうございます。このとおり、このとおり」

と、小平次が地面へ両手をつき、ぺこぺこと内蔵助へあたまを下げて見せるのであった。

「ばかなまねをするな」

「いや、こうせずには気がおさまりませぬ」

「それほどに武士がいやか。それほどに細工物で身をたてたいのか」

「はい、はいっ」

「仕様のないやつ」

内蔵助は苦笑をして、

「よし、よし。たぶん、お前のおもうとおりになろうよ」

「このお礼に……いや、その祝いに、明日はひとつ、小平次めが祇園町へ案内いたします。ま、おまかせ下されませ」

「祇園町の、ほれ、四年前の、あの女……」

「福山の玉波(たまなみ)でございましたな」

「よう、おぼえている」

「もはや、あの女は祇園町におりませぬ」

「近江の商人にひきとられ、子までもうけたそうな」
「や……よう御存知で」
「伏見へ行く前に、福山へ寄ってあるじにきいたのだ」
「お早いことで」
「明日まいると、約束をしてある」
「これは、どうも」
「玉波はよい女であった……あの折、江戸の大叔父が急死なされたゆえ、祇園町へも立ち寄らぬまま、急ぎ赤穂へ帰ったが……いまだに、こころのこりがしている」

京の夏

内蔵助と小平次が、仏光寺東洞院・東入ルところにある京都藩邸へもどったのは六ツ半（午後七時）をまわっていたろうか。

国家老と共に帰って来た小平次へ、藩邸の士も、

「どこで御家老に？」

「いや、三条大橋のほとりで出合い、それからその、北野天神へおまいりに御供をいたしまして……」

「それはよかった」

「いやまことに、御家老さまは信心が深いお方ですな」

内蔵助は、留守居役・小野寺十内の長屋へ泊まることになっていた。

小野寺十内も四十四歳になり、老巧な留守居役として、京都における信望がいよいよ厚く、大きいものとなっていた。

十内は、妻のお丹（たん）と共に夕飯もとらず、内蔵助の帰りを待ちうけていた。

丹波の保津川でとれた鮎を焼いて、十内夫妻は内蔵助をもてなした。

「これは、おいしい。まことにもって御造作をかけ申す」

よろこんで、内蔵助は焼きたての鮎をほおばる。

小さなきゅうりをからし酢みそで和えたものは、お丹が得意の料理だそうな。

赤穂にいるとき、内蔵助の膳部は祖母の於千がみずからととのえてくれる。

母の熊子も末弟の喜内（以前の権十郎）と共に同じ屋敷で暮らしているが、内蔵助の身のまわりのことは、せっかくに於千がたのしみにしていることだし、よけいな手出しをせぬ、という考え方であった。

内蔵助のすぐ下の弟・久馬は、三年ほど前に、山城の国八幡山の大西坊へ入って僧となり、名を専貞とあらため、修行にはげんでいる。

躰の弱い久馬は、予定どおりに仏門へ入ったわけだ。

「いや、祖母も老いましてな」

と、内蔵助が十内に、

「それで、いよいよ、私も嫁をもらうことになりそうなので……」

「それは……」

十内夫妻が顔を見合わせ、

「なによりのことでございますな」

「いや、気が重うて……」

「なれど、御国家老の御身が、いつまでも、おひとりではなりますまい」

「いや、そのことを殿さまからもしかと申しわたされて、困っている」

「殿さまが……」

「よう御気のつかれる御方じゃ」

「して、いずかたからお迎えなされます？」

「私の嫁？」

「はい」

「うわさにきけば、私よりもずんと背の高い、大女だという。いや十内殿、いまから恐れをなしているところなのだ」

この年、貞享四年で、大石内蔵助は満二十八歳になっている。

むかしふうに数えれば二十九歳であるから、これが一藩の家老職でなくとも、いまだに〈独身〉なのは、まことに、

「おかしい」

ことであった。

どうしたわけか、これまで内蔵助に縁談が起こらなかった。

大石家でも、ことさら縁をもとめなかったようである。

内蔵助が十九歳で家督をつぎ、二十一歳で本家老となってより、ここ数年間、あまりにも若すぎる殿さまの成長を待ち、つつがなく〈国入り〉のことがおこなわれるまでは、藩をあげて緊張をゆるめず、月日を送ってきた。

そして、ようやくに浅野内匠頭が藩主として国入りをするというときになり、文字通り藩の柱石(ちゅうせき)であった江戸家老・大石頼母が急死してしまった。

赤穂藩としても、大石内蔵助としても、これは重大事であって、若い殿さまをまもりつつ、藩と領国の治政をととのえて行くために、寧日(ねいじつ)とて無かったのである。

さいわいに……。

内匠頭長矩は、

「先祖の遺してくれた領国と家臣たちのために……」

身をもって治世にはげもうという〈こころがまえ〉でいてくれるし、いまは二十(はたち)をこえ、藩主としての風格もそなわってきた。

そこで、ようやく内蔵助も、

(妻を迎えようか)

というこころになったのであろう。

内蔵助の妻になろうという女は、但馬(たじま)(兵庫県)豊岡三万五千石の城主・京極甲斐守(きょうごくかいのかみ)の家老で石束源五兵衛毎公(いしつかげんごべえつねとも)のむすめ・理玖(りく)である。

石東源五兵衛は、京極家の名臣といわれた人物で、主家の血すじをひいてもいる。

亡き大石頼母同様に、源五兵衛も京極家の柱石であった。

この縁談は、大石頼母が在世中に、それとなくもちこまれていたのだ。

それは、石東源五兵衛が、内蔵助よりも頼母の人物に惚れこみ、

「お目にかかったことはないが、人のうわさのみにても、いかに立派な人物かが知れようというものじゃ。あの頼母殿の一族であり、しかも国家老である大石内蔵助殿へ、りくをもろうていただけるなら、わしも頼母殿と親類づき合いができるというもの。これはうれしいことではないか」

と、いい出し、頼母と親交のあった但馬・出石藩の江戸藩邸勤務の家臣・井上式兵衛を通じ、

〈下ばなし〉

をすすめはじめたとき、大石頼母が亡くなったものである。

当時は、りく女も十四歳であったし、石東源五兵衛も、この縁談を急いでいたわけではない。

それがいま、あらためて大石家へもちこまれたのであった。

頼母は生前、このことを内蔵助にもらしてはいなかった。

だから内蔵助は、あらためて出石藩士・井上式兵衛の書状によって、すべてを知った

わけだが、

（亡き大叔父にもちこまれていた縁談なれば……）

と、こころがうごいた。

「ま、そうしたわけで……」

内蔵助は、小野寺十内夫妻のもてなしをうけ、こころよく酔いながら、

「それがな、十内殿。いざとなって石束源五兵衛殿も、急に、心配になられたようで」

「と申されますのは？」

「いやなに、国もとの私の評判を耳にはさんだのでもござろうよ」

いま、内蔵助は、

「昼行燈（ひるあんどん）」

などと、いくぶんは好意のこもった〈渾名（あだな）〉をつけられている。

つまり、

「昼間、あかりのついている行燈など、あってもなくてもよいようなもの」

という意味なのであろうか。

または、内蔵助が城中に出仕しても、御用部屋でうつらうつらと居ねむりをしている態（さま）をあらわしたものであろうか。

家中の人びとが内蔵助へ向けている好意からおして、後者の意味をふくませた渾名だ

といえよう。

「は、はは……」

内蔵助が、さもおもしろそうに、

「それでな、十内殿。石束殿がいろいろと手をまわし、私の身辺をさぐらせたのだそうな」

「それは、まことにけしからぬことで!! ……」

「いやいや、可愛(かわゆ)いむすめを嫁がせようというのだから、あたりまえのことでござろう」

「なれど……」

「それで、ようやくにこのほど、きまりましてな」

「よろしゅうございました。われらも安堵いたしましてござる」

と、小野寺十内は真底うれしそうに、妻女のお丹をかえり見て、

「よかったのう」

「はい。このようにめでたいことはござりませぬ」

「ありがとう」

内蔵助は軽くあたまを下げたが、くっくっと笑い出し、

「それにしても、五尺七寸もある大女とは……」

「ははあ……」

と、これには十内夫妻も顔を見合わせるばかりであった。

大石内蔵助の背丈は五尺二寸ほどなのである。

その小柄な自分より五寸も背の高いりく女が妻になるのかとおもうと、おかしくて、おもしろくて仕方がない。

すこしも、いやな気もちはしていない内蔵助であった。

「いやもう、どのようにして抱いたらよいものか……」

わざと、ためいきまじりにいって、内蔵助がお丹に、

「いかがでござる、御妻女」

といったので、お丹はまっ赤になり、次の間へ逃げてしまった。

内蔵助は、まだ、りく女の顔を見たことがない。

りく女は、但馬・豊岡の城下に住み暮らしている。

現代のごとく、列車へ乗って〈見合い〉に出かけるような簡便な世の中ではなかったことはもちろんであるが、大石家と石束家のような名門であれば、当然、その身分と家柄が先ず問題となる。

だが、それだけできまるものではない。

石束源五兵衛が〈むすめ聟(むこ)〉となるべき内蔵助の人柄をじゅうぶんに調査したように、

大石家でもまた、りく女の人柄をよくよくしらべている。

源五兵衛が大石頼母の人物に惚れこんだように、たがいの親類すじのことも大きな問題となるのだ。

ということは……。

男と女が夫婦になるということが、単にそれだけのことですむわけではないからだ。

夫の家と妻の実家は、親類同士になるのである。

双方が、うまくとけ合わなくては、当人たちの夫婦生活にも暗いかげりを生ずることになる。

そうしたところまで、こころ細かに配慮をした上で、縁談がすすめられて行く。

夫婦になる男女は、すべてを両親や親類にまかせておくのだが、これを封建の時代の古くささとのみ、片づけてしまうのもいかがなものか。

例外はあるとしても、世の中や人の姿を見つくしている老熟の人びとが寄り合って、双方を見きわめ、

「これならよい」

と、はなしをすすめるのであるから、若い男女にとっては、むしろ安全なものだったろう。

武家にかぎらず、町家でも農家でも、同様なのである。

それに、三百年も前の当時には、現代のような男女の多彩な交際がおこなわれていない。

親がえらんでくれた相手と結婚をして不幸になった例はあるにしても、その率は非常にすくなかった、といえよう。

内蔵助はりく女と会う日をたのしみにしていた。

翌日。

内蔵助は服部小平次をつれて祇園町へ出かけた。

この日は、水茶屋の〈福山〉へ立ち寄り、女を相手に酒をくんだのみで、夕暮れ近くなると、二人は藩邸への帰途についた。

日中の暑熱も、いくぶんはやわらいだようである。

「明日も、お出かけになりますので?」

「うむ、行く。明日は恵比須屋市兵衛をさそい、また、祇園町へ出かけようか」

「はい、はい」

「ところで小平次」

「へい、へい」

「これ、お前、ことばづかいまでも町人じみてきたな」

「おそれいります」

「昨夜、小野寺十内殿に、お前のことを申しておいたぞ」

「い、いったい、なんのことで？」

「青くなるな。お前を赤穂へつれてもどることをだ」

「あ、わかりましてございます」

「兄に会うのは、うれしいか？」

「そりゃもう、十何年も会うておりませぬゆえ……」

「万事は、それからのことだ」

「かたじけのうござります」

「まだ早い。兄・平太夫の躰が丈夫になったのを見とどけてからのことだぞ」

「はい、はい」

「私は三日後に、京を発って赤穂へもどる。そのつもりで仕度をしておけ。あ、そうだ。明日はお前、祇園町へまいらずに仕度をいたせ」

小平次が不満の色をうかべた。

「お前なぞ、いままでもこれからも、好き自由にあそべるのではないか」

と、内蔵助はためいきをついて、

「おれを見よ。好きな女と酒くみかわすことも年に一度、あればよいほうなのだ。大好きな京へ出て来るのも容易ではない」

「それは、御国家老さまゆえ、仕方もないことで」

「さようさ。仕方もないことよ。それに、この秋には嫁が来る」

「ひえっ……」

「これ、おどろくことはないではないか」

「あなたさまが？」

「おれも、もうすぐに三十だぞ、小平次」

「もう、そんなお年齢に……」

「嫁はな、五尺七寸の大女だそうな」

「げえっ……」

「なぜ、おどろく？」

「大女は、なにごとにつけ、よろしくないそうでございますよ」

「と、世間がきめこんでいるだけのことよ」

「さようでございますかな……？」

「嫁をもらっては、いよいよ、あそべなくなろう」

「ほんに、御家老さまは……」

「なんだ？」

「女好きな御方でござりますなあ」

「お前と同じことよ」

「いえいえ、御家老さまは真底、女がお好きなので」

「女ほど、みごとな生きものはない」

「いかさま」

「ふしぎじゃ」

「ははあ……」

「女のこころは、すぐ躰にあらわれる。これが男とちがう。そこがふしぎだ。そこがおもしろい」

「ははあ……」

「女の肌身を抱くと、たちどころに、その女のこころがわかってしまう。どうかな、小平次。女のほうも男のことを、そのようにおもうておるかな、どうじゃ？」

小平次は、あわてて、

「そのようなこと、考えたこともございませぬが……」

「そうか、な……」

「それは、もう……いちいち、そのようなめんどうなことを考えていては、女あそびがおもしろうありませぬ」

「そうか、な……」

「そうでございますとも」

するとと内蔵助が、

「ふしぎじゃ」

つくづくと、

「汲めどもつきぬ……」

と、つぶやいた。

「井戸水のことで？」

「いや、女の躰のことよ」

「ははあ……」

二人は、いつの間にか藩邸の門前へさしかかっていた。

門がひらかれている。

内蔵助と小平次は、顔を見合わせた。

この時刻に、表門が開かれていることはない。

「なにか、異変でも？」

と、小平次がいった。

「む……」

内蔵助は立ちどまったままの姿勢で、

「おれが、京へ来るときは、奇妙に変事が起こる……」

と、いった。

このとき、内蔵助の脳裡にひらめいたのは、赤穂の屋敷にいる祖母・於千のことであった。

病気にかかっているわけではないが、祖母の老体は大分おとろえてきている。

(もしや……?)

と、おもったのだ。

「あっ……」

そのとき、門内から出て来た足軽の土田良助が、

「御家老さま、おもどりでござりましたか」

「うむ」

すると、良助は服部小平次へ、

「小平次さま。一大事で……」

と、叫んだものである。

「どうした……?」

小平次が狐につままれたような顔つきで内蔵助を見やったとき、

「平太夫さまが、江戸屋敷で、急に、亡くなられたそうで……」

と、土田良助がいった。

「まことか、良助」

「御家老さま。いま、江戸より、知らせがまいりましたのでございます」

服部平太夫の死は、京都藩邸にいる家族のもとへ、急ぎの飛脚で知らせてよこしたものである。

その朝。

服部平太夫は、江戸藩邸・御殿内の坊主部屋前の廊下を歩いていて、突然に、顔をおおって立ちどまった。

平太夫のうしろを歩いて来た藩士・今井惣市というものが、

(や……?)

不審におもって、

「いかがなされた、平太夫殿」

声をかけたとたんに、

「う、うわ、わ……」

平太夫が異様なうめき声を発し、がくりと両ひざをついた。

「これ、平太夫殿……」

今井惣市も、かねてから平太夫が健康の身でないことは知っていたから駈け寄って平太夫を抱き起こした。

平太夫の顔は血だらけであった。

「う、うう……」

両手で押えた平太夫の口から、ごぼごぼと血がながれた。

その、あまりにもおびただしい喀血の量に、今井は動転し、

「だれか……だれかおらぬか」

叫んだとき、またも平太夫が血を吐いた。

吐いたかとおもうと、今井の腕をふりもぎった平太夫がすさまじい悲鳴をあげ、数度、胸をかきむしるようにして、仰向けに倒れた。

「平太夫殿。気をたしかに……」

今井が、ふたたび抱き起こしたとき、平太夫は息絶えていたそうな。

あまりに呆気もない、平太夫の死であった。

留守居役・堀部弥兵衛からの書状は、そのときの平太夫の様子をあますところなく語っている。

小野寺十内から渡された弥兵衛の手紙を読み終え、内蔵助が、

「よほどに病勢がすすんでいたものと見える。それをおさえて、今日まで……」

暗然と、語尾をのんだ。

平太夫と小平次の父・服部宇内が、死人のような顔をして、次の間にひかえていた。

「宇内……これ、宇内……」

よびかける内蔵助の声も、耳へとどかぬらしい。

宇内は、虚脱したごとく、畳のおもてを見つめたままだ。

「宇内。これよ……」

大石内蔵助が立ちあがり、服部宇内の前へ来た。

さすがに気づいて、宇内は悄然と両手をつかえた。

「やすめ。長屋へもどり、やすめ。万事は、ゆるりとやすんでからのちのことだ」

「は……」

「さ、立て」

内蔵助は宇内の腕をとってやり、やさしく、

「このたびのことは、かねてより、平太夫が覚悟のことだ」

「……」

「あっぱれ忠義なやつ……と申しても、おぬしの悲しみには役立つまい。さ、長屋へもどれ」

「かたじけなく……」

「明日も出仕におよばぬぞ」

「いえ、そのような……」

「ま、よい。行きなさい」

「では、ごめんこうむりまして……」

「うむ、うむ……」

用部屋から出て行く服部宇内の後姿を見送った内蔵助が、

「今度は、宇内に気をつけぬと、な……」

ひとりごとのようにつぶやいたけれども、その声は小野寺十内の耳へ、よくはとどかなかったようである。

服部宇内の長屋には、宇内の妻・お喜佐と小平次が、しょんぼりと待っていた。

宇内を迎えて、三人とも声がない。

うつ向いて、すわりこんで、三人ともそれぞれの悲嘆に圧されつくしている。

小平次にとっても、兄・平太夫の死が悲しかったのは当然なのだが、しかし、そこにはまた両親とはちがう深刻な苦悩があった。

(困った……こりゃ、まったく、困ったことになってしもた……)

なのである。

兄が亡くなってしまったからには、服部家の、

(あとつぎは、おれひとりやないか)

であった。

これではもう、

「さむらいがいやだ」

なぞと、いってはいられぬことになった。

いやも応もない。

老父・宇内は、このごろ、めっきりと躰が弱ってきている。

来年早々には、殿さまのお声がかりで、平太夫が妻を迎え、家督をし、宇内は隠居することが内定していた。

こうなれば、小平次が家をつぎ、服部家の当主となることは目前のことだといえよう。

(おれが町暮らしをすることなど、もはや、大石さまもおゆるしにはなるまい)

と、小平次はおもった。

その夜……。

服部小平次は、まんじりともしなかった。

決意がかたまった、というよりも、半ば発作的に、着のみ着のままの小平次が、自分の金のすべてをふところにして、そっと自室からぬけ出したのは夜明けも近い時刻である。

勝手知った藩邸内のことだし、これまでに、何度か乗りこえて夜あそびに出かけた塀

を、

（ともかく、逃げてしまおう）

と、小平次は乗りこえ、外へ出た。

風は絶えていた。

蒸し暑い暁闇（ぎょうあん）の町のどこかで、鶏（とり）が鳴いた。

ふらふらと、小平次が歩み出した。

無意識のうちに、彼の足は南へ向かっている。

つまり、伏見の方角へ向かっている。

伏見・墨染の遊所、竹やの小徳のもとへ行こうとでもいうのか……。

小徳をつれて、どこぞへ逃げようというつもりなのか……。

やがて……。

東本願寺の東、不明門通り（あかずのもんどお）りを竹田街道へかかろうとする小平次のすぐうしろで足音が起こった。

はっとしてふり向く小平次の眼の前に、大石内蔵助がいた。

音もなくつけて来て、いつの間にか距離をせばめていたのである。

「あっ……」

小平次は驚愕した。

「おれの、おもうたとおりだ」

内蔵助がにやりとして、

「お前を見張っていたのだよ」

「う……」

「逃れぬところだ、観念せよ。大名の家来がことわりもなしに逃ぐるは重い罪だぞ」

「は……」

「ふるえているな」

「い、いえ、その……」

「どこへ行く？」

「あ……」

「どこへ逃ぐる？」

「いえ……」

「おそらくは墨染か、撞木町の遊女を道づれに、どこぞへ逃げるつもりでいたのであろう」

ずばりといわれて、小平次は返すことばもない。

「逃げれば斬る。成敗いたす」

内蔵助が刀の柄へ手をかけて、小平次の前へまわりこみ、

「それとも、屋敷へもどるか」

「あ……」

「どうじゃ？」

「も、もどりまする」

こうなっては、どう仕様もない。

「よし。では、もどれ」

藩邸へ引き返す小平次のうしろから、内蔵助がついて来る。

朝となった。

五ツ半（午前九時）に、服部宇内・小平次の父子が、用部屋へ呼び出された。

小平次が父と共に、おそるおそる用部屋へおもむくと、裃の礼服に威儀を正した大石内蔵助と小野寺十内が待ちうけていた。

平伏する服部父子へ、内蔵助が、

「殿さまには、はばかりあることながら、国家老として大石内蔵助、今日、そのほうたちへ申しつくる」

と、いった。

主君・浅野内匠頭のゆるしを得ず、国家老の独断をもって申しつたえることがある、というのである。

内蔵助は恐ろしいほどの目つきで小平次をにらみすえ、

「両人とも、顔をあげい」

「ははっ」

「本日ただいまより、服部宇内に隠居を申しつけ、せがれ小平次をもって家督の儀、申しつくる」

厳然たる内蔵助の声に、

「おそれいりたてまつりまする」

と、服部宇内が平伏し、泪声で、

「ありがたきしあわせ。御配慮のほど、宇内、かたじけなく存じまする」

「よし、よし」

うなずいた内蔵助が、

「小平次」

「はっ」

「かさねて申しつくる」

「ははっ……」

「おぬしは、来る九月一日までに江戸屋敷へ到着のこと、屹度申しつくるぞ」

「……？」

「宇内夫婦は今年いっぱい、京へとどめおくなれど、おぬしは、九月一日をもって、江戸屋敷づめを申しつくる」

つまり、服部家をついだ小平次が九月一日づけをもって、江戸藩邸へ転勤ということになったわけだ。

小平次は、げっそりとなった。

なったが、反対をとなえることもならぬ。

「か、かしこまりましてござります」

と、受けぬわけには行かなかった。

内蔵助は朝のうちに、江戸藩邸にある浅野内匠頭へ、服部家の処置についてのゆるしを請う書状を発している。

このねがいは、のちに、ききとどけられた。

「ああ、いやらし」

と、長屋へもどった小平次が泣き泣き、

「家をついだからには、せめて、京へ置いてくれたらよいのに……」

と、母へこぼしぬいた。

新　　妻

大石内蔵助とりくの婚礼は、この年の晩秋にとりおこなわれた。

（なるほど、大きい……）

はじめて見るりくの豊満さを、あらためて内蔵助は確認したのである。

だが……。

りくの生母は、すでに病歿していたので、つきそって来た実父の石束源五兵衛が、なんと内蔵助そのままの小肥りな体格で、

「これは、これは……」

源五兵衛は、愛むすめの聟になる内蔵助と対面するや、

「内蔵助殿を見ておると、まるで、若きころのわしが、老いたわしの前へあらわれたようなおもいがいたす」

たちまちに、内蔵助を気に入ってしまったらしい。

婚礼の衣裳につつまれた花嫁のりくは、背丈が高いだけに少しも肥えて見えない。

しかし……。

金屏風を背に、新郎新婦がならんだところを見ると、

〈蚤の夫婦〉

の形容が、あてはまらぬものでもない。

けれども、列席の人びとはだれひとり、この新夫婦を可笑しくおもわなかったようだ。

人びとが、おもわずさそわれた微笑は、

(似合いの夫婦じゃ)

これであった。

背は低くとも内蔵助の、いかにもおっとりとして血色のよい顔貌が、みずからの婚儀をよろこぶ新郎のこころを天真爛漫にあらわしてい、さらに裃の礼服に威儀を正すところ、おのずから赤穂藩五万三千石の風格もにじみ出て、

「よい聟殿じゃ。まことに、もって……」

と、石束源五兵衛が、これまた真情をはばかることなく言動にのぼせる。

自然と、婚礼の席がなごやかになるのだ。

花嫁のりくは……。

なるほど、当時の女としては大柄にすぎる体格のもちぬしだが、

「まるで、ほとけさまのお顔じゃ」

大石家の小者・八助が眼をみはって、

「わしは、あのような女ごの顔、見たこともない」

と、同僚の文蔵にもらした。

どちらかといえば、十八歳の乙女の顔ではなく、三つは老けて見えるりくであったが、ふっくらとした柔和な面ざしに、さもうれしげなはじらいがただよい、しかも一点非のうちどころのない作法にかなった立居ふるまいを見て、

「よい嫁ごじゃ」

内蔵助の祖母・於千が、母の熊子へささやくと、

「はい」

平生は、めったに笑顔を見せぬ熊子の頰にも、微かな笑みがうかんだようである。

新夫婦は、この夜から、表書院の西がわの四間へうつり、内蔵助は、亡き祖父・良欽の居間をわが部屋とした。

初夜の寝間で……。

「これよりは、いく久しゅう……」

新妻のあいさつをうけて、内蔵助は、

「いや、こなたこそ、よろしゅうたのみ入る」

にっこり笑いかけ、

「但馬からの道中で、さぞ、疲れましたろうな」

「いえ……赤穂の御城下へ到着いたしましたは、一昨日にござりますゆえ……」

「お疲れもぬけましたかな?」

「はい」

「それは、なにより……いや、お丈夫そうなりくどのゆえ、案ずることもござるまい」

「幼いころより、患(わず)ろうたことがござりませぬ」

「私も同様」

石束源五兵衛とりくの一行は、一昨日の夕暮れに赤穂へ着き、内蔵助の叔父・小山源五右衛門の屋敷へ入り、婚礼の仕度をととのえていたものである。

はじらいながらも、りくは、内蔵助の物やわらかな口調にさそわれ、気が楽になったらしい。

「りくどの……」

いいさして内蔵助が、

「いやいや、今夜からは他人行儀でもなるまい。りくと呼びましょうかな」

「はい。なにとぞ……」

「今夜は、ゆるりとねむったがよい」

「は……」

「なんと申しても、他人の屋敷をわが屋敷とするはじめての夜。寝苦しくもあろうが、落ちついてやすまれたがよい」

「かたじけのうござりまする」

りく女の声は、かすれ気味の、むすめらしい声ではなかったが、あたたか味のある、情のこもったもののいいようをする。

その声を、内蔵助は好ましくおもった。

内蔵助は、夜がふけてから納戸へ行き、自分がやすむ夜具を居間へのべ、りくを、ひとりで寝間にねむらせることにした。

りくは、困惑の表情をうかべた。

むりもない。

初夜のちぎりを内蔵助が、かわそうとしないのを見てとったからであった。

すぐに、それと察して、

「りく。案ずるな」

むっちりとした新妻の右手をとって、しずかに、わが両手の中でもみほぐしてやりながら、

「明夜に、ゆるりと……な……」

ささやいた。

りくは顔も躰も火のようにあからめた。

「りく。さ、私の床をのべよう。手つどうてくれぬか」

「はい」

次の夜……。

内蔵助は、はじめて新妻とちぎりをむすんだ。

京の祇園町の茶汲女や、江戸・新吉原の遊女をあしらうようなまねは、さすがにできない。

はじらい、おののいている新妻へ、内蔵助は礼儀正しく立ち向かうことにした。

りくの寝衣の下を、しずかに、まさぐってみて、

（なるほど、大きい……）

乳房も固く脹ってはいたが、すこぶるゆたかに、重い。

ために……。

乳首の小さく愛らしいのが、ことさらに印象ふかかった。

祇園町〈福山〉の吾妻や、玉波など、京女のねり絹のように白くぬめやかな肌にくらべると、りく女の肌身のきめはあらかった。

しかし、その豊満な肌身のあたたかさと、客をとる女にはない香わしい体臭とが、ふっと内蔵助に、お幸の肌のにおいを想いおこさせたものである。

りく女のうなじへ左腕をまわし、懸命にあえぎをもらすまいとしている新妻のくちびるを内蔵助がしずかに吸った。

「あ……」

りくが、わずかに声を発した。

(なるほど、大きい……)

のである。

内蔵助は、自分の背丈が低いのを忘れている。

内蔵助がりく女に、しがみついているかたちになった。

(ふうむ……これは)

であった。

ちょと、あつかいかねる。

先ず、豊満な新妻の乳房を寝衣の中から押しひろげ、顔をうめてみた。

なんともいえぬ安定感がある。

右腕をのばし、新妻の腰を抱いてみた。

(なるほど……大きい……)

内蔵助の両腕にある女体であった。

夜が明けて……。

内蔵助は、おもい返してみた。

遊蕩(ゆうとう)の対象にするような、りくの女体ではないことを、内蔵助は、おもい返してみた。

だが、いかにもりく女の肉体はあたたかい。

その、ぬくもりにひたりこむことのうれしさが、これから、

(おれが死ぬまで、つづくのか……)

と、おもうと、

(すこしずつ、りくの躰をたしかめてゆく……)

ことに、内蔵助は長い年月をかけて行こうとおもった。

「お目ざめでございますか……?」

次の間で、新妻の声がした。

二人が夫婦となってから七日目の午後であったが……。

突然の来客があった。

家老の一人、藤井又左衛門が訪問して来た。

藤井家老の禄高は八百石。

屋敷は、大石家のとなりにある。

藤井又左衛門は、月番家老として政治向きのことで、内蔵助に相談があり、

「おさわがせいたして申しわけもござらぬが……」

と、あらわれたのだ。
その談合が、おもいのほかに長引き、夕暮れとなり、ようやくに終わった。
「では、これにて……」
藤井家老が辞去しかけた。
自分の屋敷は、となりである。
藤井家では夕食の仕度が、ととのえてあるはずであった。
すると内蔵助が、
「ま、お待ちあれ」
押しとどめて、りく女に、
「酒の仕度を……」
と、命じた。
異例である。
こうした場合、予期せぬ饗応をせぬのが武家のならわしであった。
うけぬのも、同様である。
酒が大好物の藤井又左衛門であったが、
（とんでもないこと……）
というような顔つきになり、しきりに帰邸を請うたが、

「ま、よいではござらぬか」
強いて、内蔵助は押しとどめた。
おもいもかけぬ饗応となったわけだから、膳部の用意もない。
於千も熊子も、嫁のりく女にまかせきりで、知らぬ顔をしている。
新妻りくは、ここで、夫と夫の祖母・母からの試験をうけたことになる。
りく女は、平然たるものだ。
（あっ……）
という間に、酒と吸物の椀が出たものである。
これには内蔵助も、おどろいた。
いつ、このような吸物を調理したものか……。
吸物の椀をはこんできた侍女が、そっと、内蔵助へ紙片をわたした。
紙片に、りく女の筆で、
「この、お椀には中身がございませぬ」
と、したためてあるではないか。
内蔵助が、にんまりとした。
はじめの吸物の椀は、先ず主人がわから、
「さ、箸をおつけ下され」

と、すすめぬかぎり、客はふたを取れぬ。これが当時の作法である。

内蔵助は、例の柚子(ゆず)味噌と酒をすすめはしたが、吸物の椀をすすめようとはしなかった。

この間に、りく女は小者を城下へ走らせ、魚や野菜をととのえてしまった。

藤井又左衛門は、主人の内蔵助が、いつまでも吸物をすすめないので、ふしぎにおもったろうか……。

または、

(この吸物は、すこしく時を経てから口に入れるようなものか……?)

とでも、考えていたか……。

いずれにせよ、酒と柚子味噌が出ていることだし、

「ま、ゆるりとめしあがって下され」

内蔵助が、すすめ上手に酒をもてなすので、藤井家老もよいこころもちになり、はなしもはずみ出した。

そこへ……。

りく女みずから、新しい吸物の椀をはこんであらわれた。

りくの眼が、内蔵助へ笑いかけている。

うなずいた内蔵助が、

「さ、冷めぬうちに……」

と、新しい吸物を藤井にすすめた。

りく女が、さりげもなく、前の中身のない椀を盆の上へ下げた。

「さようでござるか。では……」

藤井又左衛門は、ほろ酔いになっていたし、前の椀のことなど忘れている。

ふたをとって、うまそうな湯気がただよう椀へ口をつけ、

「これは、けっこうに……」

と、いった。

この夜。大石家で馳走になり、自邸へもどった藤井又左衛門は妻女に、

「いやどうも……内蔵助殿の御妻女が、急な客であったわしへのもてなしぶりには、おどろいたものじゃ」

感嘆してやまなかった、という。

現代から見ると……。

りく女のしたことは、つまらぬようにもおもえよう。そのようにめんどうな体裁にこだわらず「いますぐに仕度を……」といい、むりに空のお椀を出さずともよい、と、おもわれよう。

だが、問題は吸物の椀そのものにかぎったことではないのだ。急の客を迎えたとき、

間髪をいれずにしてのけたりく女の〈気ばたらき〉は、夫のたいせつな客をもてなす誠意に通ずることになる。

そのときに見せた才智は、単に料理のことのみではなく、家をまもる女としての生活のすべてに通ずるものなのである。

もっとも現代は、客を家庭へよんでもてなす、ということが、人の生活から消えつつある。

町には無数の料亭、酒場、社交場があるから、すべて〈人のもてなし〉は家庭へもちこまずにすんでしまう。

したがって、客をもてなす術(すべ)も、現代女性には不必要のものとなりつつあるのではあるまいか。

それがよいことか、よくないことか、筆者にはわからぬが……。

やがて、冬が来た。

そのころから、祖母の於千は居間へこもりがちとなった。

愛孫・内蔵助が、ようやく妻を迎えてくれたので、

「何やら、気がゆるんでしもうて……」

とのことであった。

母の熊子にしても、ひと安心をしたこととおもわれるが、このひとは、若いころから、あまり喜怒哀楽を態度にあらわさぬ。

熊子が、内蔵助の父・良昭（よしあき）のもとへ嫁いできたときには、まだ若かったしゅうとめの於千から、何事もきびしく仕こまれたものらしい。

於千が、いまになって内蔵助へ述懐するには、

「いまおもうて見ると、そなたの母へは、ずいぶんと辛（つろ）うあたりました。むろん、憎うてのことではないが……それにしても、ようこらえてくれたと、いまさらに、そのころの、嫁を迎えたわれとわが気負いが、はずかしゅうおもわれます」

とのことだ。

その熊子が、今度は〈しゅうとめ〉として、りく女を迎えたわけだ。

熊子はりく女に対して口やかましいことは、いささかもいわない。

なにごとも、嫁にまかせて行こうというこころが、はっきりと見てとれる。

もちろん、りくの実家と大石家とでは、

〈家風〉

がちがう。

但馬・豊岡と播州・赤穂では、気候も風俗も異なる。

だから、すべてをまかせられた嫁のほうが、かえってとまどってしまうのである。

そこでりく女は、夫の内蔵助へ何事も、表向きのことは問いかけることにした。

家庭内のことは、こちらから熊子へ問いかけることにした。

いざともなれば遠慮なぞ、してはいられない。

豊岡の実家から、りくにつきそって来たものは、ひろという中年の女中に、家来・熊倉徳之助。それに小者の半六の三名で、この三名は、りくの嫁入りと共に、大石家の奉公人となったわけだ。

女中のひろは、

（おりくさまが、お可哀相な……）

と、おもった。

いますこし、しゅうとめの熊子が、いろいろと教えてくれてもよいではないか。

口をさしはさまぬ、ということは、嫁をかまいつけぬ、嫁に意地悪をしていることにもなる。

まだ二十にもならぬ〈お嬢さま〉だったりくが、それこそ必死で、当主の正夫人としての責任に耐えているのを見ていて、ひろがそうおもったのもむりはないところか……。

けれども熊子は、りく女がおもいあまって相談に行くと、

「それは、これこれにしたがよいとおもいます」

かならず、こたえてくれる。

こたえるが決して、

「これこれにせよ」

とはいわぬ。

自分の意見として、きいてくれればよい、という態度なのである。

そこで、りくは〈しゅうとめ〉の意見を参考にし、家政の疑問をつぎつぎに解決していった。

「あれで、よろしゅうございましたか？」

いちいち熊子へきき合わせるのだが、そのたびに、

「そなたが、よいとおもわれるなら、それでよろしいのですよ」

熊子の返事は、きまっていた。

顔の表情と同様に、熊子の口調にも、あまり抑揚がない。

大石家の人びとは、そうした熊子になれているが、

(義母上は、わたくしを、こころよくおもうておいでではないのか……？)

はじめのうちは、ずいぶんとりくも思い悩んだらしい。

十二月になると……。

於千は、

「どうも、躰のぐあいが……」

といい、床にふせるようになってしまった。

藩医・堀宗哲(そうてつ)がいうには、

「これというて、どこが悪いとも申せぬが……長年の疲れが、急に出たものでありましょう」

とのことであった。

そのころから……。

熊子が、りくをともない、日々に於千の病間をおとずれるようになった。

そのたびに、家来の横山藤七郎が蔵の中から、一抱えほどもある書類や記帳のたぐいを、於千の病間へ持ちはこぶのである。

およそ十日ほどの間、この日課がつづけられ、終わった。

終わってから内蔵助が、寝ものがたりに、

「祖母(おばあ)さまの御部屋で、なにをしていたのだ?」

問うや、りくが泪(なみだ)ぐんだ。

「どうした。なにが哀しい?」

「いいえ……」

「む?」

「哀しいのではございませぬ」

「なんと……」

「うれしゅうて……うれしゅうてなりませぬ」

りくが語るには……。

はじめの日に、於千の前で熊子が、こういったそうである。

「これまでに、ようなされた。私が、何事にも口さしはさまなんだのは、これより大石家はそなたのおもうままに取りしきられたがよい、とおもいましたゆえ……これよりは世も移り変わり、人のこころも変わってまいりましょう。それに応じて、若いそなたが切りもりをして行かれたがよい」

のちに於千が、見舞いにあらわれた孫の内蔵助へ、

「先日は熊子どのに、してやられまいたぞよ」

苦笑しつつ、

「そなたの嫁ごの前で、むかしのかたきをとられましての」

「ほほう……」

「りくどのからききおよびではなかったかえ？」

「いいえ、なにも……」

と内蔵助、とぼけきっている。

「いやたしかに……熊子どのが、こたび、嫁ごのりくどのへの仕様、私は感じ入ってい

ます。それにつけても私のように口うるさいしゅうとめをもって、若いころのそなたの母は、ずいぶんと苦労をしたことであろ」

皮肉ではない。

よほどに於千は、熊子へきびしかったようだ。

十日の間。

三人の女が、於千の病間で何をしたかというに……。

熊子が於千と相談をし、若い嫁に家政をゆずるについて、歴年の大石家の生活を種々の記帳や書きつけによってしめし、

「りくどのの実家も家老職の御家柄ゆえ、くどうは申しませぬが……」

参考までにといい、これまでの大石家の歴史と財政。奉公人たちの取りあつかいなどについて、くわしく、若き嫁にいいつたえたのであった。

そうした熊子のはからいに、りく女はいたく感動をし、夫に〈うれし泪〉を見せたわけだ。

「それは、よかったな」

「はい」

「あれで母上には、苦労の絶え間がなくてな。私は別だが、亡き父にも弟たちにも、むかしから病いが絶えたことがなく……しかも、あの口うるさい祖母さまにつかえてきて

……と申しても、私が物ごころついてからの祖母さまは日に日にやさしゅうなられ、母に対しても、しごく物わかりのよいしゅうとめになられた」

「さようにうけたまわりました」

「母上にか？」

「はい」

「そうであろう、そうであろう」

それから四日ほどして……。

京都藩邸の小野寺十内から急ぎの使者が、内蔵助のもとへやって来た。

これは、服部小平次の父・宇内の死を知らせてよこしたものである。

あれから、小平次は江戸藩邸へうつり、父と亡兄のあとをつぎ奉公をしているが、宇内夫婦は今年いっぱい京都にいて、来春、江戸の息子のもとへ移り住むことになっていた。

その宇内が亡くなったとなれば、

（いよいよ小平次も、町暮らしをあきらめるであろう）

と、内蔵助はおもった。

元禄元年

大石内蔵助がりく女と結婚をしたとき、ちょうど浅野内匠頭も赤穂へ帰国してい、

「なによりのことである。国家老の身で、いつまでも独身であってよいものか……」

非常に、よろこんでくれた。

内匠頭長矩は、このとき二十一歳。

年長の内蔵助のことを、

「これで内蔵助も、ようやくに大人の仲間入りをしたことになるのう」

と、気に入りの侍臣・片岡源五右衛門へもらしたそうな。

どうもまだ、内匠頭は若き国家老のことを、たよりなくおもっているふしがある。

赤穂へ帰って見ると、内蔵助はいるのだか、いないのだか……。

それは城中へ出仕するたびに、かならず内匠頭へ目通りをするのであるが、政治向きのことについて殿さまが質問などをすれば、

「はっ。ただいま役目のものを呼びよせまする」

といい、それぞれ担当の藩士をもって答えさせる。

それはよいのだが、几帳面な内匠頭としては、

(国家老ともあろうものが、かほどのことにも、いちいち役目の者を呼びつけねば答えられぬのか……)

と、いうことになる。

事実、内蔵助には答えられなかったろう。

内蔵助は、藩士たちの人柄のみを注視している。

それぞれの役目柄に、こまかく気をつかってはいない。

役目の者が、しっかりとつとめているなら、それで、

(まかせておけばよい)

と、考えている。

また、内蔵助が国家老となってから、一度も国もとの政治に〈あやまち〉はなかったのである。

あやまちはないのだが、殿さまは、どうも国家老がたよりない。

用部屋につとめていても、居ねむりばかりしているというし、どうも、内匠頭にとっては、

(つかみどころがない……)

のである。

「嫁を迎えて、内蔵助も変わるであろう」

と、殿さま大いに期待をしているらしい。

浅野内匠頭は、夏に江戸を発して赤穂へ帰り、翌年の初夏に赤穂を出て江戸屋敷へ向かう。

例の参観がこれである。

まことに、めんどうなことなのだが、徳川将軍と江戸幕府に〈忠義のこころ〉をしめすために、大名たちは、みなこの掟にしたがわねばならないのである。

大名の妻と子は、一種の人質として、江戸にとどめおかれ、国もとへは帰れない。

こうしたわけで、浅野内匠頭は約一年の間、江戸の奥方と別れ別れになって赤穂に暮らす。

内匠頭夫妻の間には、まだ、子が生まれない。

大名家の〈あとつぎ〉が、一日も早く生まれることを家臣たちは熱望している。

もしも、正夫人に子が生まれぬとなれば、妾腹に男子をもうけておかなくてはならぬ。

それは別としても……。

若い殿さまが夫人と別れて帰国し、一年を暮らすのであるから、その間、

(独身でいよ)

といっても、通るものではない。
若くなくとも、男であるからには、一年の禁欲が成りたつものではない。
大名が国もとに側妾を置くことは、当然のこととされている。
しかし、浅野内匠頭は、赤穂にいる一年間、完全に独身生活を送る。
「躬は、奥方のほかの女に手をつくるつもりはない」
と、いうのだ。
夫人・阿久利の方を熱愛しきっている浅野内匠頭なのである。
(もしも、子が生まれなんだときは、弟の大学へ家をゆずりわたそう)
と、内匠頭は考えている。
それでも、浅野家の血すじは絶えぬ。
絶えぬが、しかし、わが子に跡目相続をさせたいとねがうのが常ではあるまいか。
「子は、さずかりものじゃ。こればかりはどうにもならぬ」
と、殿さまはいう。
それなら他の女に生ませたらよいではないか、と、重臣たちはおもうのだが、
「躬は、まだ若い。案ずるな」
すこしも、取り合わないのだ。
年が暮れ、年が明けた。

すなわち貞享五年となったのだが、この年の九月に改元のことあって〈元禄元年〉となる。

大石内蔵助、三十歳。

現代より、およそ二百八十年ほど前のことだ。

さて……。

年があらたまって、五月になると、浅野内匠頭は参覲で江戸屋敷へもどることになる。

「ちかごろの江戸の模様も、心得おきたく存じますれば、なにとぞ御供を……」

と、大石内蔵助がねがい出た。

「よいとも」

殿さまは、上きげんである。

(妻をめとって、内蔵助も役目にはげむこころとなったようじゃ)

それがうれしい。

「途中、京の屋敷の様子も見ておきたく存じますゆえ、三日ほどの滞留をおゆるし下されまするよう」

「おお。よいとも、よいとも」

内蔵助が京都滞留をねがい出たのは、なにも職務に熱心だったからではない。

いうまでもなかろう。

祇園町や伏見・墨染、撞木町の女たちと遊びたわむれるのが最大の目的なのである。

(妻を迎えて、はじめての……いやなるほど、これが男の浮気と申すものなのだな)

と、いまから内蔵助、遊意しきりなるものがある。

また……。

殿さまにしたがって、江戸屋敷へおもむくことをねがい出たのは、服部小平次のその後の様子を見とどけたかったからだ。

すでに、小平次の母は、江戸藩邸内にある息子の長屋へ移り住んでいるとのことであった。

ところで……。

りく女は、早くも身ごもっていた。

大柄なので、あまり目立たぬが、出産は、十月はじめだという。

「出かしゃったのう、内蔵助どの」

と、祖母の於千が、はじめて内蔵助をほめてくれたものだ。

「男の子なれば、なおさらに目出度い」

「そのように、うまくまいりますかな」

「いえ、女の子でもよい。りくどのには、これから何人もの子が生まれようぞ」

「さようでしょうか……」

「あのように、りっぱな躰つきをしておるのじゃもの、大丈夫じゃ。きっと丈夫な子が何人も生まれよう」

「ははあ……」

「せっかくに、おはげみなされ」

祖母にしては、めずらしく俗な冗談をいった。

それほどに於千は、うれしかったのであろう。

春になると……。

熊子が、嫁にかわって家政をたすけはじめた。

「はじめての子ゆえ、くれぐれもたいせつにしてもらわねばなりませぬ」

と、いうのである。

内蔵助のほかは、いずれも病弱な子ばかり生み育ててきたので、

（ぜひとも、嫁女に丈夫な子を生んでもらいたい）

と熊子は、いのっていた。

りくは、夫の身のまわりだけに気をつけていればよく、他のことは、いっさい熊子が取りしきるようになった。

しかし熊子は、事あるたびに、

「このようにしてよろしいか？」

とか、

「これ、これのことは、どのようにしましょう？」

などと、かならずりく女へ相談をした。

そのようなことをせずともよいはずなのだが、熊子は、あくまでも嫁のりくを大石家の〈主婦〉として立てようという気がまえなのである。

これには内蔵助も、少なからず、こころをうたれたものだ。

熊子は、夫・良昭が早く亡くなってしまい、その後は、病身の二人の子を育てることと、実家の父の看病に明け暮れ、健康な長男・内蔵助については、義父母にまかせきっていた。

ために、内蔵助幼少のころから、祖母・於千が、まるで〈母親がわり〉に、いろいろとめんどうを見てきてくれた。

したがって内蔵助は、母・熊子に対し、どことなくなじめないものがあったといえる。

子として甘えることもなかったし、自然、長じてからもたがいに遠慮がちとなり、母子の情が通い合わぬもどかしさがあった。

もしやすると……。

内蔵助が十八歳の夏に、蔵の中で女中のお幸と、あのようなことになってしまったのは、内蔵助の胸底にひそんでいた母への渇望が異なるかたちをとってあらわれたのやも知れぬ。

その母が、自分の妻をあつかう態度には、息子として夫として、

(ありがたい)

の、一語につきる。

(母上が、かほどまでにわれら夫婦のことを、深く深くお考え下されていようとは……)

おもいもかけぬことであった。

また、そうした母の配慮に対して、妻がいささかもつけあがらず、母の意をくみとりながらも、謙虚さをうしなわず、むしろ、このごろは甘えかかるようにしている。

嫁にそうされれば熊子もうれしいらしくて、内蔵助へはめったに口をきかぬ熊子が、あるとき、ふっと、

「この年齢(とし)になって、むすめがひとり、生まれたようなおもいがします」

と、いったことがある。

(よかった。くじを引きあてたわい)

内蔵助は満足であった。

このときの大石内蔵助は、りく女との結婚生活が、わずか十五年をもって終わる、という宿命に、もちろん気づいてはいない。

五月十一日。

浅野内匠頭の行列は赤穂を発し、江戸へ向かった。

その一日前に、大石内蔵助は家来・関重四郎と小者の八助をしたがえ、赤穂を先発して京都へ向かった。

殿さまのゆるしをうけて先発し、京都藩邸の見まわりをするという名目である。

例によって浅野内匠頭は、京都へ立ち寄らぬ。

このころ、特別の用事のないかぎり、大名が天子おわす京都へ入ることを、幕府はよろこばなかった。

内蔵助が、生まじめな関重四郎へはきこえぬように、

「江戸へ行ったら、また、つれて行ってやろうぞ、新吉原へ、な」

と、八助にささやいた。

すでに、初夏であった。

(早いものだな……)

去年の夏。京都に来ていて、服部小平次の身辺に変事が起ったことが、つい、昨日のことのようにおもわれてならない。

(小平次のいぬ京は、さびしい……)

京都藩邸に到着をした大石内蔵助は、なにとはなしに、

(ものたらぬ……)

おもいがしている。

藩邸は、老巧の留守居役・小野寺十内がしっかりとまもっているから、内蔵助が〈見まわり〉をする必要など、まったくないのだ。

十内夫妻が、新家庭のことをいろいろ問いかけてくるのへ、

「身ごもりましてな……」

「それは、また……お早いことでございましたな」

「この秋に、な……」

「これはめでたいことでござる。それがし、うれしゅう存じまする」

「ありがとう。ときに、小平次は江戸で、首尾よう相つとめおりますかな?」

「小平次より便りをさしあげませぬので?」

「い、とんとまいらぬ」

「ははあ……」

「やはり、おもしろくないのでござろうよ」

「と申しても、かくなりましては……」

「そうであった。亡き服部宇内については、そこもとに、いかいお世話をおかけ申した。

礼をいいます」

「なれど、かくなっては小平次も浅野の臣として、生きぬくよりほかに仕様はあるまい」

「さよう……宇内死去の後、折よく江戸への公用がありましたので、その使者を宇内の妻女につきそわせ、ぶじに小平次のもとへ送りとどけましてござる」

「それはそれは、ゆきとどいたことを……」

「御家老も、京に小平次がおりませぬと、何やらおさびしいのではございませぬか？」

「さよう、さ……あの男を見ていると、私そのもののようにおもえてならぬ」

「これは、また……？」

「私とても、大名の国家老なぞ、あまり好きではない。出来得るなら、町暮らしをして気楽に一生を終わりたい」

「そのようなことを、……」

「いや、十内殿。そこもとなればこそ申すのだ。は、はは……」

翌朝……。

内蔵助は、一条・室町の扇問屋〈恵比須屋市兵衛〉方へ出向いて行った。

市兵衛は相変わらず元気だが、隠居の茂佐が七十をこえてなお、かくしゃくとしている。

「さ、二人して祇園町へでも行ておいで」

茂佐は、いそいそとしてすすめた。

茂佐が例によって、内蔵助のために、

「先ず、茶をいっぷく」

と、席を立った隙に、

「市兵衛殿。祇園町へは明日、いかが?」

「御家老さま。私めは、いつにても、よろこんで御供をいたしまする」

この日、内蔵助はひとりで伏見・墨染の遊女町へ出かけようと考えていた。

市兵衛をさそってもよいのだが、

(今日は、ひとりであそびたい)

のである。

去年の夏には、小平次の案内で、伏見・撞木町へ三度ほど通った。

その折、小平次が、

「墨染は新しい遊所にて、なかなかにおもしろく、女もそろえております」

といっていたが、ついに行かなかった。

撞木町といい、墨染といい、遊所としては格が低いけれども、それだけに気もおけなく、入費もかからない。

京の島原、祇園町、または江戸の新吉原など、女あそびの手つづきがめんどうで、格式が高いところであそぶのも、また別の意味でおもしろいし、女たちの手練手管の妙、口説の洗練など、

(さすがに……)

と、おもわせられる。

伏見の遊所の女たちに、そうしたところはない。化粧の仕様も、どこか泥くさい。そのかわり、生地をむき出しにした潑剌たる若い女の仕ぐさがじゅうぶんにたのしめる。

名も身分も知られず、ひとりの男になりきり、そうした女たちの客になると、相手の女が内蔵助に対してしめす言動を見ていて、

(ふむ。おれは、あのように女から見られているのか、なるほど……おれには、そうしたところもあるのか……)

なっとくのゆくことが、多いのである。

いうまでもなく内蔵助自身が、身分も名も忘れ、ひたすら無心の遊客となって、女に接するから、そこにおのずから、内蔵助の〈男の本性〉が露呈されるはずだ。

それに反応する女たちの態度を見て、内蔵助は、いまだ知らざる自分というものを発

見する。

人は、自分で自分のことはわからぬ、といわれる。

けれども、相手の人に映る自分の姿は、その相手の人を通じて、おのれにはね返って、くるのである。

男にせよ女にせよ、相対する人の顔、声、挙動は、そのまま、おのれの〈鏡〉であるともいえよう。

内蔵助が遊所を好むのは、こうした発見を、ひとりひとりの女たちによって得ることが、まことにたのしいことだったからである。

内蔵助が恵比須屋を出たのは、八ツ（午後二時）ごろであったろうか。

茂佐と市兵衛の父子が、こころをこめた昼餉を馳走になり、大いに酒ものんだ。

酔いが、内蔵助のこころを軽やかにしている。

（そうだ、祇園の福山へでも、ちょいと寄ってみようか……まだ、もどるには早い）

こうしたときに、小平次をつれていれば、

（どこへ行こう？）

などと、おもいまようこともないはずであった。

恵比須屋でも、小平次のうわさでもちきりだったのである。

小平次は、恵比須屋市兵衛へ、よく手紙をよこすそうな。

(冷たいやつめ……)

と、内蔵助は微笑をうかべた。

小平次は、あきらかに、内蔵助の処置に不満なのである。

「……なにも私を、江戸へ追いやらずともよいのに」

と、市兵衛への手紙に書いてあったそうだ。

「将軍家おひざもとではあるが、江戸の町の雑駁(ざつぱく)なことは、はなしにも何もなりませぬ。食べものはまずいし、ことばづかいも乱暴だし、女どもときたら、やたらめったにがさがさとしゃべりたてるのみにて、たまさかに遊所へ出かけても、すこしもおもしろうはなく、御屋敷も京とは大ちがい。出入りがやかましく、非番の日とても、なかなかに自由がきかず、あれこれとおもいなやみ、いても立ってもおられぬ日々を……」

送っている、と、小平次は手紙でこぼしぬいているのだ。

(さほどまでに、さむらい暮らしが、きらいであったのか……)

このぶんでは小平次、なかなか宮仕えにとけこめぬものと考えられる。

いつの間にか、大石内蔵助は、室町の通りを六角堂のあたりから左へ曲がり、まっすぐに東へ向かい、寺町通りに出ていた。

あくまでも明るい初夏の夕暮れである。

寺町の通りは、その名のごとく、道の東側に大小の寺院がつらなり、境内の木立の新緑が土塀の上に鮮烈な色をふきあげている。

左側は、町家であった。

内蔵助が、錦天神の前を行きすぎ、編笠をとって、酔いに火照った顔を夕べの薫風にさらし、そのこころよさに眼を細めたときであった。

「もし、御家老さまではございませぬか」

道の左側から、声がかかった。

「お、吉兵衛か……」

声をかけたのは、そこに店舗をかまえている〈鮫屋吉兵衛〉という刀屋である。

鮫屋は、門口も寺町通りの店舗にしてはひろく、四間余もあって、〈調進御太刀司〉の、古びた金看板も、何やらいかめしい。

鮫屋吉兵衛は、京都の刀屋の中でも指折りの老舗であり、浅野藩邸をはじめ、諸大名方への出入りも多い。

大石内蔵助も、これまでに鮫屋から、三ふりほど脇差を買いもとめていた。

「ま、お立ちより下されますよう」

「いまのところ、腰のものには不足がない」

「さように、おおせ下さいますな。ともあれ、茶などいっぷく……や、これはもう、だいぶんにめしあがっておいでで」

「室町の恵比須屋へまいってな」

「それは、それは……恵比須屋はんへおこしやしたのに、うち
ヽヽ
へお立ちよりねがえませぬとおおせあるは……」

「これ、そのように申すな。よし、よし。茶をいただこうよ」

「なにとぞ、奥へ……」

「いや、ここのほうが勝手でよい。茶をのみながら、おもての人通りをながめさせてもらおう」

「人通りばかりでのうて、刀もごらんなされて下さりませ」

「は、はは……よし、よし」

内蔵助は、店の土間の一隅にもうけられた、毛氈をしきつめた腰掛けにかけて、茶と菓子をよばれることにした。

主人の吉兵衛も、そこへ出て来て、久しぶりにはなしがはずみ出した。

おもてに、夕闇が濃くなってきている。

「さて、そろそろ……」

いいさして内蔵助が、腰を浮かせたときであった。

夕闇の幕の中から、にじみ出すようにあらわれた人影が、よろめくように鮫屋の店へ

入って来た。

それを見て、
おもわず、内蔵助の顔色が変わった。

（あっ。佐々木源八……）

が……よく見ると、佐々木源八ではない。

十二年前に、祇園社・南門外の二軒茶屋の中で出合った佐々木源八そのままの、むさ苦しい浪人の風体をした若者なのである。

蓬髪の下の骨張った顔は、垢にまみれたのか、陽に灼けたのか、目鼻立ちもさだかではない。その黒い顔の中で、するどい両眼が野生の獣のように白く光っていた。

鮫屋の店の者も、ぎょっとなった。

若者が、いきなり、腰に差しこんでいた脇差をぬきとって、

「この刀、買うてもらいたい」

老番頭の眼の前へ、突き出すようにした。

浪人のように見えるが、この若者の腰には、売りたいという脇差のみであったことを、内蔵助は見ている。

脇差を売ってしまったなら、若者は無腰となる。

「買うてくれ。備前長船清光だぞ」

若者が、ほとばしるようにいい、ついで哀しげに声を落とし、

「祖父の形見だ……」

と、いったのが、内蔵助の耳へ、はっきりとどいた。

「へ……」

老番頭が、こちらにいる主人の吉兵衛へ、

(どういたしまひょか?)

と、視線を投げた。

吉兵衛が立って、

「もし。私は、あるじでござりますが……」

「そうか……買うてくれ、たのむ」

「そのように大切な御形見の品を、何故お手ばなしになるのでござりましょう?」

「たのむ」

「てまえどもでは、はっきりとした紹介がござりまへんと、お引きとりいたしかねまするので……」

「かまわぬ。こ、買うてくれ、たのむ」

「と、申されましても……」

「たのむ、たのむ」

若者は、すさまじい形相をしている。

(女だ、な……)

と、内蔵助は直感した。

この若者の挙動に、内蔵助は十二年前の自分を、佐々木源八を、見るようなおもいがしたからであった。

「はい、では……ともかくも……」

鮫屋吉兵衛が、若者から脇差をうけとった。

備前清光となれば、刀屋として見のがしてもおけぬ。

作法通りに刀をあらためてから、

「まさに、清光でござります」

と、吉兵衛がいった。

「では、買うてくれるか。決して心配はいらぬ。おれが、おれの祖父からゆずられたものなのだ」

吉兵衛が、うなずいて何やらいいかけたとき、大石内蔵助が腰をかけたままで、

「しばらく」

と、声をかけた。

「へ……?」

と、吉兵衛がふり向くのへ、

「おぬしではない。そこの御浪人にじゃ」

若者が、屹(きっ)となって内蔵助を見た。

はじめて、そこに内蔵助がいたことを知ったらしい。

「それがしは、浅野内匠頭家来にて、大石内蔵助と申す」

名のるや、内蔵助が吉兵衛へ、

「その刀を、これへ」

と、いった。

「はい、はい」

鮫屋吉兵衛は、内蔵助が刀を見た上で、

(おもとめになるおつもりやろか……?)

そう、おもったらしい。

ところが……。

吉兵衛から備前清光の脇差をうけとった大石内蔵助は、

「こちらへ……」

と、若者を眼でうながし、さっさと鮫屋の店先から出て行くではないか。

「もし、あの……」

吉兵衛がよびかけるより早く、

「なにをなさる？」

若者が血相を変え、内蔵助の後を追って戸外へ飛び出した。

刀を持ち逃げされた、と、おもいこんだのであろう。

内蔵助は、そこに立っていた。

「あ……」

「さ、こうまいられい」

「刀を返せ!!」

わめきざま、若者が内蔵助の手へ飛びつき、脇差をもぎり取った。

夕闇の中で、内蔵助が笑い出し、

「ついてまいられい」

「え……？」

「身どもに、ついてまいられい」

「どこへ？」

「ここでは、人目につこう」

「おれは……私は、この刀を売りにまいったのだ。あなたには用がない。刀屋に用がある」

「いかさま、な……」

「邪魔をなさるのか？」

「いや、いや……」

「では、何故に……」

と……。

内蔵助の手がのびて、ふわり、ふわりと若者の左手をつかんだ。

「な、何をなさる」

内蔵助のこたえは微笑のみであった。

若者の手をひいたまま、内蔵助は歩み出している。

ふっくらとして、あたたかい内蔵助の手の感触に、

(この人は、自分に、害をあたえようとしているのではない)

ことを、若者は知った。

(そ、それにしても、おれを、どうしようというのだ？)

不審そうな顔つきで、それでも若者は内蔵助に手をひかれ、歩み出した。

内蔵助は、寺町の通りを少し南へ行き、道の東側にならぶ寺院の一つへ、若者をみちびいた。

この寺は浄真寺という。

別に、内蔵助と関係のある寺ではない。

門から境内へ入って行くと、植込みの彼方には人影もなかった。

それをたしかめ、内蔵助が若者の手をはなし、

「火急のことと、お見うけする。女ごのことでござろう？」

と、いった。

若者は瞠目(どうもく)した。

内蔵助の直感が、的中したものとみえる。

「わけはききませぬ、が、女ごのことは理屈では通らぬもの。女ごのために、その、たいせつな祖父どのの形見を手ばなすというは、よくよくのことであろう」

「は……」

若者は、うなだれた。

くちびるを、強く噛みしめている。

いよいよ濃くなった夕闇に、若者の表情はさだかではないけれども、切羽(せっぱ)つまった様子が、ありありとうかがわれた。

「身どもも、幼少のころより祖父に育てられまいてな」

「は……」

「それだけに、そこもとの祖父上の形見ときいては……」

いいさして内蔵助が、懐中から財布を取り出し、

「この中には五両あまり、入ってござる。間に合いますかな？」

「いや、それは……」

「さしあげるのではない」

「は……？」

「お貸し申そう。それならばいかがじゃ」

「では、この……この脇差を……」

「さむらいの腰に、刀が無うてはどうにもなるまい」

「お、おそれいりました……」

「遠慮なさるな。返してもらう金じゃ」

内蔵助が、財布を若者の手へつかませ、

「な……」

やさしく、若者の肩へ手を置いた。

若者が、くずれ折れるように地面へすわりこみ、財布を押しいただくようにして、

「こ、このような御厚志をうけましては……」

「かまい申さぬ」

「実は、私……」

「あ、いや。わけは問いませぬ」

若者が、すすり泣きをはじめた。

二十をこえて見える若者だが、こうして語り合っていると、どこかにまだ少年のおもかげが残っているようにも思える。

「おいくつになられる？」

「十九歳に、相なります」

「ほほう……身どもは、そこもとより一つ下の十八歳の折に、やはり、女ごのことで国もとを逃げ出したことがござってな」

「あなたさまも……」

「さよう。その折には、ずいぶんと苦しみ申したが……十年のちのいまは、まるで一夜の夢のごとくおもわれます。男とは仕方のないものでござるな」

「は……」

「なれど、女ごのために祖父上の御形見を売るほどに、つきつめたおもいをしたことはござらぬ。そこもとは、よほどに辛い苦しいおもいをしておられるのであろう」

身分のある武士から、このように、こだわりなくやさしいあつかいをうけたことがない若者は、

「か、かたじけのうござる」

財布を押しいただき、地にひれ伏した。

「さ、お立ちなされ」

「は、はい」

「その金の中から、衣類をととのえたがよろしかろう」

「おそれいり……」

若者は恥じた。

乞食のような我身をかえり見て、居たたまれぬ様子である。

だが、

「私めは……」

かたちをあらためて、

「越後・新発田(しばた)の浪人にて、中山安兵衛応庸(まさつね)と申します」

はっきりと名のった。安兵衛は後年、武庸(たけつね)と名乗りをあらためる。

「む」

内蔵助も、しっかりとうけて、

「うけたまわった」

「浅野侯、御家来、大石内蔵助さまと、先刻、うけたまわりましたが……」

「さようでござる」

「か、かならず、御返済を……」

「はい、はい」

うなずいて見せ、

「お急ぎなのであろう。さ、行かれよ」

「は……」

「さ、早う……」

「では、これにて……御恩は忘れませぬ」

「気にかけられるな」

「屹度、御返済を……」

「待っておりましょうよ。なれど、赤穂まで、はるばるとまいられずともよい。江戸なり京・大坂なり、わが藩邸へおとどけあれ」

金を返しに来るというからには、そのときまで、この若者……中山安兵衛が健在であることを意味する。

くわしい事情は知らぬが、女のためにいのちを捨てるようなことになってはなるまい。

ゆえに……。

返済の義務を安兵衛へ、もう一度、しっかりと背負わせておくため、

「返済あるときは、その金を、そこもとみずからお持ち下され」

と、内蔵助がいった。

「は……か、かならず……」

「よろしゅうござるな。安兵衛殿みずから、返済にまいられたい」

「心得ました」

「武士の一言でござるぞ」

「はっ」

「行きなされ」

「ご、ごめん下され」

ほとばしるようにいうや、中山安兵衛が浄真寺の境内から走り去った。

安兵衛の体軀をのんだ夕闇の幕へ向かって、内蔵助もゆっくりと歩をはこびはじめた。

若き殿さま

大石内蔵助は、四日を京都に滞在した。

江戸へ向かう浅野内匠頭の行列は、すでに赤穂を発し、東海道を下りつつある。

その〈殿さま〉の行列に内蔵助が追いついたのは、三河・岡崎の城下においてであった。

内匠頭の宿舎は、岡崎の本陣・綾部清左衛門方である。夜に入ってから本陣へ着いた内蔵助は翌日から行列と共に旅をつづけ、九日のちに、江戸・鉄砲洲の藩邸へ到着をした。

かつて、大叔父・大石頼母が住み暮らしていた〈家老長屋〉には、故頼母の後をついだ江戸家老・安井彦右衛門が住んでいる。

そのとなりに、

〈御客長屋〉

と称する四間仕切の建物があった。

名のごとく、浅野家の客分に使用する宿舎であったが、浅野内匠頭みずから、

「内蔵助は御客長屋へ……」

とのことばがあり、内蔵助は恐縮しながらも、ここへ入ることにした。

自分の到着は、藩邸に知れわたっている。

服部小平次が、それときいて、すぐさまあらわれるとおもっていたのだが、到着の夜は、ついにあらわれなかった。

殿さまが一年ぶりでもどって来たのだから、むろん、藩邸内は非常にいそがしい。

また、内匠頭も到着早々に、重だった家臣をよびあつめ、留守中のことを細ごまと問い正さなくてはおさまらぬのであった。

(まことに、几帳面であらせられる……)

内蔵助は、感心をした。

若い殿さまにしては、

(なかなかに出来ぬことだが……)

それだけに、なんとなく出来すぎているようなおもいもする。

(とてもとても、私などにはまねができぬこと)

なのである。

単に、留守中の出来事を耳に入れるだけではないのだ。

それぞれの役目の、それぞれの帳簿や書類・書状まで持ちはこばせ、いちいち担当の家臣から説明をきく。

それが終わって、ようやくに、

「一同、躬(み)が留守中は大儀であった」

ねぎらいのことばが、かけられるのであった。

殿さまがこれだから、家来たちも留守中は一所懸命に江戸藩邸をまもっている。

内蔵助は今度、江戸へ来て見て、殿さまのこうした様子をはじめて知ったわけだ。

(よく、なされることだ)

と、内蔵助は感服をしたが、そのいっぽうでは、いささか、くびをかしげたくなるようなおもいも、

(せぬでもない)

のであった。

浅野内匠頭長矩に、二十二歳の若さがないようにおもえる。

二十二歳の若さで、夫人・阿久利(あぐり)と一年を別れ別れに暮らしていても、絶対に側妾をつくらぬ。

それは、夫人への愛が深いからなのだし、男として夫として立派なことではある。

それにしても、だ。

いったん女体を知った若い男として、一年の間、女に手をふれぬという謹直と忍耐は、なまなかのものではない。

内匠頭は、さほどに健康な肉体の所有者ではなく、若いのに、よく頭痛になやんだり風邪をひいたりする。

しかし、決して寝こもうとはせぬ。

それにしても、一年の禁欲に二十二歳の若さで耐えられるというのは、

(とても、おれなぞにまねのできぬことだ)

と、内蔵助はかねがねおもっている。

(もっとも……おれのほうが、どうぞしているのやも知れぬな。りくという良き妻を迎えたのちも、あそびごころをこらえかね、殿さまの御目をくらまして京へとどまり、遊女たちとたわむれていたのだから……)

そればかりではない。

江戸を視察いたしたいので……などと内匠頭へねがい出て、参観の御供へ加わり、こうして出府した最も大きな目的は、一介の男になって、

(久しぶりで江戸見物をしたい)

からなのである。

その見物の中には、

(江戸の遊女たちを……)

見たい、抱きたいの好きごころがふくまれていること、いうをまたない。

三十の坂を越そうとしている自分の、そうした所業をかえり見るとき、
(そうだな。おれのような男と殿さまをひきくらべて見てはいけないのだ)
内蔵助は、反省せざるを得なかった。
幼少にして、播州・赤穂五万三千石の家督をした内匠頭は、
(自分の代になってから、父祖のきずきあげた家名を汚してはならぬ!!)
という、強い決意がある。
絶えず領国の政治のことをおもい、いささかの失敗も、
(ゆるされぬ!!)
と、おもいきわめている様子に見える。
浅野内匠頭の質素な日常を見ても、そうした決意がよくうかがえる。
食事も、ほとんど一汁一菜。
衣類などの新調もつとめてさける。
足袋(たび)なども、
「もはや、つくろいようがございませぬ」
と、侍女がなげくほどに、はき古すのである。
それでいて内匠頭は、自分の倹約ぶりを家来たちに押しつけようとはせぬ。
押しつけぬけれども、殿さまみずからが、こうした生活をしているのでは、必然、家

来たちもこれに従わねばなるまい。

「どうも、堅苦しゅうてならぬ」

「いますこし、殿さまも、物やわらかくなって下さらぬと……」

「大人になられることよ」

などと、蔭でひそひそ語り合う家来たちの声が、内蔵助の耳へ入らぬものでもない。

いつであったか……。

内匠頭が赤穂へ帰国したときに、家老の一人である藤井又左衛門が、側妾をすすめた折、

「われらも懸命の御奉公をいたしおりますれば、もそっと、御気を楽にあそばしては……」

それとなく、いい出たことがある。

内匠頭は苦笑し、

「躬に贅沢をすすめるのか？」

「いえ、決してさような……」

「案ずるにはおよばぬ」

「は……」

「躬は、いささかも苦しゅうおもわぬ。一国の主たるものの、なすべきことをなしておるまでじゃ」

「ははっ」

「さいわいに、わが領国は気候にも物産にもめぐまれ、五万三千石の家柄としては多きにすぎる家来たちを養うにも事を欠かぬ」

「おそれいりましてござります」

「いや、良き家来を召し抱えることを惜しまなかった父祖の家風を、躬もうけついで行きたいとおもうておる。なれど……、一国の主として、いまのめぐみをそのままによろこんでいるだけでよいものか、どうじゃ」

「は、はい……」

「人の一生にも浮き沈みとやらがあると申すではないか。大名の家にも領国にも、どのような危難が行先に待ちうけているやも知れぬ。躬は、そのときのことにおもいをめぐらすとき、わがこころのゆるみを絶えず引きしめられずにはおられぬ」

どうも藤井家老、返すことばもなかったそうである。

そのことをきいたときにも、大石内蔵助は、

(いまの若さで、絶えず、そのように神経を張りつめられておられたのでは、何やら急に、ぽっきりと折れそうにおもえてならぬ)

ふっと感じたものだ。

もっとも、殿さまのこころが内蔵助にわからぬものでもない。

内匠頭の父・長友は、藩主の座についてから、わずか三年で病死してしまった。

ために、赤穂藩・浅野家五万三千石は、内匠頭長矩の祖父・長直によって現在の充実をしめしたことになる。

赤穂の浅野家は、本家（広島四十二万余石）から分かれ、野州・真岡、常陸の国・真壁や笠間の城主などを経て、赤穂へ封ぜられた。

これが正保二年というから、元禄元年のいまよりさかのぼること、約四十年前のことになる。

幕府の命令ひとつでおこなわれる大名の国替えというものは、気風も風土もまったくちがう他国へ行き、新しい領主となって、未知の国と領民をおさめてゆかねばならぬ。失敗はゆるされない。

もしも新しい領国の治世に失敗したときは、たちどころに幕府から処罰をうけねばならない。

笠間（茨城県）から赤穂（兵庫県）へ国替えを命ぜられた浅野長直は、新田の開発や塩田の改良・拡張などを積極的におしすすめ、

「見事である」

と、将軍からも、その治績をほめられたし、これは二百何十年も後の大正時代になってからだが、あらためて浅野長直の政治のすぐれていたことがみとめられて、日本政府は従三位を贈っている。

筆者も数度、赤穂へ行ったが、そのたびに当時の長直の政治のすぐれていたことをしのばせる遺跡を見て、

（なるほど……）

と、おもった。

水道工事の遺構（いこう）ひとつを見ても、

（これが三百年も前に……）

と、感嘆せざるを得ない。

当時の大名というものが、いかに領民のためをおもって政治をしていたかが、判然とするのである。

浅野長直は、家臣をもたいせつにした。

家臣団の構成が、五万三千石の大名としては、まことに層が厚く大きい。したがって、

「収入はゆたかであっても、蓄財のゆとりがなかった」

と、後世の史家がのべているほどだ。

浅野長直が子孫に残そうとこころがけたのは、

〈金銀財宝〉

のたぐいではない。

いざというときにたのみとなる家臣たちと、治政ととのった領国を、

「残しつたえよう」

と、したのである。

こうした祖父のあとをついだだけに、内匠頭長矩の責任は重く大きい。

内匠頭としては、ぶじに藩主をつとめ終え、これを次代にゆずりわたしたところで、当然のこととされる。

もしも政治に失敗あるときは、

「長直公の名をはずかしめた」

ことになるのである。

ゆえに……。

みずから身をつつしみ、質素倹約にはげみ、藩風を引きしめてきた。

後世の人びとの中には、

「浅野内匠頭はけちである」

などと、評するものもいる。

だが、それはちがうのである。

三百年前の当時にあって、倹約は、

〈美徳〉

であったからだ。

あらためてのべるまでもない。

当時の日本は、国をとざし、外国との交渉を絶っていた。

また、外国と交際をしていたにせよ、交通事情が現代とはくらべものにならぬ当時にあっては、島国の日本と、アジア大陸・ヨーロッパ諸国との貿易・通商が、日本の経済の主軸になったとはおもわれない。

当時の日本の経済は、

〈米の収穫〉

をもって財政をまかなっていた。

ところが……。

日本の風土は、絶えず台風や水害などに見舞われる。

十の種をまいたからといって、毎年かならず十の収穫があるとはいえない。

気候のさだまったヨーロッパなどでは、十の種をまけば十の収穫がかならずあるという。ここに外国人の合理的な生活と精神が生まれ育ったわけだろうが、日本ではそうはまいらない。

日本の風土は、あくまでも、

〈不合理〉

であったのである。

このため、一国の主にせよ、一家の主人にせよ、絶えず倹約にはげみ、不時の危急にそなえることが、ただひとつの用心であった。

戦国時代の大名や武将にとって、倹約は当然のことであった。

しかし、戦乱絶えてより約七十年。

天下泰平の世がつづいて、世の中がぜいたくになりつつあることは事実であった。

(たしかに、倹約を忘れつつある)

と、大石内蔵助はおもう。

おもいながらも、あそびごころにさそわれ、女の肌身を抱くたのしさを絶ち切ることはできない。

さて……。

江戸へ到着した翌日も、服部小平次は、内蔵助の宿舎へ顔を見せなかった。

小平次はあらわれなかったけれども、彼の母・お喜佐が宿舎へあいさつに来た。

わが子の小平次が内蔵助に可愛がられ、服部家は内蔵助からずいぶんとよくしてもらっている。

お喜佐は、内蔵助の前へ出るや、

「これまでの海山の御恩、なんと申しあげましたらよいものやら……」

早くも泪(なみだ)ぐんで、

「昨夜、さっそくにまかり出ねばなりませぬところ、おつかれのことも存じまして……」

「いやいや。それよりも小平次は近ごろ、いかがでござる?」

「はい……」

いいさして、お喜佐が急に悄然となり、なんと、うなだれてしまったではないか……。

(これは、どうしたことなのだろう?)

内蔵助は、凝とお喜佐の顔を見入った。

お喜佐は、京都にいたころより老けこんで見える。やつれてもいる。

白髪が、めっきりとふえた。

(江戸へ来てから、小平次は母に心配をかけているらしい)

だが内蔵助は、この上、お喜佐を問いつめようとはしなかった。

この日。

服部小平次は、当直であって、御殿へ出仕しているという。

「長屋へもどりましたなら、すぐさま、ごあいさつにあがらせまする」

なにか、お喜佐は恐縮しきっている口調でいい、まともに内蔵助の顔を見ようとはしない。

(どうも、おかしい……?)

のである。

なにもいちいち、このようなことを母にいわせるまでもなく、これまでの小平次ならば、昨夜のうちに、内蔵助の宿舎へ駈けつけて来るはずではないか……。

内蔵助が、なにも問いかけようとはせぬので、お喜佐は居たたまれぬようなかたちで、早々に立ち去った。

江戸留守居役の堀部弥兵衛が宿舎をおとずれて来たのは、そのすぐ後であった。

弥兵衛は、こころからうれしげに、内蔵助の結婚へ祝いのことばをのべ、

「これにて、ようやく安堵いたしました」

と、いう。

「私のことよりも弥兵衛殿。そこもとも、早う御養子のことをきめておかねばなるまい」

「いやいや。それがしは、それがし一代の御奉公にてけっこうでござる」

このときの大石内蔵助は、つい先頃、京都で金五両を貸した若い浪人・中山安兵衛が、この堀部弥兵衛の養子になる宿命をもっていようとは、夢にもおもわなかった。

内蔵助が、

「途中、京へ立ちよりましてな。その折、越後の浪人、中山安兵衛という若者に出合い……」

と、茶のみばなしに、弥兵衛へあのときのことを語るや、

「なるほど、なるほど」

弥兵衛はひざをたたき、しきりに打ちうなずき、

「その若者みずから金の返済にまいるよう、申しつけられまいたのは、さすがに御家老」

「効目（ききめ）があったか、どうか……なれど、中山安兵衛という若者。どこやら一つ、筋金が入っているようにもおもえたので」

「はい、はい。おのれが必ず返済にあらわれることを約定いたしましたからは、その若者、無茶なまねもいたしますまい。よいことをなされました」

「いや、そのように申されては、はずかしい」

弥兵衛も、その越後・新発田出身の若者が、自分のむすめの聟になり、おもいがけなくも堀部家の跡つぎになってくれようとは、当然ながら、このときは考えてもみない。

内蔵助は、話題を転じた。

「ところで弥兵衛殿」

「はい？」

「京より江戸へ移りました服部小平次、いかがでござる？」

「さ、そのことでござる」

と、堀部弥兵衛があらたまった顔つきになり、ひざをすすめ、

「それが、まことに困ったことで……」

やはり、小平次が何か仕出かしたものらしい。

「夜あそびなどをいたし、門限におくれましたか？」

「いやいや、そのようなことではござりませぬ」

「では……？」

「このことが、もしも殿さまのお耳へでも入るようなことになりまするると、小平次の身も、ただごとではすむまいと存じ、かくは早々に御家老のお耳へ……先ずは入れておきたく存じましたゆえ……」

「さ、何事にてもおきかせ下され」

服部小平次は、この藩邸内の長屋に、母と住み暮らしている。

役目は〈江戸番頭〉の支配下へ入り、亡父・宇内が京都藩邸でつとめていた〈御物奉行〉という役目より責任も軽く、役目も低い。

それだけに気楽でもあった。

江戸へ来てからの小平次は、当人が京都の恵比須屋市兵衛へ、

「江戸は住みにくい」

などと愚痴をいってよこしたほど、がっかりしてはいなかったようである。

同僚や上役たちへも持ちまえの愛嬌をふりまき、役目もきちんとつとめていたそうな。

ま、江戸の水になれればなれるで、服部小平次も、

(ああ、京へもどりたい)

おもいながら、はじめのうちは、

(雑駁きわまる)

と見ていた江戸市中の活気にみちみちた繁栄ぶりを、

(さすがは、将軍おひざもとだけのことはある)

おもい直すようになってきた。

生活が落ちつくや、まず小平次は藩邸内の長屋の一室へ、京都でつかっていた細工物の道具をおき、非番の日には、この一室へこもりきりになった。

まず小平次は、自分がつかう机や見台などを製作しはじめた。

京都藩邸に住んでいたころの若党・小者・下女などを、そのまま江戸へ連れて来ているだけに、小平次も気が楽である。

父の宇内も亡くなり、母が江戸へ移り住むようになると、小平次のさびしさは、いよいようすれてきた。

非番の日に外出をして、江戸市中の細工師や、工匠や道具屋などにも知り合いができた。

なにしろ、人なつこい小平次のことだから、店先へ入って諸道具や骨董をいじりまわしているうち、店の主人とたちまちに仲よくなってしまう。

こうなると小平次、だまっていられなくなる。

相手も、小平次の非凡な眼識と、その造詣の深さにおどろき、

「服部さま、服部さま……」

と、下へもおかぬようになった。

刀剣や骨董の鑑定を、小平次にたのむこともある。

たのまれれば、相応の鑑定料をうけとることになる。

小づかいが入ってくる。

小平次自身も、小さな作品を製作し、これを道具屋へ持って行き、

「私がこしらえたものだが、どうかね?」

「へへえ……」

と、道具屋たちは瞠目した。

もちろん、京都にいたときのように自由の身ではない。いまの小平次は服部家の当主であり、浅野家の臣として役目にもついている。

日がな一日、外へ出て、知り合いの職人の家で細工物をしているわけにもゆかぬ。

辛うじて、非番の日に小さな細工物をし、これをそっと持ち出して道具屋へ持ちこむ。

また、これが相応に高い値段で売れるのである。

京都にいたときほどではないが、ぼつぼつとまとまった金もふところへ入って来るようになった。

小平次は、決して、この金をためこもうとはせぬ。

入れば入るだけ、きれいにつかい果たしてしまうのであった。

京都におとらず、江戸の遊所もさかんなものである。

官許の遊里・新吉原をはじめとして、市中の諸方に種々の岡場所が散在している。

岡場所というのは……。

官許の遊里以外の遊び場所で、だから私娼が客をとるところだ。

ここがまた、おもしろい。

京都のように、しっとりと落ちついた雰囲気はないけれども、

(ああ、内蔵助さまを案内したら、きっと、うれしがるにちがいない)

ところも、少なくはない。

それでいて小平次が、赤穂の内蔵助へ一度も手紙を書かなかったのは、

（もうこれよりは、あまり御家老さまへ親しく近づかぬがよい）

と、おもいはじめたからであった。

兄・平太夫が急死したのち、小平次は京都から脱走しようとした。

そこを内蔵助につかまり、

（むりやりに……）

兄のかわりとなって服部家をつがされ、きびしく叱りつけられた上、江戸藩邸へ転勤させられてしまった。

あのときの大石内蔵助の態度というものは、一分の容赦もなく、小平次をあたまから押えつけ、いやも応もいわせなかった。

（二人して遊女を買いに行ったときのことなどをおくびにも出さぬ。まるで人がちがったような……）

なのである。

（いますこし、親身になってくれて、相談にのって下されてもよいではないか……）

うらめしかったものだ。

それもあるが、また、内蔵助としても、単に小平次の〈遊び友だち〉のみのつきあいではない。

なんといっても赤穂五万三千石の国家老。浅野の家臣の中で最も身分が高く、重い役目についている大石内蔵助であるから、ほんらいならば服部小平次なぞ、

（足もとにも寄れぬ）

のである。

そこのところを、小平次は考えた。

これまでのように、自分が服部家の次男坊として気軽な身の上ならば、また、はなしも別であろうが、いよいよ亡兄にかわって一家の主となったからには、内蔵助としても他の藩士の手前、

（私だけを……）

特別あつかいにもできまい、と、小平次はおもった。

（これからは、もう気やすげに、御家老さまへ女のはなしなどはせぬがよい。なるべく遠去かっていることだ。そのほうが御家老さまのためにも、私のためにもええことや）

小平次は、そう考えるようになった。赤穂へ手紙を出さなかったのも、こうした彼の心境の変化によるものであったのだろう。

それはさておき……。

堀部弥兵衛が内蔵助へ語るところによると、江戸藩邸の用人をつとめている奥村忠右衛門という中年の藩士がいる。

奥村用人は、役目柄、いつも殿さまの側近につかえ、つまり殿さまの高級秘書官のようなものであるから、江戸藩邸内での羽ぶりは相当に大きい。

この奥村の知り合いで、日本橋室町の刀屋〈岩付屋重兵衛〉というものがいる。

先日。

奥村用人は所用あって外出したとき、岩付屋の前を通りかかったので、

「久しぶりゆえ……」

と、立ち寄った。

主人の重兵衛が出て、奥へ通され、酒肴をもてなされ、いろいろと語り合っているうち、

「いやどうも、浅野さま御家中には、大へんなお方がおいでなのでございますな」

と、岩付屋重兵衛がいい出した。

「それは、なんのことだな？」

「いえ、奥村さま。服部小平次さまと申される……」

「あ。わかった。去年、京よりこちらへまいった者じゃ」

「さようでございましたか」

「その小平次が、なんとしたな？」

「いえもう、おかげさまにて大もうけをさせていただきました」

「小平次が、おぬしに、とか？　そりゃ、どのようなことじゃ？」

「なれども奥村さま。このことは内密にしておいていただかねばなりませぬ」

「ああ、よいとも。心得ている」

奥村忠右衛門は俄然、このことに興味をもった。

（服部小平次が、岩付屋と何をしてもうけたのか？）

だから、たくみに調子を合わせ、岩付屋重兵衛からすべてをきき出してしまった。

それによると……。

服部小平次は、岩付屋と奥村用人との関係を知らず、市ヶ谷にある道具屋〈坂本八郎兵衛〉の紹介で、岩付屋をたずねて来たものらしい。

小平次は、赤銅に龍を彫りこんだ見事な細工の小柄を出して見せ、

「重兵衛どの。この小柄を、なんと見るな？」

と、問うた。

岩付屋重兵衛は、小柄をうけとって、よくよく見ているうちに胸がおどってきた。

（まさに、後藤祐乗の作だ）

と、おもったからだ。

後藤祐乗は、むかし、足利将軍につかえたほどの彫金家であって、祐乗作の品ならば、
いくらでも、

（もうけようがある）

のである。

岩付屋重兵衛は、ごくりとつばをのみこみ、

「祐乗作のように見うけまするが……」

すると小平次が破顔して、

「ようにではない。まさに祐乗作だ」

と、いった。

ゆらい、後藤祐乗の作には、銘がないものがほとんどなのである。

「はい、はい……」

重兵衛はうなずきつつ、尚も熱心に、小柄を鑑定した。

どう見ても、

（祐乗の作だ）

と、重兵衛は見きわめをつけ、

「それで、この小柄を、どうせよとおっしゃいます？」

「買うてくれぬか？」

「へ。わたくしめへおゆずり下されますので」

「そうだよ、いけないかね？」

「とんでもございませぬ。なれど、御身もとをおきかせいただきませぬと……」

「よし。なれど他言をしてもらっては困る」

「心得ておりますとも」

「私は、浅野内匠頭家来、服部小平次」

「ははあ……」

といったが、岩付屋重兵衛は、このとき自分と奥村用人との交際を小平次に語らなかった。

もしも、そのようなことを打ちあけたら、小平次が祐乗作の小柄をゆずってはくれぬやも知れない、と、考えたからであろう。

「いかほどにて、おゆずり下されましょうか?」

「そちらから、いうてごらん」

「はい……では、あの……三十両で……」

「ばかを申すな」

小平次は相手にせぬ。

「三十、五両」

「これ、私をなんと見ているのだ。い、い、しろうとではないのだよ」

「おそれいりましてございます……では、五十両」

「ふむ……ま、それほどのところか」

「ありがとうございます」

「おぬしは、わしにわたす金の三倍はもうけることができる」

「へへっ……」

と、岩付屋はおどろいてしまった。

（このお方は、何もかも、お見通しだ）

なのである。

「ま、よかろう」

「では……」

岩付屋は、小柄を金五十両で買いとり、これを百七十両で、紀州家の重臣・羽島某へ売った。

だから百二十両という大金が、岩付屋重兵衛のもうけになったわけである。

「ま、このようなわけでございますが奥村さま、くれぐれも御内聞にねがいとう存じます」

「あ、よいとも、よいとも」

奥村忠右衛門は、さりげもなくうけ合ったけれども、肚の中では、

（おのれ、服部小平次め、まことにもって、けしからぬやつ）

怒っていたのである。

この怒りの中には、たぶんに、

（うまくやりおったな）

という嫉妬がふくまれている。

刀屋の岩付屋重兵衛が大もうけしたことに、ではなかった。

小平次が、その祐乗作の小柄を五十両で売ったことについてである。

小平次は、岩付屋へ小柄をわたすときに、

「いやなに、私もこれで、だいぶんにもうけさせてもらっているのだからね」

こういったそうだ。

（きっと、小平次めは、その小柄をどこからか安く手に入れ、岩付屋へ売って、金をもうけたにちがいない）

と、奥村用人は考えた。

また事実、そのとおりであったのだ。

小平次は、市ヶ谷の小さな道具屋で、偶然にこの小柄を見つけた。

（たしかに祐乗の作だ）

と見きわめをつけ、

「いくらだ？」

きくと、道具屋の主人は、その無銘の小柄が、まさかに後藤祐乗作とはおもわなかったので、

「三両でございます」

と、こたえた。

「ふむ……よろし。買いましょう」

小平次は、すぐさま小柄を買いもとめ、持ち帰って約二カ月もかかり、小柄へ細工をほどこした。

この細工は、祐乗の作風をまねたもので、実に巧妙きわまるものであったそうな。

つまり、そのような細工をほどこしたのは、しかるべき刀屋へ小柄を売りに行くとき、だれの眼が見ても、

（まさに、祐乗作だ）

と、見えるようにしたまでである。

だからといって、小柄が、

（祐乗作に間ちがいはない）

との自信を、小平次はしっかりと抱いていた。

にせものを売るのではない。

本物を、本物に見せるための細工をしたまでなのである。

用人・奥村忠右衛門は、藩邸へ帰ると、すぐさま、

「まことにもって、けしからぬことである。主君につかえて禄を食む身でありながら、商人にまじり合うて金もうけをするとは、言語道断ではござらぬか」

と、堀部弥兵衛をつかまえ、すべてのことをもらしてしまった。

「このことは、しばらく他言なさらぬがよろしかろう」

と、弥兵衛は釘をさしておいたのだが、とても奥村用人の口がとまるものではない。

服部小平次、金もうけの一件が藩邸内へひろがるに、さほどの日時を必要としなかった。

「御家老も御承知のごとく、わが殿の御気性をおもいまするると……」

と、堀部弥兵衛がすべてを語り終えたのちに、内蔵助へ、

「この、小平次のふるまいが、もしも殿の御耳へ入りましたるときは……」

案じ顔にいいさして、声をのんだ。

弥兵衛は、内蔵助と小平次の親密さを知っているが、他の藩士たちにしてみれば、二人の交誼がどのようなものか、知るはずはない。

「ふむ……」

うなずいた内蔵助が、

「それほどに、うわさがひろまっているとなれば……かならずや、殿の御耳へもつたわ

りましょう」

「いかさま……」

「殿が御怒りになられるのは、当然のことじゃ」

「それに、奥村忠右衛門殿が……」

おもわず口をきってしまってから、堀部弥兵衛が、またも口をつぐむ。

弥兵衛のいわんとすることは、内蔵助によくわかる。

口も気も軽い奥村用人は、いまこうして二人が語り合っているうちにも、服部小平次のうわさをふりまいているやも知れぬ。

弥兵衛がそれをいわなかったのは、武士として他人の言動を批判することを、

(はしたない)

と、反省をしたからであろう。

朝の陽ざしも暑くなりはじめている。

内蔵助が御殿へ出て、内匠頭へあいさつをおこなう時刻もせまっていた。

だが……。

大石内蔵助は〈御客長屋〉のせまい庭先へ、夏の陽ざしがひろがって行くのを、凝と見つめたまま、身じろぎもせぬ。

(御家老も、お困りになっておられるにちがいない。なれど、小平次のことゆえ、先ず

御家老のお耳へ入れておくべきか、と、わしは考えたのだが……いけなかったかな)

弥兵衛が内蔵助の横顔を見やると、内蔵助の表情は、別に変わっていない。

小平次のことで思いなやんでいる様子ではない。

なにやら、放心の態で庭を見つめているのである。

「御家老……」

おもいきってよびかけた弥兵衛の、低い声にもこたえぬ内蔵助であった。

「もし……」

「……」

「御家老。御出仕の時刻ではござりますまいか」

「お……」

われにかえった様子で内蔵助が、

「いかさま」

にっこりと弥兵衛へ笑いかけ、

「いや、かたじけない」

「は……?」

「服部小平次がことを、先ず、私の耳へきかせていただき、かたじけのうござった」

内蔵助が弥兵衛へ、いんぎんに礼をしたので、弥兵衛は恐縮しきってしまい、

「では、それがしはこれにて」

「御苦労をおかけ申した」

「いやなに、これしきのことを……もしや、お耳へは達しませぬほうが、よろしかったのでは？」

「いやいや」

と内蔵助が、このときは強くかぶりを振って、

「小平次のことゆえ、これは一時も早く、耳へ入れておいて、よろしかった」

「それならば……安堵いたしました」

堀部弥兵衛を送り出してから、内蔵助は身仕度をととのえ、御殿へあがった。

内匠頭のところへあいさつに出た内蔵助は、

「お人ばらいを、ねがわしゅう存じまする」

と、ねがい出た。

「なんぞ、急なことか？」

「はい」

「よいとも」

すぐに、内匠頭は人ばらいを命じ、

「近う」

と、内蔵助をまねいた。

「ははっ。恐れいりたてまつりまする。別して重きことがらにはござりませぬが……」

「ふむ、ふむ」

内匠頭は、何か政治向きのことでもあろうかと思ったらしい。

熱心な眼の色になり、身を乗り出してきた。

「先般、京の御屋敷より、こちらへうつしましたる服部小平次がことでござりますが……」

「ふむ。その小平次が、いかがいたした？」

〈殿さま〉にとっても、長年、自分のそば近くに奉仕し、あのような死をとげた服部平太夫の弟・小平次のことであるから、内匠頭も気にかかったらしく、

「これ内蔵助。いったい、小平次が何事を……？」

「殿」

「なんじゃ？」

「長年にわたり、御そばにつかえたてまつり、病いをおして忠勤にはげみし亡き平太夫に免じて、いまこれより私が申しあげまする小平次がことをおゆるし下されまするよう」

こういいおいてから、内蔵助は、弥兵衛からきいたことを逐一（ちくいち）、内匠頭長矩へ言上し

たようである。

半刻（一時間）後に、内蔵助は内匠頭の前から下がっている。

そして内蔵助は〈御用部屋〉へ入るや、

「服部小平次をよべ」

と、茶坊主に命じた。

夏のことで、御用部屋の廊下に面した板戸も引き開けられてい、次の間との境いの襖も同様であった。

廊下の向こうの中庭の一部に、植込みの小松の影が濃かった。

やがて……。

茶坊主の足音が廊下にきこえ、

「服部小平次さま。お見えでございます」

「ここへ……」

「はい」

茶坊主と入れかわって、廊下から次の間へ入って来る人の気配がする。

内蔵助は、襖の蔭からあらわれる小平次を待った。

「御家老さま。御あいさつにもまかり出ませぬで……」

いいつつ、小平次が次の間へ姿を見せ、内蔵助に向かって両手をおろしつつ、笑いかけてきた。

その小平次の笑いかけた顔が、急に、硬直した。

自分をひたと見すえている大石内蔵助の顔つきというものは、

(これが、御家老さまなのか……？)

人がちがったように、きびしく引きしまり、両眼の光りが小平次を射すくめるがごとくするどくて、これまでにも内蔵助から叱りつけられたときの、どの場合にも見たことがないほどに恐ろしい顔貌なのである。

小平次は狼狽をした。

だが、

(なぜに……？)

まだ、わからぬ。

屋敷内にひろまりつつある自分のうわさを、まだ耳にしていない小平次だったのだ。

「小平次」

「は……？」

「これへ」

と、内蔵助が白扇をもって、小平次をさしまねいた。

「は、はい」

おそるおそる〈御用部屋〉へ入ると、

「襖をしめよ」

「はっ」

襖をしめきると、熱気がたちこめてくる。

小平次は、汗びっしょりになった。

内蔵助は、しばらくの間、口をひらかずに小平次を凝視しているのだ。

平常は、鳩のように小さくて愛らしい内蔵助の両眼が、小平次にとっては三倍も四倍もの大きさに見えた。

ひきむすんだ口もとのいかめしさには、有無をいわさぬものがある。

（こりゃ、いったい……いったい、なにごとなのか……？）

へどもどと、小平次は腰を浮かせ、

「あ、あの……」

たまりかねて、いいかけるのへ、

「服部小平次。ようきけ」

「はっ」

「人のうわさ、世のうわさというものが、うわさをされている本人の耳へとどくまでには、かなりの間がある。われとわがうわさを耳にしたときは、もはや、取り返しのつかぬことになっているものじゃ」

内蔵助の語気は、激怒にふるえている……かのように、小平次は感じた。

「小平次。これより内蔵助が申すことを、おのれは知るまい」

「いったい、なんのことでございましょうや?」

「おのれは近ごろ、無地赤銅に龍の図を彫ったる小柄を手に入れ、これへ、みずからの手にて細工をほどこし、後藤祐乗の作と称し、金五十両にて売ったそうじゃな」

ぴしぴしと、きめつけられるようにいわれて、服部小平次は声もない。

(いつ、わかったのだろう、御家老に……?)

であった。

それにしても内蔵助の、この高圧的な態度はどうだ。

これまで十年にわたる自分との、あれほどに親しく、あれほどにゆるし合っていた間柄など、内蔵助は忘れきってしまっているのであろうか……。

「どうじゃ。何か申すことがあるか」

「は……それは……」

「それは?」

「まさに……」

「おぼえがある、と申すのだな」

「は、はい」

「ふとどき者め!!」

内蔵助が怒鳴りつけた。

小平次は、はじめて内蔵助の大声をきいた。

(な、なにも、このように怒鳴らずとも……)

うらめしくおもいつつ、小平次が、

「なれど……なれど、その小柄は、まさに後藤祐乗の作でござりました」

「だまれ」

「なれど、まさに……」

「しからば、なぜに細工を加えた」

「後藤祐乗の作には、銘がございませぬが、私の眼には、まさに祐乗。しかとさように存じましたゆえ、いささか細工をほどこし、祐乗作であることをあきらかにしたまででござります」

「だまれ」

なさけ容赦もない内蔵助の口調であった。

「そこまでに申すなら、おのれが目利き(めき)をよしといたそう。なれど、武士には士法あり。おのれは主君につかえて禄を食(は)む身である。おのれ、禄を食んで諸人の上に立つ身でありながら、そのような利益を得て、さだめし、おもしろかろう」

どうも、いつもの大石内蔵助とはちがう。

ゆったりとして、こころのひろい、小平次が好きだった〈御家老さま〉のおもかげは、どこに行ってしまったのか……。

小平次は不満であった。

(御家老だとて、千五百石の家老職でありながら、安い遊女をあさり、色事にうつつをぬかしていたではないか……)

なのである。

だが……。

大石内蔵助の態度は、いささかのゆるみもなかった。

内蔵助は、ゆるさなかった。

尚も烈しい声で、

「これよりのち、細工ごとの手なぐさみは、いっさい無用である!!」

と、きめつけ、

「もしも、がまんがならぬときは退身(たいしん)をして道具屋となれ」

これには、さすがに小平次も逆上してしまった。

町人の気楽な身になりたい、と願っていたのは小平次自身なのである。

それを、

（むりやりに引きとめたのは、御家老ではないか）

なのである。

おもわず、小平次は、

「よろしゅうございます」

と、叫んでいた。

「私、退身つかまつる」

すると、打てばひびくように内蔵助が、

「よろしい。たしかにきいたぞ。これより殿さまに申しあぐる」

いいはなつや、颯と立ちあがった内蔵助は小平次を尻目に、御用部屋を出て行ってしまった。

つまり、服部小平次は有無をいわさずに辞職させられてしまったのである。

（か、勝手にしろ）

であった。

武士をやめて町人になるのは、

（もとより、のぞむところ）

であったけれども、あのように憎しみをこめて自分を叱りつけ、野良犬のように追い出さなくてもよかろう。

(むかしの御自分のありさまを忘れたのか……国もとで女中に手をつけ、京へ逃げて来たときの……あのときの私がしてやったことを忘れたのか、なんだ、おのれ……私は、御家老の大恩人なのだぞ)

くやしくて、たまらぬ。

しかし、

(こうなっては、もはや仕方がない)

ことになった。

内蔵助がとった処置については、うらめしくもくやしくもあったが、武士をやめることについては、

(すこしも、みれんはないわい)

の、小平次であった。

長屋へもどり、

「母上。御覚悟なさい」

といいおき、母にすべてを語るや、

「な、なんということを……」

母は、なげき悲しんだ。

「もはや、どうにもなりませぬよ、母上。私から退身のことを口にしたのですから……
つまりその、武士に二言はないというやつ。なあに母上。武士の暮らしよりも、もっと
もっと、よい暮らしをさせてあげましょう」
と、小平次はふてぶてしくいいはなった。

歳　月

　大石内蔵助が赤穂へ帰国したのは、この年の七月二十日であった。

　久しぶりで、わが屋敷へ帰った内蔵助は、祖母の於千の病状が、かなりに重くなっていることを知った。

　体力はむろんのことだが、於千の気力はすっかりおとろえ、

「おお……」

　帰って来た孫の顔を見て、苦しげな笑顔を見せたけれども、口をきくのも辛いらしい。

　それでも於千は、夏の暑熱にもたえぬき、

「ようやくに、涼しゅうなった……」

　いくらか、元気をとりもどしたようであった。

　大好物の、大和の国（奈良県）三輪でつくられる素麺（そうめん）をとりよせ、すこしは食べられるようになった。

〈そうめん〉は、奈良時代に索餅（むぎなわ）とよばれていたそうで、そのころ、唐の国から伝来し

た手法によりつくられたものだというから、由来は古い食物である。

大和の三輪が、その発生地といわれるのも、うなずけることではある。

「さようか、祖母さまが、そうめんをな……」

妻女のりくからそのことをきいて、内蔵助は何かおもいついたようであった。

「りく」

「はい？」

「どちらにせよ、祖母さまは、この冬をこせまい」

「堀宗哲さまも、そのように申されてでございましたが……」

いいさして、りく女は泪ぐんだ。

熊子が実の母におもえてならないのと同様に、於千も実の祖母としか思えぬらしい。

これも、熊子がしゅうとめとして嫁のりく女へのあつかいが、とりわけてすぐれていたからであろう。

「りく。おれは、な……」

「はい？」

「これより、ひまのあるたびに、祖母さまへそうめんをつくってさしあげようとおもう」

「まあ……」

「どうだな」

「御自分で、御台所へ……」

「そうとも」

「なれど、それは……」

「ま、よいさ。おれが手づくりに煮あげたそうめんを祖母さまへさしあげる。これはな、幼少のころより厄介をかけ通した祖母さまへ、おれが孝養のつもりなのだ。つまらぬことではあるが、そうしたことにでもおれのこころをあらわさぬと……」

「わかりましてございます」

「おかしいか？」

「いささかも……」

「では、りく。おれに、そうめんの煮方を教えてくれぬか」

「よろこんで、お教えいたしまする」

　その日のうちに、内蔵助は台所へ出た。

　懐妊中の腹が、めっきりとふくらんできたりく女に手つだわせ、ものものしくたすき、をかけまわしている内蔵助を見て、台所の小者、下女たちが眼をみはった。

　深鍋に、たっぷりと湯を沸かして煮立ったところへ、素麵をほぐして手早く投げ入れる。

「鍋に、ふたをあそばせ」

と、りく女。

打ち揚げたそうめんは、冷水に放って晒す。

「あ……水に入れて、すぐさま手をいれてはなりませぬ。そうめんがさめきってからなさいませぬと、あぶらくさくなりまする」

「ほう、そうか……」

「これが、そうめんを煮あげる口伝でございます」

「よう知っているではないか」

「実家の父も、そうめんが大好物にて、三輪から取り寄せておりましたので……」

「さようか。それはそれは……」

夫婦ともに、たのしげであった。

女中たちは、笑いをこらえている。

内蔵助の手つきの無器用なのを見たからであろう。

まことに、この風景は前代未聞のことといえよう。

一国の国家老が台所へ出て、そうめんを煮る。つけ醬油をつくる。

薬味の葱をきざむときには、さすがに内蔵助も包丁をあつかいかね、

「これは、りくにたのむ」

「心得ましてございます」

「寒くなったなら、青柚子をおろしてふりかけてさしあげよう」

「はい」

夫婦ちからを合わせて、そうめんを煮あげ、これを盆にのせ、内蔵助みずから祖母の病間へはこんで行った。

熊子がつきそって来て、

「このそうめんは、内蔵助殿が手ずから……」

と披露するや、於千はおどろきのあまり、口を開けたまま、しばらくは声も出なかった。

熊子に抱かれて、半身を起こした於千の両眼から、滂沱（ぼうだ）として泪があふれ出ていた。

これを見つめる内蔵助も、

「さ、めしあがって下され」

いいつつ、声がふるえた。

「もったいないことを……」

於千が、盆のそうめんに両手を合わせた。

ややあって居間へもどって来た内蔵助が、りく女にいった。

「たいそうに、よろこんで下されてなあ」

このときより内蔵助は、寸暇を見つけては台所へ出て行った。

九月に入ると、内蔵助もようやく素麵つくりになれ、りく女や女中の手を借りず、何から何まで自分の手でやってのけたものである。

そして例のごとく、みずから盆をささげ、祖母の病間へおもむく。

「おお……おお……」

於千は歓喜の声を発し、愛する孫が手づくりのそうめんを食べる。

食べ終えると、枕もとの手文庫から、一分金を出して、

「書物でも、お買いなされ」

と、わたしてよこす。

「かたじけのうござる」

すると内蔵助は、さもうれしげにこれをうけとるのであった。

内蔵助が少年のころに、こうした情景が、この祖母の部屋で何度も見られたものだ。

いま、三十歳になった内蔵助も、また於千も、遠いむかしの日々をなつかしむがごとく、たのしげに時間をすごすのである。

十月に入ると、於千はもう病床から身を起こすことができなくなった。

そうめんを口に入れる気力さえうしなってしまったようである。

だが……、

内蔵助は依然、ひまを見てはそうめんを煮あげ、祖母のまくらもとへはこんだ。

そして……。

今度は内蔵助が、寝たきりの祖母の眼の前で、そうめんを食べて見せるのであった。

「祖母さまのかわりに、ちょうだいいたします」

「おお……」

こっくりとうなずく於千の老顔が童女のごとく、あどけなかった。

於千が亡くなったのは、十月八日の夕暮れどきであった。

枕頭に居ならぶ内蔵助と、弟の喜内（十八歳）。

それに熊子とりく女の顔をながめつつ、於千は、

「しあわせな一生でありました。礼を申します」

こういって眼をとじ、こんこんとねむったまま、六十六歳の生涯を終えた。

りく女が産気づいたのは、実にこのときである。

内蔵助も、このときはあわてた。

祖母の死への悲しみと、妻の出産のよろこびが同時となった。

熊子が冷静に、りく女を介抱した。

女にしては立派すぎる肉体の所有者だけに、りく女は初めての妊娠にもかかわらず、つわりも軽かったようである。

夜に入って間もなく、りく女はらくらくと男の子を生みおとした。

一家のうちで……。

同じ日の、ほとんど時間を接して家族のひとりが息絶え、家族のひとりが生まれた。

大石内蔵助は、このことに深い感動をおぼえた。

理屈も何もない。

(これが、人という生きものの姿なのだ。人のいとなみというものなのだ。この、まことに簡単きわまることが、人の世というものなのだ)

であった。

生まれた男の子を見て、物に動ぜぬ熊子が驚嘆し、

「かほどに見事な赤子を見たのは、はじめてじゃ」

と、いった。

なるほど大きい。

「この子は、嫁ごの躰をうけついだのじゃ」

「母上」

「はい?」

「大きゅうございますな」

「丈夫そうな……まことに、これは、大石家の跡つぎとして申し分のない……」

いいさして熊子が、めずらしく顔に血をのぼらせ、臥しているりく女の手をしっかりとつかみ、

「かたじけない。でかしました、でかしました」

ほめそやしたのである。

この長男に、内蔵助は、

〈松之丞〉(まつのじょう)

という名をあたえた。のちの〈主税〉(ちから)であるが、この小説では、はじめから〈主税〉の名で通したい。

それはさておき……。

葬儀と出産の祝いが重なった大石家では、以後十日ほどはめまぐるしいほどな明け暮れとなった。

熊子がいっさいを取りしきりこれをさばいた。

やがて、冬が来た。

大石屋敷も、ようやくに落ちつきをとりもどした。

そうした或日に、熊子が内蔵助の居間へあらわれ、

「いささか、ねがいごとがありまする」

「なんでございましょう?」

「申しわけもないことながら……」

「なんなりと、申しつけて下さい」

「はい？」

「年が明け、あたたかくなってからでも、わたくしは京へおもむき、住み暮らしたいとおもうています」

「母上。なんぞ、お気にさわりましたか？」

「とんでもないこと」

「では、何故に？」

「京の都が大好きゆえ、余生を住み暮らしたいとおもうまでのこと」

「ははあ」

「それもこれも、わがむすめがお前さまのそばにつきそうていてくれて、すっかりと安心いたしましたゆえ」

熊子が〈わがむすめ〉といったのは、嫁のりく女のことである。

そのころの武家の女として……しかも、初孫を得るほどの年齢に達した女として、熊子のこうした態度やものの考え方というのは、まことにめずらしいことといえる。

熊子は、播州・赤穂五万三千石、浅野家の国家老の生母なのである。

息子の内蔵助が当主となって妻を迎え、子をもうけたいま、熊子の立場は、亡き於千にかわる重味をそなえることになった。

ほんらいならば……。

まだまだ家政のいっさいを熊子がとりしきり、嫁のりく女を押えて行くべきなのだ。

だが熊子は、そうしたことに何の執着もないらしい。

これは、去年に嫁入って来たばかりのりく女へ対するあつかいひとつを見てもうなずけることであった。

それぱかりではない。

亡夫・大石良昭と共に京都藩邸で暮らしていた歳月が、

(晩年は、なんとしても京で送りたい)

との想いを、早くから熊子の胸中へ深くしずめていたものであろうか。

しかし内蔵助は、いささかおどろいた。

「京が、お好きと申されますと……？」

「町のたたずまいも、人のこころも、私にとっては、まるで故郷のようにおもえてなりませぬ」

「ははあ……」

「この母のこころは、内蔵助どのにもおわかりであろ」

「いかさま、京は、よいところではありますが……」

「母のわがままゆえ、強いてとは申しませぬ」

「なれど？」

「なれど……」

「このことは、困ります」

「いけませぬか」

「この屋敷から母上が出られて、京へ移り住まわれることを、他の人びとは何と見ましょうか」

するとと、熊子がめずらしく、くすりと笑った。

「可笑しゅうござるか？」

「いいえ、もっともなこと」

「なれば……」

「そのことなれば、案ずるにはおよびますまい。世間のうわさなどというものは、せいぜい一年ほどのものじゃ」

「それは、ま……そうしたものでありましょうが……」

「いかがじゃ。母のわがままをゆるして下さるか。母に孝行をして下さるか」

「母上を京へ移しまいらせることが、孝養になりまするか？」

「はい」

うなずいた熊子が、

「もっとも、このことは、のちにりくどのへもはからねばならぬ。りくどのが承知して
くれねば……母も、あきらめましょう」

りく女は、熊子の京都移住のことを内蔵助からきくや、

「母上が、そのようにおおせなさいますのなれば、おこころのままにおさせ申したい、
と、おもいまする」

にっこりとしながら、そういったものである。

これには内蔵助、母から移住のことをきかされたときよりも衝撃をうけた。

いかにも〈しゅうとめ〉の熊子の移住をよろこぶかのような笑顔ではないか。

内蔵助としては、

「母上が、この屋敷を出て、他国へお移りになるなどと、とんでもないことでございます」

と、おどろき哀しむ妻を期待していた。

たとえ、結局は母が移住するにしても、だ。

大石家の嫁として、いや自分の妻として、それが当然のことではないか。

しぶしぶながら、ついに承知をしたというなら、まだよい。

それが、熊子の決意をきくや否や、何の抵抗もなしに、

「おこころのままに……」

というのでは、熊子の息子として、内蔵助はおもしろくない。

あれほどに、母のあつかいについて感謝をし、よろこんでいたりく女が、

（こうも変わるものか……？）

であった。

（やはり、かほどに嫁から見たしゅうとめというものは、うとましいものなのか……）

と、おもわずにはいられないではないか。

「りく」

「はい」

「それは、まことか……まことに、そのようにおもうのか？」

「はい」

りく女、恬然（てんぜん）たるものであった。

返すことばもない。

内蔵助は、これもめずらしく、むっとした表情になり、足音も荒く廊下へ出た。

りく女のことばを、母へつたえるよりほかに、仕方がないではないか。

「いかがでした？」

入って来た内蔵助に、熊子が笑いかけ、

「りくどのは、すぐに承知をしてくれましたろう？」

「……？」

これにも、おどろいた。

「母上……母上は、すでに、私よりも先に、りくと談合なされましたのか？」

「まさかに……家長たるお前さまをないがしろにするようなまねを、この母がいたそうものか、どうか……」

「これは、まことに……内蔵助、御ぶれいを……」

「なんの、かまいませぬ」

すぐにわかったことだが、母のことばにうそはなかった。

「承知いたしてくれると、おもうていました」

と、熊子が、

「女は女どうし、と申します。りくどのと共に暮らしたる月日は短い。なれど、私たちは何事にもうちとけ、まことの母子のように、こころとこころが通い合うているのですよ」

「ははあ……」

熊子が、りく女を大石家に迎えるやいなや、すぐさま家政をゆずりわたし、みずからすすんで胸襟をひらいて見せたことが、この結果を生んだということになる。

「お前さまには、私たちのことを、よろこんでいただかねばなりませぬ」

「はあ……」

「浮かぬ顔じゃな」

「おもうてもごろうじ。この母が、どのような女か、お前さまもよう御存知のはずじゃ。これまでにはきと申したことはないが……」

いいさして、熊子はふっと口をつぐんだが、ややあってから、

「私もなあ、躰が弱うて……」

吐息をつくような声であった。

うつ向いた眼をあげ、内蔵助を見やった母の微笑には、かつて見たこともないようなさびしいかげりがただよっている。

内蔵助は、何ともなしに胸がさわいだ。

「ここまで、気を張って生きてまいったが、精いっぱいのところであった……」

「母上……」

「うそいつわりは申しませぬ。さほどに、私の躰は弱い。お前さまはそのように、丈夫に育ちくれましたなれど……二人の弟たちは、みな、この私の躰をうけつぎ、あのような……」

「されば……」

熊子の両眼がうるみかかっている。

於千が息を引きとったときも、泪一滴もらさなかった熊子なのである。

内蔵助は、これまで見つづけてきた母とは、まるでちがう母の姿を見たおもいがした。

「気を張って……こころを引きしめて、と、申しても、私は大石家の嫁として、だいぶんにわがままをさせていただいている。せめて、お前さまのように丈夫な跡つぎを生みもうけることができたのが……」

亡き大石良欽・於千夫妻へ申しわけがたった、と、熊子は弱々しく顔(おもて)を伏せて、

「これで、私が京へ移り住みたいという胸のうちもおわかりであろ」

と、いった。

内蔵助は、まじまじと母の姿を見つめたまま、一語も発しなかった。

「残りすくない余生を、お前さまの亡き父上……良昭どのと共に暮らした京の町に送りたい。母の今生(こんじよう)のねがいじゃ」

と、熊子が両手をついた。

「母上。お手をおあげ下され」

すり寄って、おもわず母の手をつかんだ内蔵助へ、

「では……？」

「はい。承知つかまつりました」

「おゆるし下さるか？」

「おこころのままに……」

「かたじけない」

内蔵助に両手をまかせたままで、熊子が、

「いまひとつ、おねがいがありまする」

「なんなりと……」

「喜内を京へつれてまいって、よろしいか？」

弟の喜内と共に、

「死ぬるまで、京で共に暮らしたい。京へまいったなら、余生のちからをかたむけ、いささかなりとも喜内の躰を丈夫にして、お前さまのお手もとへかえしたい、と、ねごうています」

これも、母のおもうままにさせるよりほかはなかった。

内蔵助は、ぼんやりとして居間へもどった。

りく女が、すぐにあらわれ、

「いかがでございました？」

「む……」

見ると、りく女の顔は泪にぬれつくしている。それを見るや、いっさいがわかった。

「りく……」

「は、はい……」

「そ、そうか。そうであったか……」

「おわかり下さいましたか……」

「わかった。いや、それほどまでに、母上とそなたの、こころとこころが通い合うていたとは、おもいもよらなんだ」

われ知らず、内蔵助はりく女の肩を抱きよせていた。

りく女が、内蔵助の胸の中で、むせび泣きはじめた。

この夜……。

大石内蔵助は、京都留守居役の小野寺十内へあてて、母の心境をつぶさに書状にしたためた。

「……そのようなわけゆえ、母が住み暮らすによい家を見つけてもらえまいか。急ぐことではないが、明年、あたたかくなるころには、京へ移り住みたいと母は考えているようなので、よろしくはからっていただきたい」

と、いうものである。

やがて、小野寺十内からの返書がとどけられた。

「お申しこしのおもむき、まさに承知をいたしました。それにしても、なかなかに出来得ぬことと感服つかまつりました」

と、十内は熊子の決意に、深く感じ入ったようである。

母が京に暮らす家のことは、十内へまかせておけばよい。

内蔵助も、ほっとするおもいであったが、さらに十内の手紙を読みすすむにつれ、内蔵助の両眼が微妙な光りをたたえてきはじめた。

小野寺十内は、手紙でこういってきている。

「……先日、江戸から公用にて、今井惣市(そういち)が京へまかりこし、その折に、惣市より耳にいたしましたが、服部小平次こと、御家を退身いたしましたるのち、しばらくは消息も知れませなんだが……」

その小平次に、今井惣市が出合ったというのである。

その場所は室町通りで、今井がそれと気づかずに歩いていたところ、小平次のほうから、

「今井惣市さま」

やわらかく、声をかけてきたそうな。

ふりむいて今井は、とっさに、小平次だとわからなかった。

服部小平次は、姿かたちがすっかり町人のものとなってい、しかも、その服装(みなり)も上等なもので、町人まげをのせた顔をにこにことさせ、すこしも悪びれたところがない。

「あ……」

ようやくに、今井もわかって、

「これは、服部うじ」

「いやいや……」

と、小平次が手をふって見せ、

「いまは、服部小平次ではございませぬ」

「な、なんといわれる……」

「いまは、池ノ端・仲町に道具屋の店をひらいている鍔屋家伴でございますよ」

つまり、小平次は江戸にいて、骨董屋の主人となっているらしい。

〈鍔屋家伴〉なぞと、もっともらしい名前に変えたのは、古美術や刀剣などの鑑定家として、これからの生涯を送るつもりらしい。

ようやくに小平次は、かねて念願の仕事と暮らしを得たことになるのだ。

「一度、ぜひ、お立ち寄りを……」

と、小平次のことばづかいには、つい先頃まで武士であったおもかげがどこにもない。

小平次は今井に、くわしく、池ノ端・仲町の住処を教えたそうである。

今井惣市は、小平次の亡兄・平太夫が江戸藩邸で病気に倒れたとき、これを介抱してくれた藩士だけに、小平次も好感を抱いていたものと見え、

「母も元気でおりまする。ぜひとも一度、おはこび下さいますよう」

いんぎんにいいのこし、別れ去ったとか……。

今井は、まだ小平次を訪問せぬままに、公用を帯び、京都藩邸へ来て、そのことを小

野寺十内に告げたものだ。

読み終えた十内の手紙を、ゆっくりと巻きおさめている大石内蔵助の顔に、笑いが波紋のようにひろがっていった。

うれしげな笑いであった。

翌元禄二年の春……。

大石内蔵助の母・熊子は、十九歳になった三男の喜内と、四人ほどの奉公人をつれ、京都へ移り住んだ。

小野寺十内が、熊子のために用意してくれた屋敷は、五条・坊門通りの仏光寺(ぶっこうじ)の東にあり、浅野家の京都藩邸とは目と鼻の先であった。

「それは、なによりのことじゃ」

内蔵助はよろこんだ。

藩邸の近くならば、京都留守居役・小野寺十内の眼もとどくし、なにかにつけて、内蔵助には、

(安心なことだ)

なのである。

これは熊子にとっても同様であったろう。

十内がさがしてくれた屋敷は、熊子の希望をいれて、こぢんまりとしたものだそうな。

以前に、京の町でも評判の高かった医家で久志本元哲という人の屋敷がそれで、元哲が一昨年に亡くなり、跡つぎの子もないまま、空屋敷となっていたのを、

「ちょうど、手ごろな……」

と、十内が手に入れてくれたのである。

少年のころ、父母と共に京都藩邸で暮らしていた内蔵助は、久志本元哲が道を歩む姿を何度も見ている。

でっぷりと肥って、いつも酒の香をぷんぷんさせて歩いている元哲先生のことを、かの服部小平次なぞは、

「酔っぱらいの恵比須さまや」

などと、いっていた。

「いまとなって元哲先生の御屋敷へ住むことになろうとは、おもいがけぬことじゃ」

熊子もなつかしげに、

「小野寺十内どののおかげにて、まことに、よい屋敷が見つかりました」

と、眼をうるませつつ、いった。

急に、母が泪もろくなってきていることに、内蔵助は気づいた。

去年、京都移住のことを内蔵助へねがい出て、息子がこれをゆるしてくれて以来、熊子の言動には、いちじるしい変化が見られるようになった。

「かまいませぬか？」

廊下から声をかけてきて、内蔵助が夕飯をしたためているところへあらわれ、

「なんぞ、御城でおもしろいはなしなぞ、ありませぬか？」

笑いながら、はなしかけてきたりする。

以前の熊子を知るものにとっては、

（まるで、お人がちがったような……）

変わりようであった。

（母上は、私との名残りを惜しんでおられるようだ）

と、内蔵助は感じとっていた。

熊子はまた、生まれたばかりの主税につきそい、

「短い間のことゆえ、わたくしにまかせておいて下され」

と、りく女にいい、夜もわが部屋からはなさず、添い寝している。

主税は、日に日に大きくなり、

「このぶんでは相撲とりにでもせずばなるまい」

内蔵助がりく女に、

「いまに、赤穂一の大男になろう」

「わたくしが、赤穂一の大女のようにきこえまするが……」

「ま、よいではないか」

「それはもう、あなたさまさえ、およろしければ……」

「ちょと、もちあつかいかねるがな」

「ま、いやな……」

京へ移るとき、熊子にとって、もっとも辛かったのが、初孫の主税との別れであったらしい。

「このように大きく、このように丈夫な跡つぎを生んで下されたりくどのに、あらためて、お礼を申しあげます」

赤穂を去るにあたり、熊子がりく女に、そういったものである。

そして、熊子は京都へ去った。

このときが、熊子との、この世の別れになった。

りく女はもちろんのことだが、内蔵助も、ついに母の京都での暮らしを見ぬままに、熊子は世を去ったのである。

熊子は、京都へ移り住んだ翌々年の元禄四年三月十四日に、病歿したからだ。

母の死が、それほど早いとはおもわなかっただけに、内蔵助も、その二年の間は赤穂から一歩も出ずにいたのである。

内蔵助も三十をこえ、国家老としての責任は重くなるばかりであったし、以前のごとく気軽に京都へ出ても行けなかったのであろう。

母が亡くなったので、末弟の喜内に、

「どうじゃ。京に住みたいとおもうなれば、この屋敷にいたがよい。なれど、私としては、お前の躰には、やはり暖かい赤穂のほうが向いているとおもうが……」

内蔵助がいうと、喜内は、

「兄上の、おこころのままにいたします」

病弱だが、気のやさしい喜内はすこしもさからわぬ。

(ふびんな……よしよし、これからは、おれが母上にかわり、喜内を丈夫な躰にしてやろう)

そこで、喜内と奉公人たちを赤穂へつれもどった。

小野寺十内が、

「屋敷は、いかがとりはからいましょう?」

そういったとき、内蔵助は、

「しばらくは、このままにしておいて下され」

と、こたえている。

母・熊子が亡くなった年の七月になって……。

京の小野寺十内から手紙がとどき、服部小平次について知らせてよこした。

今度も、江戸詰めの藩士・今井惣市が、小平次の消息を十内へ知らせてきたらしい。

先般、今井惣市は所用あって上野山下まで出かけた折、

（あ、そうだ。服部小平次が、この近くに住んでいるはず）

と、二年前に室町通りで、町人姿の小平次と出合ったことをおもい出し、

（たしか、池ノ端・仲町に住んでいるときいたが……）

ふと、なつかしくなり、立ち寄って見る気になった。

池ノ端・仲町は、上野・不忍池（しのばずのいけ）の南にある商店街だが、店がまえは小ぢんまりとしてはいても、江戸一流の商舗がたちならんでい、その一角に、小平次の家があった。

店がまえも、京風の、なかなか凝（こ）ったもので、

〈錺屋家伴〉

とのみ染めぬいたのれんをかかげ、中に入ると、売りものの骨董品などは一つも置いてなく、それがまた、服部小平次あらため〈錺屋家伴〉の見識がしめされているようにもおもえた。

「や、これは、ようこそ」

あらわれた小平次は、今井惣市をよろこんで迎えた。

小平次は、もう、どこから見ても町人になりきっているらしい。

古美術・刀剣の鑑定家としても、江戸で名を知られている様子で、諸方の大名屋敷へ

も出入りをゆるされるようになっているとか……。

今井は、小平次の母親は見知っていたけれども、

「これが女房でございましてな」

と、小平次に引き合わされ、はじめて彼の女房を見た。

小平次の女房は、平凡な顔だちだが、立居ふるまいのきびきびとした、いかにも健康そうな女で、名をお米という。

お米は、小平次の家からも程近い、下谷五条天神門前にある書物問屋〈和泉屋金右衛門〉のむすめであった。

それを、嫁にもらいうけた小平次は、去年の秋に、男子をもうけ、

「いかがでございます、今井さま。可愛い子でございましょうが……」

その子を今井惣市へ見せ、大満悦の体であったという。

今井は、酒食を馳走になり、かなり長い間、小平次と語り合ったそうだが、その間、小平次は大石内蔵助について一言もふれなかったらしい。

小野寺十内からの手紙を巻きおさめつつ、内蔵助がにんまりとして、

「小平次も、二十七歳になったのか……」

と、つぶやいた。

犬公方

小平次の消息を知らせてきた小野寺十内の手紙がとどいて間もなく、浅野内匠頭が赤穂へ帰って来た。

内匠頭は、この元禄四年で二十五歳になる。

一年ぶりで見る〈殿さま〉の血色がすぐれ、このところ、健康らしいのを見て、内蔵助はうれしくおもった。

「内蔵助、申すことがある」

内匠頭は、帰国早々に内蔵助をよび、

「人ばらいを……」

と、命じた。

(何事か……?)

いかにも、ただごとではないらしい。

二人きりになってから、内匠頭が、

「世の中が、まことにひどいことになってまいった」

老成の口ぶりでいい出たものである。

「と、おおせられますのは？」

「天下の御政道が、乱れてまいった」

「ははあ……」

天下の政道が乱れた、ということは、日本を統治する徳川将軍の幕府政治が乱れていることになる。

将軍と幕府の下にある一大名の浅野内匠頭が、これを批難したことになる。

内匠頭が人ばらいをしたのも当然であった。もしも、この内匠頭の声が幕府にきこえたら、一大事になるわけだ。

「まことにもって、狂人の仕わざじゃ」

「は……？」

「将軍家のなさることがじゃ」

内蔵助は、瞠目した。

将軍・徳川綱吉（つなよし）を、

「狂人」

と、きめつけたのである。

この声を幕府や将軍がきいたなら、浅野内匠頭は切腹をまぬがれまい。そして、いうまでもなく浅野家五万三千石は、取りつぶしになってしまいかねない。

「殿……」

「案ずるな、内蔵助。国家老たるそちにのみ、申すことじゃ」

「はっ」

「躬はな、内蔵助……」

「はい？」

「躬のこころを、国家老のそちにのみには、はっきりと知っておいてもらいたい」

「おそれいりたてまつる」

「これ、内蔵助。このままでは、日本の国は立ち行かなくなるぞよ」

「なんと、おおせられます」

「そちは、近ごろの江戸を、ようは知るまい」

「は……」

「まことにもって、末世の様相と、躬には見えるのじゃ」

ここで、五代将軍・徳川綱吉についてのべておきたい。

それというのも……。

将軍・綱吉の政治が、その時代が、浅野内匠頭や大石内蔵助その他の赤穂藩士をはじめ、りく女や主税の生涯に重大な影響をおよぼすことになるからだ。

綱吉は、三代将軍・徳川家光の子に生まれた。

生母は、家光の正夫人ではない。

すなわち、家光の愛妾・お玉の方である。

お玉の素姓は、あきらかでない。

一説には、京都の魚屋のむすめであった、などといわれている。

むかしの書物に、

「……桂昌院（お玉の方）何者なるや。これ寒陋微賤の匹婦。婦徳なく才学なし。わずかに、その容色のすぐれたるにより、将軍・家光の愛寵するところとなる」

と、ある。

いずれにしても、三代将軍の子を生み、その子が五代将軍の座を得るにおよび、生母の桂昌院の威勢はすさまじいばかりのものとなった。

「その威力を大奥にふるい、奢侈をきわめ、天下の費、人民の困惑をすこしもかえりみず……」

と、むかしの書物がさんざんにけなしぬいている。

身分がいやしい生い立ちゆえ、そのことをひた隠しにしていた桂昌院である。

それだけに、自分の腹をいためた子が天下の権力をつかみとったとき、桂昌院の虚栄が異常のものとなった。

ここに、政治へ〈女権〉が介入することになる。

徳川幕府の歴史において、江戸城・大奥の女権が強いちからをもち、あなどりがたいくちばしを政治の中へ突きこむようになったのは、この桂昌院からであった、といわれる。

徳川の初代将軍・家康は、ことさらにいうまでもない立派な天下人であった。

二代の徳川秀忠も、父・家康のきびしい薫陶をうけ、父と共に戦国の混乱期を乗りこえて成長した謹厳な将軍である。

三代の徳川家光も、若いころは、あまりかんばしくない風評を残しているが、家康時代からの譜代の重臣たちの補佐によって、あまり汚点をしめすこともなかった。

このあたりまでは、徳川家康が渾身のちからをかたむけ、天下統一をなしとげた苦労・苦心が幕府政治の上に実現せられていたといえよう。

しかし……。

人間の一生、その家族、その家庭のなりゆきにしても同じことだが、創成者がきずきあげた緊張が、かならずゆるむときがやって来る。

三代将軍・家光は、その晩年にいたって、桂昌院へ、

「自分は学問をきらって今日におよんだことを後悔している。さいわいに綱吉はかしこい性質のようであるから、つとめて聖賢(せいけん)の道を学ばせるように……」

と、もらしたそうな。

そこで桂昌院は、

「かしこいわが子に、学問を……」

というので、むやみやたらに綱吉を可愛がると同時に、学問でなくては夜も日もあけぬ、という育て方をした。

子供のころから、このような育て方をされてはたまったものではない。

学問に熱中する子供などというものは、不健全にきまっている。

子供のころは、その小さな肉体によって万象(ばんしょう)をたしかめるべきなのである。

ところが……。

綱吉は、子供のころから学問を大いに好んだ。

これは、天性というものなのか……。

十八歳になると、家来たちをあつめ、経書(けいしょ)の講義をきかせるほどになり、それが何よりの趣味となってしまうのである。

学問が趣味となり、学問に淫(いん)してしまったのだ。

学問はしても、世の中のことはまったく知らない。

つまり、

〈仁・義・礼・智・忠……〉

などの学問の教えを、みずからおこなおうとすると、それは、とんでもないところへ定着してしまう。

〈孝行〉の教えをまもるというのなら、自分の母の桂昌院のみに対してのことだ。

他人の孝行などは、

（どうでもよい）

のである。

このため、のちに綱吉が将軍となってから、桂昌院が隆光（りゅうこう）という怪僧を愛寵し、たまたま綱吉が重病にかかるや、

「将軍家におかせられては戌（いぬ）の年のお生まれにござります。なれば、無益（むやく）の殺生を禁じるが肝要。ことに犬をいたわり、これをいつくしむことによって、御家はますます御繁栄。御病気もたちどころに快癒いたしましょう」

僧・隆光が、このような愚劣きわまることをいい出すと、桂昌院は一も二もなく、これを信じこむ。

折しも、偶然に綱吉の病気がなおったものだから、桂昌院の隆光信仰はいよいよ深くなるばかりとなった。

「隆光どのの、申されることをおろそかにしてはなりますまい」

桂昌院に対しては、綱吉もあたまが上がらぬ。

そこで、大変なことになった。

将軍・綱吉は、生母の桂昌院のことばにしたがうことによって、

「われは、孝に厚き将軍であるぞ」

と、天下に誇示し、自分もそうおもいこむことによって満足をおぼえるのである。

僧・隆光のすすめを、さらに桂昌院が綱吉にすすめる。

すなわち、

「生きものをあわれむための政治を、おこなうべし」

と、いうのだ。

そこで、綱吉は、

〈生類（しょうるい）あわれみの令〉

という法令を発した。

はじめのうちは、それほどにひどい影響もなかったが、やがて、おそろしいことになってきた。

「馬の尻尾を縄でしばってはいけない」

とか、

「野良犬を出してはいけない」

とか、

「将軍の行列を犬や猫が横切ってもかまわぬ」

とか、それほどのことなら、まだよろしい。

そのうちに……。

江戸城内の台所に、猫が二匹死んでいたというので、

「けしからぬ!!」

台所頭の天野五郎太夫というものが、その責任を問われ、八丈島へ流刑に処せられたものだ。

ことに、将軍は自分の年が戌だというので、犬をたいせつにせよ、と夢中になってきた。

犬のことを、

〈御犬さま〉

と、町民たちによばせたり、病気の野良犬などがあらわれると、すぐさま犬医者が駈けつけて診察し、保護をする。

人間なみに、犬の登録がおこなわれる。

「飼犬の毛色を帳面にしるし、その犬の見えなくなったときは、他の犬をもって数を合わせたりしてはいけない。あくまでもその犬をたずね出すべし」

と、いうわけだ。

狂犬を斬った旗本が捕えられ、これも八丈島へ島流しになる。

「犬には近寄るな」

というので、江戸の人びとは道を歩くときも、犬を避けて通る。

犬は大威張りで、大道を闊歩(かっぽ)し、人に噛みつく。

腹がへってくると、のこのこ民家へ入りこみ、食物をあさる。それを見ていても、人間たちはこれを追いはらうこともできない。

犬を保護するために、

〈犬目付(めつけ)〉

という役人が出来て、これが血眼になって犬を保護しようというのである。

これでは人間、たまったものではない。

のちに……。

幕府は、江戸中の野犬をあつめ、郊外の大久保と中野の、合わせて十八万坪におよぶ土地へ、

〈御犬屋敷〉

とよばれる立派な小屋を建て、ここに収容された野犬は、やがて八万二千頭におよんだという。

これらの犬のために、幕府は年間、二十万、三十万両という莫大な予算を組まねばならなかった。

そして、江戸の町民たちも、犬のために税金をとられることになった。

このような、ばかばかしい法令がまかり通ったのも、将軍・綱吉の独裁者としての威力が、非常に大きなものとなっていたからである。

綱吉は、四代将軍であった兄の家綱のあとを襲い、五代将軍の座についた。

それまでの綱吉は、上野(こうずけ)の国・館林(たてばやし)の〈殿さま〉であった。

ところが、家綱にはあとつぎの男子がいない。

そこで弟の綱吉が将軍となったわけだが、ときの幕府大老・酒井忠清は、

「鎌倉幕府の古例にならい、皇族の一人を請うて、将軍になっていただこう」

と、いい出した。

そのころの酒井大老の威勢・実力というものは、俗に、

〈下馬(げば)将軍〉

といわれたほどで、幕府閣僚たちは大老・酒井忠清をおそれるあまり、だれ一人、反論をとなえるものがなかったそうな。

だが、一人いた。

「館林侯（綱吉）は将軍家の実弟であられる。正統の後嗣(こうし)まさにこれなり。皇族をわざ

わざ迎えたてまつるなどは、まことにもってふしぎ千万なことである」

敢然として、酒井大老に反対したのが、老中のひとり堀田正俊であった。

堀田正俊は、上野の国・安中の城主で、三代将軍・家光の乳母として有名な春日局の養子でもあった。

こうした有力な背景をもって幕府閣僚の一人となった上に、堀田老中は、

〈剛直無類〉

と、うたわれた人物である。

綱吉にとって、これほどにたのもしい味方はなかったろう。

一説には、堀田正俊が、すばやく綱吉を江戸城中へまねき、酒井大老の気づかぬうちに、病床の家綱と対面させ、家綱から〈将軍宣下〉の認可をとってしまったので、さすがの酒井が手も足も出なくなってしまったとか……。

こうして、五代将軍・綱吉と、これを補佐する堀田正俊との幕政体制がととのえられた。

堀田は、たちまち酒井のあとをおそい〈大老〉となった。

綱吉もまた、堀田大老の進言をよくいれ、政務にはげみ、将軍就任早々、それまでは解決がむずかしくて、裁決がのびのびになっていた越後・高田藩の御家騒動を、みずから取り裁き、一気に解決してしまったものだ。

この俊敏な将軍の裁決を見て、

「なるほど、英明な将軍である」

諸大名も瞠目したし、堀田大老も鼻が高かったことであろう。

ところが……。

その大老・堀田正俊が、おもいもかけぬ急死をとげてしまった。

綱吉を補佐すること、わずかに四年であった。

貞享元年八月二十八日というから、それは、大石内蔵助が祖父のあとをついで国家老となって六年目のことで、浅野内匠頭がはじめて赤穂へ国入りをした翌年ということになる。

この日……。

堀田大老は、江戸城中において、一万二千石の若年寄・稲葉石見守正休（いなばいわみのかみまさやす）に斬り殺された。

堀田正俊と稲葉正休とは、縁類であった。

稲葉正休は、

「乱心者」

とされ、その場において、駈けつけた人びとに討ち取られている。

どうして、このようなことになったか、はっきりとした理由はあきらかでない。

一説には、堀田正俊が以前の酒井大老にかわる権力者となり、しだいに奢りたかぶり、

「このままでは御政道が乱れることになる!!」

と、稲葉正休が決意し、江戸城中にて従兄弟にあたる堀田大老を斬り殺した、ともいわれている。

とにかく二人は、幕府政治の中心となっていたので、なにかにつけて、かねてからころが合わず、正休としては、いろいろと、

〈ふくむところ〉

が、あったにちがいない。

当時、世間では稲葉正休に同情をしていたようだ。

それだけに、堀田正俊の威勢もなみなみのものではなく、正俊もまた、その威風をほこるふるまいが多くなってきていたのであろう。

さて……。

将軍・綱吉としては、自分のあたまが上がらなかった只一人の家臣、堀田正俊が死んだことによって、いよいよ独裁者としての第一歩をふみ出すことになった。

将軍就任のころの、綱吉の政治への意欲が、しだいに別の方向へ転化されて行くのも、これからである。

学問一辺倒だったのが、今度は〈女色〉に目ざめた。

いったん目ざめると、とめどがなくなってしまった。

女色ばかりか、男色もさかんなものであって、綱吉一生のうち、彼に愛翫せられた男女は合わせて百人余にのぼったといわれる。

それも、単なる女色ではないのだ。

綱吉が館林の〈殿さま〉だったころから、そば近く奉公し、のちに、〈将軍家・御側用人〉に立身出世をした家臣の牧野成貞。この成貞の妻を強引にわがものとし、城中へ召しあげている。

これに対して成貞は、一言も反抗のことばを吐かぬ。

数年して、妻女をもどしてくれたが、以後はこの牧野夫妻、氷のごとき間柄となってしまった。

それのみではないのだ。

牧野成貞のむすめ安子が結婚した。

これは、黒田直相の次男が牧野家へ養子に入り、牧野成住となったもので、

「めでたい、めでたい」

将軍も、大へんよろこんでくれた。

将軍は、気軽に江戸城を出て、気に入りの牧野成貞邸へあそびにやって来る。

将軍の身で、このようなことをはじめたのは、綱吉が最初である。

成貞の妻に眼をつけたのも、牧野邸へあそびに来たときなのである。

さて……。

将軍は、またも眼をつけた。

安子に、である。

新夫を迎えたばかりの安子にである。

綱吉は、牧野邸内・奥庭の茶室で、安子に茶をたてさせた。

数日後……。

安子は突然に、江戸城・大奥へよびつけられ、夜ふけにおよんで帰邸させられた。

綱吉が、安子をわがものとしたのである。

将軍の権力は絶大をきわめている。

わがむすめの不幸にも、気の弱い牧野成貞は、眼をつぶってがまんをした。

だが……。

聟の成住は、だまっていなかった。

だからといって、将軍を殺すこともできない。

成住は、自殺をとげた。

これが、狂人のごとき将軍への、精いっぱいの反抗であったといえよう。

翌年、安子が夫のあとを追うようにして〈病死〉している。

病気だかどうだか、知れたものではない。

このような破廉恥を平然としてやってのける将軍なのだから、

〈生類あわれみの令〉

などは、むしろ、

「自分は将軍として、よいことをしている」

と、おもいこんでいるのだ。

学問がいくら大好きでも、これでは仕様がない。

〈犬公方〉

などと異名をとった将軍・綱吉は、徳川十五代の将軍のうちで、もっとも悪質な将軍となってしまった。

それでいて、白痴ではない。

それだけに、困るのである。

犬ばかりではなく、

「鶏をしめ殺し、売買してはならぬ」

とか、ついには、

「生すの魚の売買を禁ず」

などという法令を発した。

これは江戸ばかりではない。

日本全国にわたってである。

猟師の職を禁じたので、猪や狼が大威張りで田畑を荒しまわる。

けものから鳥類にまで〈あわれみ〉がかけられる。

人間のみは疎外されている。

こんなことがあった。

綱吉の側近くつかえていた伊東基久が、あるとき江戸城中にいて、頬にとまった蚊を思わず叩いて殺した。

するとそばにいた井上彦八というものが、これを綱吉にいいつけた。

「けしからぬやつ!!」

と、綱吉は激怒し、伊東基久を島流しにし、告げ口をした井上彦八に対しても、

「そばにいながら、なぜ、注意をしなかった」

というので、罰をあたえた。

いかに封建の世といっても、これはあまりにも愚劣だ。

それでいて、綱吉の威力をおそれ、大名も旗本も、ひたすらに将軍の機げんをとりむすぶことばかりを考えている。

綱吉は、学問だとか法律にくわしいので、大名や家臣たちの失敗をいささかもゆるさ

ない。

たまに、失敗したものがあると、これをよびつけ、三時間も四時間も説教する。

癇癖（かんぺき）がつのると、やたらに罰をあたえる。

手討ちにかける。

これは、いかに学問をしてみても、それがなっとくのゆくかたちで身についてこないからである。

だから、いつも、こころの中が空虚なのだ。

そして、その空虚さがどういうことなのか……それさえも綱吉にはわからない。書物に書いてあることが本当なのかうそなのか、それを日常の生活においてたしかめる機会がないからである。

このような将軍が、日本をおさめているのだから、

「これでは、いまに日本の国が立ち行かなくなるぞよ」

と、浅野内匠頭が大石内蔵助にもらしたのも、当然のことといわねばなるまい。

赤穂へも、

〈生類あわれみの令〉

は、つたわっていた。

藩士も町民も村民も、これをまもっている。

しかし、将軍おひざもとの江戸ほどのことはない。

内蔵助だとて、頬に蚊がとまれば、ためらうことなく、手で叩きつぶしている。

野良犬が人に噛みついて、叩き殺されても、そこは、臨機応変に処理してしまい、罪人をつくらぬ。

「ははあ……」

内匠頭から、近ごろの江戸のありさまをくわしくきいて、内蔵助も、開いた口がふさがらぬ、といった表情になった。

(よも、それほどまでには……)

と、おもっていたからだ。

「天下人たる将軍家がこのありさまにては、あまりにも、なさけないではないか、どうじゃ？」

内匠頭が、袴をつかみ、ひざを乗り出して、

「いかがおもう？」

「いかさま……」

「いかさま……なんじゃ？」

「おおせのごとく……」

「うむ。そちも、さようにおもうか」

「はい」

うなずいた内蔵助が、

「なれど……」

「うむ？」

「このようなことを、余人におもらしあそばされては……」

「わかっておる。そちのみへ申したことじゃ」

「おそれいりまする。なれど、かようなことが、いつまでも相つづくとはおもわれませぬ」

「さようか、な？」

「どのようなかたちにせよ、いずれはあらためられましょう」

「いかがあろうか……？」

と、内匠頭は嘆息をもらし、

「内蔵助も、一度、江戸へまいって見るがよい。近ごろの江戸は、見るもおそろしい」

将軍の悪政は、物資過剰の世の中の風潮に裏うちをされ、さまざまの害を生んでいる、と、内匠頭は力説した。

諸国の大名と、その家来たちは、参覲で江戸へ来るたびに、ぜいたくで軽薄な江戸の風潮を故郷へ持ち帰る。

そのくせ、大名や武家の経済は、年ごとに苦しくなるばかりなのである。

火消しの殿

この年。

浅野内匠頭が赤穂へ帰国して三カ月ほどを経てから、

「これよりは、躬(み)が帰国のたびに、火消しが事を演習いたす」

と、内匠頭がいい出した。

家老の大野九郎兵衛などは、

「いまさら、なにをおおせらるることやら……」

蔭へまわると、殿さまをばかにしていたようである。

いうまでもなく、現代より三百年も前の当時にあって、火災の害は、まことに恐るべきものがあった。

消防の設備も不完全だし、人の住む家も木と紙と土で出来ているのだから、いったん火が燃えひろがると風向きしだいで想像を絶する大被害をこうむることになる。

ことに、将軍おひざもとの江戸では、火事が名物となっていた。

冬から、春先にかけて、江戸市中に吹く風は強く、それでいて、当時の江戸は、世界の大都市にくらべても一、二をあらそう人口が密集していたのだから、出火のはずみも多いことになる。

江戸の市民たちは、あまりに火災が多いため、風の強い冬の夜などは落ちついてねむることもできなかった。

もちろん、そのころは火災保険などというものもない。

そこで、いくらかでも財産のある町家などは、たとえば上野の寛永寺のごとき大きな寺や、比較的に安全な場所にある寺へ金を預けておいたという。

すると寺では、百両について年一分ほどの利子をつけてくれたものだそうな。

どちらにせよ、江戸における消防は非常に大切なものであって、幕府は〈御先手組〉の旗本をえらんで十組の消防隊を編成し、これを、

〈定火消(じょうびけし)〉

と、よんだ。

民間の消防隊である〈町火消〉が組織されたのは享保年間のことで、元禄のこの時点では、まだ無かった。

ところで……。

〈定火消〉のほかに、

〈大名火消〉

　というものがある。

　これは、諸大名に命じて、江戸城の内外、増上寺、上野など数カ所を分担させるのである。

　そのほかに、

〈奉書(ほうしょ)火消〉

　というのがある。

　これは、出火したときの状況に応じて、幕府が臨時に諸大名へ消防を命ずるのだ。

　浅野内匠頭は、去年の元禄三年十二月に、この〈奉書火消〉をはじめて命ぜられ、出動している。

　どこの大名でも、それ相応に消防の用意はととのえてある。

　だが、去年はじめて〈奉書火消〉に出動したときの経験から、

「このような、なまぬるい用意では、いざというときにどうにもならぬ」

　と、浅野内匠頭は、深く感ずるところがあったらしい。

「火事は恐ろしいものじゃ。人びとが汗水をながしてきずきあげたものが一夜にして、灰となる」

　日常、物をたいせつにすることは人並以上で、紙や筆、御殿で使用する〈ろうそく〉

にまでむだなつかい方をせぬ内匠頭だけに、

「天下泰平の世の火事は、戦陣とおなじことじゃ」

との結論に達した。

つまり、天災・人災のことを常ひごろ忘れず、これに対する準備を怠ってはならぬ。

その、

「こころがけこそは、武士の道のすべてに通ずることにもなろう」

と、いうのである。

「いかさま……」

これは大石内蔵助が見ても、一国をおさめる大名のこころがけとして、

「見事なもの……」

と、おもわざるを得ない。

さて……。

内匠頭は、去年以来、浅野家の消防組織を徹底的にあらためようとしている。

竜吐水(りゅうどすい)(ポンプ式の消火器具)や、木槌・鳶口(とびぐち)・梯子など、消火用具などの整備はいうまでもないが、

「なによりも、家中の士(もの)たちへ、防火・消火の知識(こと)をしっかりとのみこませねばならぬ」

内匠頭はこういって、〈定火消〉をつとめる旗本たちを鉄砲洲の屋敷へまねき、消

火・防火の指導を請うた。

それも一度や二度ではない。

この年の七月に江戸を発して赤穂へ帰るまで、月のうち三度は、定火消の旗本たちを交替で招待し、ねんごろにもてなした上で、内匠頭自身はもちろんのこと、家老・重臣をはじめ、消防係の主軸となってはたらく家臣たちも指導をうけたそうである。

消防用具にしても、

「すべて、新しくつくり直せ」

と、内匠頭は、

「費用は、いかほどになろうともかまわぬ」

といった。

倹約家の殿さまが、こうしたときには金を惜しまぬ。

帰国してから、赤穂の城中にも江戸屋敷同様の消防用具を、

「そなえつけよ」

と、殿さまは命じたのであった。

同時に、消防訓練もおこなわれることになったのである。

消防に関する浅野内匠頭の知識は、いまや相当なものだ。

このごろの〈殿さま〉は、暇さえあれば消防の研究をしているらしい。

だが……。

江戸とちがって赤穂では、めったに火災が起こらぬ。

気候は温暖であるし、強風が吹きつのるわけでもなく、台風の難などもほとんどない。

「家中のものも、領民たちも、むかしから、火の元には念を入れておることじゃ。いまさらに火消しの演習などとは……大きな声では申せぬが、片腹痛いことじゃよ」

と、家老の大野九郎兵衛は、蔭へまわると内匠頭のすることへ、苦笑をもってむくいたらしい。

けれども大石内蔵助は、内匠頭の消防演習への熱意の底には、何か別のものがふくまれているような気がした。

火災が起こったことを想定し、これに対応するための訓練をおこなうことは、単に〈火災〉のみへ向けられているのではなく、

（他の不時の災難へのこころがまえを、養うことにあるのではないか……）

それが、内匠頭のねらいではないか、と、内蔵助はおもった。

播州・赤穂の土地柄については、明治のころに、男爵・大鳥圭介（赤穂出身）が、つぎのような詩をつくっている。


山に翠碧(すいへき)有って千里　海に汪洋(おうよう)あって四通

材木の用余りあり　魚塩の利窮まることなし

このように、何不自由もない土地だけに、

「ともすれば、人びとのこころもゆるみがちになる」

と、いつか浅野内匠頭が内蔵助へもらしたことがあった。

年少のころから、神経のはたらきが鋭敏で、十年先、二十年先のことにおもいをめぐらしてきている内匠頭だけに、消防演習に熱中するのは、大野九郎兵衛が、

「御退屈なのじゃよ。天下泰平の世ゆえ、御身をもてあましておいであそばすのじゃ」

などと、いうようなものではないはずである。

赤穂における第一回の消防演習は、この年の秋の或夜におこなわれた。

この前に、内匠頭は国もとにおける消防係の編成をととのえ、消火用具も整備させた。

鉦（かね）・太鼓・板木（ばんぎ）などを鳴らしての合図も決め、その練習を何度もおこなわせている。

その夜の演習は、赤穂城郭の北方、出河原町の町家から出火したとの想定のもとにおこなわれた。

時刻は亥（い）の刻（午後十時）であった。

突如……。

城内に新設された火の見櫓（やぐら）から鳴りわたる半鐘の音に、

「はじまったぞ」

それぞれの屋敷や長屋にねむっていた藩士たちが飛び起き、

「それっ!!」

火事装束に身をかためて、大手門前から、濠端を清水門外、御米蔵のあたりへ集結をした。

浅野内匠頭は、すでに火事装束に身をかため、火の見櫓下にもうけられた見所の床几へ腰うちかけ、

「北からの強風であるぞ」

采配をふるって、つぎつぎに指令を下す。

「それ、風が東へまわったぞよ」

殿さまの声をうけたまわって、使者が馬を駆って城外へ走り出す。

いやどうも、大へんなさわぎになった。

大石内蔵助は国家老であるから、内匠頭の傍につきそい、殿さまの見事な指揮ぶりをつぶさにながめていた。

(これはどうも、実に、おみごとな……)

まったくのところ、内蔵助もおどろいた。

江戸から内匠頭の供をして赤穂へ帰って来た藩士たちは、江戸藩邸における数度の演

習をしてきているだけに、さながら内匠頭の手足のごとくはたらく。

もしも日本に戦乱が起きたとして、浅野家が出陣し、敵と戦うことになった場合、このように大将の命令が見事に行きとどくのなら、

(敵におくれをとることは、決してあるまい)

とさえ、おもえるほどであった。

はじめて演習に参加した国もとの藩士たちも、はじめのうちは殿さまの指令に追いまくられ、

「これは、たまらぬ……」

「いやどうも、おどろき入った」

こぼしながら走りまわっていたようだが、そのうちに熱が入って来て、

「飛火をふせぐため、作事小屋を引きこわしてござります」

とか、

「御蔵屋敷へかかりました火は消しとめまいた!!」

とか、夢中になって報告する。

そのたびに内匠頭は適切な指令を下した。

約二刻(四時間)後に、演習は終わった。

「いかがじゃ?」

内匠頭に問われ、内蔵助は、

「おそれいりましてござる」

というよりほかに、返すことばもなかった。

演習が終わると、家臣たちは表御殿の大広間へ参集をした。

そこへ、家紋をつけた胸当に火事羽織、火事頭巾(ずきん)に身をかためた浅野内匠頭が大薙刀(おおなぎなた)を小脇へかいこみ、手燭のあかりにかこまれてあらわれた。

「こたびは、はじめてのことゆえ、先ず先ずじゃ」

と、殿さまは御座の間の床几へ腰をおろし、

「火消しの演習を、ただ火消しのためとのみおもうな!!」

りんりんとした声音で、いいわたしたものである。

「火消しの演習の中には、武士たるもののすべてがふくまれておるとおもいくれるよう。明年、躬が江戸表へおもむくまでに、今夜のごとき演習を何度もおこなうつもりゆえ、事にあたって一所懸命にはげみくれい」

いうや、内匠頭は立ちあがり侍臣をしたがえて奥御殿へ去った。

「いや、おどろき入ったしだい……」

家老・大野九郎兵衛が、大石内蔵助と肩をならべて自邸へもどりながらに、

「明年、江戸表へおもむかるるまでに、何度もこのような……これはどうも、困りまし

何事にも安心をして語る。

「演習の費用もばかになり申さぬ」

と、大野はいった。

家老の一人として、藩の財政をうけたまわっている大野九郎兵衛としては、倹約家の殿さまが、まるで、

(人が変わったように……)

消防演習については費用を惜しまぬ。

これでは、

(行く先が、おもいやられるわい)

と、大野は心配をしているらしい。

大野は老臣でもあるし、口やかましく、殿さまの内匠頭に対しても、

「いますこし、大人になっていただかぬと……」

内蔵助にだけは、よくこぼしたりする。

「なれど、内蔵助殿」

ささやいてきた。

内蔵助は微笑をもって、これにこたえたのみである。

こうした場合、内蔵助が他言をせぬことを大野家老はよくわきまえているだけに、

そのいっぽうでは、内匠頭に面と向かって進言をすることなど、ほとんどないのである。

蔭口をきくのが大好きだし、下の者へは居丈高な態度で接するから、藩士たちの評判はよろしくない。

だが内蔵助は、財政家としての大野を高く買っていた。

あれほどに几帳面な内匠頭の、するどい質問をうけて、一度もうろたえたことがない。

二ノ丸の門を出て、供の者をしたがえた大野九郎兵衛は右手の道へ去った。

内蔵助は、供の者がうしろから近寄るのへ、

「いまの、わしと大野殿のはなしを耳にしたか？」

と、きいた。

「は……」

「他言をしてはならぬぞ」

「心得ましてござります」

その後も、大野は内蔵助へ愚痴をこぼしつづけた。

翌年の五月。参覲で江戸へ去るまでの間に、浅野内匠頭は合わせて四度、消防演習をおこなっている。

江戸へ到着する早々に、内匠頭は〈奉書火消〉を幕府から命ぜられた。

それからのちも、江戸に出火があると、たびたび浅野家へ〈奉書火消〉の命が下った。これは、浅野家の消防係の活動が諸大名のそれとくらべて抜群であったからにほかならない。

江戸市中に出火があって、浅野家が〈奉書火消〉をおおせつけられた、ときくや、大名や武家方では、

「もはや、火が消えたも同然」

ほっとしたそうである。

それほどに浅野の消防係は有名になったものだ。

加賀百万石の大守・前田綱紀(つなのり)は、その夜話の中で、

「そのころ、浅野内匠頭、たびたび奉書火消に御出で候。まことに名誉なる火消しの上手(じょうず)にて、毎度消しとめ申さるるにつき、内匠頭御出で候えば、諸人、もはや火事の鎮まり申すべきよし、申し候」

と、いっている。

自分の屋敷ばかりが可愛いのではない。

火事というものがもたらす災害の恐ろしさは、だれにとってもおなじことであるという考え方であるから、消防係出動となれば、殿さまの内匠頭が馬にまたがり、陣頭に立って指揮をとる。

ひどい火事ともなれば、

「つづけ!!」

敢然として、みずから火の中へ躍りこみ、

「その梁を落とせ。南がわの家を引きくずせ」

猛烈にはたらく。

殿さまがこれでは、家来たちも勇敢にならざるを得ない。

主人が火中へ飛びこむのを、指をくわえて見ているわけにはゆかぬ。

そこで一同、必死にはたらくため、必然、すみやかに火を消しとめることにもなるのである。

「かようの儀、大体の者のなりがたき事のよしにて、ことのほか御感じ入り候。いかさま常体の人にはこれなく候」

と、前田綱紀の夜話にある。

内匠頭の消防研究は、絶えずおこなわれていたようだ。

それは、常人から見ると、異常なほどの熱心さであったという。

江戸屋敷にいても、赤穂の地図をひろげ、

「今度、帰国いたしたならば、このような演習をしてみたい」

とか、

「このあたりより出火し、風向きが北から東へ変わりたるときは、なんとする？」

などと、家来たちへ質問をする。

うまく答えられないと、きびしく叱りつけられるのだ。

「殿も、いささか、やりすぎではないか」

「まったく、もって……」

「寒い夜ふけに、ちょうどよく温もって、ぐっすりと寝入っているところへ、半鐘が鳴る、太鼓が鳴る……」

「ぞっとするのう」

家来たちの中には、こぼしぬく者もすくなくない。

前田綱紀は夜話で、

「……薙刀を抜身にて御持ち、いささかも臆れ申す体も候えば、手討ちにもいたさるべき体に候」

と、いっている。

それほどに、内匠頭の消防演習はきびしかったのだ。

すこし、異常ではないか、と評判がたったこともある。

すると内匠頭は、

「それは火事というものが、異常なことであるゆえ、その演習も異常となるのが当然ではないか」

と、いい、

「そのように評判するものは、この世の中には、まったく異常が起こらぬものとおもいこんでいるのであろう。躬から見れば、その人びとのほうが、よほど異常に見える」

苦笑を、もらしたそうな。

ところで……。

元禄五年の秋となって、内蔵助の末弟・喜内良房が病歿をした。

母・熊子が亡くなってのち、内蔵助は喜内を赤穂の屋敷へ引きとり、り、、く、、女の丹精もあって、喜内の健康は大へんに良好となったようだが、風邪をこじらせたのがもとで高熱を発し、その熱にたえきれなかった喜内は心臓を悪化させ、ついに亡くなったのである。

喜内は、二十二歳の若さであった。

内蔵助は三十四歳になってい、十七歳のときからまなんでいた東軍流の剣術が、ようやくものになったのかして、師の奥村権左衛門は内蔵助へ〈免許〉をあたえた。

「もう十七年もの間、辛抱づよく道場へ通いつづけてきたので、奥村先生も、私のこころざしをあわれんでくれたのであろうよ」

と、内蔵助はりく女へ語った。

（下巻へ続く）

本書の無断複写は著作権法上での例外を除き禁じられています。
また、私的使用以外のいかなる電子的複製行為も一切認められておりません。

文春文庫

おれの足音　上
大石内蔵助　決定版

定価はカバーに
表示してあります

2024年12月10日　第1刷

著　者　池波正太郎

発行者　大沼貴之
発行所　株式会社　文　藝　春　秋

東京都千代田区紀尾井町 3-23　〒102-8008
ＴＥＬ　03・3265・1211㈹
文藝春秋ホームページ　https://www.bunshun.co.jp

落丁、乱丁本は、お手数ですが小社製作部宛お送り下さい。送料小社負担でお取替致します。

印刷製本・TOPPANクロレ

Printed in Japan
ISBN978-4-16-792316-7